# L'ESQUISSE DU BONHEUR

## À propos de l'autrice :

Akemi Dawn Bowman est Serdaigle et fière de l'être, mais aussi une fan inconditionnelle de *Star Wars*. Avant de se lancer dans l'écriture, elle a servi dans l'US Navy pendant cinq ans et a obtenu un diplôme universitaire en sciences sociales. Originaire de Las Vegas, elle vit désormais en Écosse avec son mari, leurs deux enfants et leur épagneul pékinois.

AKEMI DAWN BOWMAN

# L'ESQUISSE DU BONHEUR

*Traduit de l'anglais (États-Unis)*
*par Cécile Tasson*

POCKET JEUNESSE
PKJ·

Titre original :
*Starfish*

Collection « Territoires » dirigée
par Pauline Mardoc

Loi n° 49 956 du 16 juillet 1949 sur les publications
destinées à la jeunesse : juin 2019



ISBN : 978-2-266-28852-1
Dépôt légal : juin 2019

*À Ross,*
*j'ai toujours su que ce premier roman*
*serait pour toi.*

# CHAPITRE 1

Maman n'est pas venue.

Cela ne devrait pas me surprendre. Elle ne vient jamais. Pourtant, je n'arrive pas à me débarrasser de ce sentiment de vide au creux de mon estomac. Emery dit toujours que se sentir seul et l'être vraiment sont deux choses bien distinctes, mais parfois, j'ai l'impression que ça revient au même.

Ma théière en forme de sirène est posée sur l'étagère devant moi. Une cocarde violette est accrochée à son bec. Je la trouvais cool avec ses couleurs vives, quand je l'ai terminée en cours de poterie. Maintenant, je n'arrive pas à me sortir de la tête que le vernis bleu paraît gris, que le torse de la figurine est beaucoup trop long et que, de toute façon, c'était une très mauvaise idée de fabriquer une théière en forme de sirène.

Peu importe que la cocarde comporte l'inscription « Mention honorable ». Tout ce que je lis, c'est : « Pas à la hauteur pour entrer à Prism. » Tout ce que Maman lira sera : « Pas à la hauteur. »

Finalement, c'est peut-être mieux qu'elle ne soit pas là.

Je retire le ruban du bec de la théière et le fourre dans mon sac, sous un cimetière de stylos qui ne marchent presque plus, un carnet à dessin et un paquet de chewing-gums à la cannelle.

Soudain, un éclat de rire me fait lever la tête. Susan Chang, la seule autre métisse asiatique de l'école, serre sa cocarde bleu et or très fort, comme si elle avait peur de la perdre. Sa mère a la main posée sur son épaule et son père montre du doigt sa toile peinte à l'acrylique : une maison au bord d'un lac avec des oies. C'est une œuvre classique qui parle à tout le monde.

Pas comme une théière débile en forme de sirène.

Si je n'étais pas trop occupée à m'apitoyer sur mon sort, je serais contente pour elle. J'ai toujours eu l'impression d'avoir un lien particulier avec Susan, alors qu'on n'est pas amies et que les seules choses qu'on a en commun sont nos origines asiatiques et notre amour pour l'art. Je suppose qu'on pourrait s'entendre si on prenait le temps d'essayer.

Ce n'est pas comme si je cherchais désespérément des amis. J'en ai. Il y a Emery Webber qui m'a sauvée, le premier jour de lycée, en venant s'asseoir à côté de moi à la cantine, et Gemma et Cassidy. En réalité, ce sont les amies d'Emery, mais on mange toutes ensemble, alors je pense que ça compte.

Avant, j'avais aussi un meilleur ami. Un de ceux qu'on ne voit que dans les films et les romans. On vivait dans notre monde, loin des autres, et quand tout s'écroulait autour de nous, c'était le seul endroit où on pouvait se réfugier.

On était comme deux moitiés. On ne faisait qu'un.

Malheureusement, il a déménagé. Depuis, je me sens incomplète.

En vérité, je ne suis pas douée pour parler à de nouvelles personnes. Je ne suis pas douée pour parler aux gens tout court.

De toute façon, ce n'est pas d'un ami que j'ai besoin, mais d'une mère qui me regarde sans froncer les sourcils. J'ai besoin d'un nouveau départ. D'une vraie vie.

J'ai besoin d'entrer à Prism.

Mais un ruban violet ne me suffira pas pour intégrer cette prestigieuse école d'art de New York. Et cela ne suffira pas à rendre ma mère fière de moi.

Le cœur lourd, je cherche ce que je vais bien pouvoir lui dire en rentrant.

Assise sur le canapé, Maman se peint les ongles en rouge vif. Un magazine *people* est ouvert sur ses genoux. Pas un coup d'œil vers moi. Pas un regard pour la théière que je tiens à la main.

— Comment c'était, le lycée ? me demande-t-elle d'un air distant.

— Bien, je réponds.

Je tire sur la bretelle de mon sac à dos. Il est possible qu'elle ait oublié que le concours avait lieu aujourd'hui… même si je lui en ai parlé ce matin. Et hier soir. Et tous les jours depuis trois semaines.

Elle passe une deuxième couche de vernis.

Mon ventre se serre.

Mon grand frère, Taro, entre dans la cuisine. Il porte un tee-shirt rouge et gris aux couleurs de l'université du Nebraska et des lunettes *oversize* alors qu'il n'a aucun problème de vue. Il tient à la main la moitié d'un sandwich à la confiture et au beurre de cacahuète.

— Y a rien à manger dans cette maison !

Il ne sait pas parler autrement qu'avec ce ton sec et irritant.

Maman écarte une mèche de cheveux blonds de son visage.

— Il y a un supermarché au coin de la rue. Tu sais conduire.

Taro émet un grognement mécontent, puis il se tourne vers moi.

— T'étais où ?

Maman détourne la tête. J'ai l'impression qu'elle le fait exprès.

— Mon concours d'art, je réponds, suffisamment fort pour qu'elle entende.

Je pourrais mentir, lui dire que j'ai obtenu la première place, ou du moins lui faire croire que mon prix est super important. Peut-être qu'alors, elle s'intéresserait à moi. Peut-être qu'alors, elle m'écouterait.

— J'ai gagné un truc.

Taro nous regarde à tour de rôle. Il a l'air aussi gêné que moi.

— C'est génial, marmonne-t-il avant de mordre dans son sandwich.

Il retourne vers le frigo.

Moi je pense à mon ruban enfoui au fond de mon sac. Elle ne le verra jamais. Elle ne me demandera jamais de le lui montrer. Alors, pourquoi ne pas lui dire qu'il est bleu et or ?

Je soupire. Même si je crève d'envie d'attirer son attention, je suis incapable de lui mentir. En plus, cela ne marcherait pas. Maman ne me regarde pas comme les parents de Susan la regardent. Quand elle m'observe, j'ai l'impression de ne pas être comme il faut. Parfois, je me demande si c'est parce qu'on ne se ressemble pas. J'ai les cheveux bruns, une mâchoire volontaire et de petites jambes ; Maman a des cheveux blonds ondulés, un menton pointu et les jambes d'un top-modèle.

La plupart du temps, elle n'a même pas l'air d'avoir envie que je me sente à ma place.

Peut-être à cause de ce qui s'est passé avec Papa. Je crois que je me sentirai toujours coupable à ce sujet. Mais Maman aurait dû m'écouter.

Pourquoi, à dix-sept ans, ai-je toujours autant besoin d'obtenir son approbation ? C'est stupide, mais c'est plus fort que moi.

Comme il est incapable de ne pas se mêler de ce qui ne le regarde pas, Taro souffle par-dessus son épaule :

— Maman, tu as vu la théière de Kiko ?

Parfois, je me demande s'il aime le conflit ou s'il pense sincèrement m'aider.

Ce n'est jamais le cas. Maman déteste qu'on lui fasse remarquer quoi que ce soit.

Elle relève la tête et dévoile ses dents trop blanches.

— Alors, qu'est-ce que tu as gagné ?

Elle n'a pas oublié mon concours, mais elle n'avouera jamais qu'elle n'avait pas envie de s'y rendre. Elle fait comme si ce n'était pas important, alors que pour moi, ça l'est !

Le rouge me monte aux joues.

— Juste un ruban, je réponds.

Son sourire factice se craquelle.

— Quoi ? Un prix de consolation ? Pas un vrai prix ?

Elle ne demande pas à le voir. Elle rit comme s'il s'agissait d'une plaisanterie sans conséquence, comme si j'étais censée en rire, moi aussi. Sauf que son rire n'est pas bienveillant. Elle rit comme si elle se moquait du monde entier.

Je pince les lèvres. J'aurais dû écouter M. Miller et proposer une peinture. Alors, j'aurais peut-être gagné le premier prix à la place de Susan Chang.

J'ai une boule dans la gorge. En fait, je sais que je ne pourrais jamais exposer mes tableaux lors d'un concours. Ils sont trop précieux. Ils sont un peu comme des morceaux de mon âme.

Taro referme le réfrigérateur en grognant.

— Quelqu'un compte faire la cuisine ? Je meurs de faim.

— Tu entres en dernière année de fac. Tu pourrais apprendre à cuisiner, lui fait-elle remarquer en refermant la petite bouteille de vernis. J'aimerais bien qu'on me fasse à manger de temps en temps.

CE QUE J'AI ENVIE DE DIRE :

*Je fais à dîner deux fois par semaine depuis un an. Personne ne s'en est rendu compte ?*

CE QUE JE DIS :

— J'ai fait des spaghettis il y a quelques jours.

Elle rit.

— Plonger des pâtes dans de l'eau bouillante, je n'appelle pas ça faire la cuisine.

Elle adresse une grimace à Taro comme pour lui demander s'il est d'accord avec elle.

Il enfourne le reste du sandwich dans sa bouche.

— Oublie. Je n'ai plus faim.

— Vous êtes des fainéants, dit Maman en levant les yeux au ciel.

J'ai l'impression qu'on a versé du sel dans les miens.

Peu importe que je n'aie que des A depuis la sixième, que je travaille pratiquement à temps plein à la librairie et que je passe mon temps libre à me créer un portfolio pour intégrer Prism. Ma mère ne sera jamais contente. Elle ne remarque aucun de mes efforts. Elle ne voit pas que son avis m'importe et que j'aimerais de temps en temps qu'elle s'intéresse à moi. Et pas seulement quand ça l'arrange.

— Je monte. Je pars travailler dans une heure, je marmonne.

— Tu veux une part de gâteau avant de partir ? J'ai acheté un quatre-quarts au supermarché. C'est ton préféré, je crois.

Sa voix s'est faite tellement mielleuse que cela me rend malade.

Je m'immobilise devant l'escalier. Ma poitrine me fait mal. J'ai l'impression qu'un crochet m'a transpercé le cœur et que les mots de ma mère sont une ficelle qui me tire à elle.

— Je n'ai pas faim, mais merci quand même.

— D'accord. Je te mettrai une part de côté. Tu pourras la manger en rentrant.

Elle sourit avec un naturel désarmant, comme si elle était toujours sympa avec moi.

*Je peins une fille aux cheveux blancs qui se fond dans une forêt d'arbres blancs. Au-dessus, des étoiles explosent dans le ciel comme des éclats de verre. Il faut savoir qu'elle est là pour la voir.*

# CHAPITRE 2

Je promène mes doigts sur la couverture de l'album de notre promotion. Il contient les photos des différents clubs du lycée, des événements sportifs, et les portraits de tous les élèves. Je les connais depuis la maternelle et ils sont si différents de moi qu'il m'arrive d'avoir l'impression d'être un stylo dans une boîte de crayons.

Quand je tombe sur la seule photo de moi, je regrette presque de la trouver.

Cependant, même si je pouvais l'effacer, je ne le ferais pas. Maman me tuerait. Elle adore les albums de promo. Lorsque je les ramène à la maison, son petit plaisir est d'examiner les visages de tous les élèves et de déterminer qui sont la plus belle fille et le plus beau garçon. Puis elle va à la page des trophées pour voir qui a été élu dans cette catégorie afin de vérifier si elle avait raison. De bien des manières, elle aurait davantage sa place au lycée que moi.

On est vendredi et il ne reste plus qu'une semaine de cours. M. Miller, notre professeur d'arts plastiques, nous laisse signer nos albums. Comme je n'ose pas demander aux autres de signer le mien, je tourne les pages et joue au même jeu que ma mère. Cela ne m'amuse pas vraiment. En fait, je n'ai même pas besoin de jouer. Je sais déjà que Lauren Finch et Henry Hawkins sont les plus beaux de notre promotion. Cela m'étonnerait que quelqu'un dans le lycée pense le contraire.

En CM2, je croyais être amoureuse d'Henry. Plus tard, j'ai compris que je cherchais simplement à recréer le lien qui m'avait lié à Jamie Merrick avant qu'il ne déménage en Californie. Jamie et moi avions été les meilleurs amis du monde et, même si l'on ne s'était jamais tenus par la main, il y avait cet accord tacite entre nous qu'un jour nous nous marierions.

Sauf que les relations longue distance sont vouées à l'échec, surtout entre deux élèves d'école primaire.

À part pour travailler sur des exposés communs, Henry et moi n'avions jamais beaucoup interagi, mais je l'aimais bien parce qu'il était mignon et que Jamie me manquait.

En primaire, le jour de la Saint-Valentin, on nous demandait d'écrire une carte à chacun de nos camarades pour que personne ne se sente mis à l'écart. Celle que j'ai donnée à Henry Hawkins était différente des autres : plus grande, avec le dessin d'un personnage de son dessin animé préféré. À l'intérieur, j'avais écrit : *Pour Henry Hawkins de la part de Kiko Himura.*

À la fin de la journée, toute la classe parlait de mon stupide dessin et du fait qu'Henry allait devoir porter plainte pour harcèlement s'il ne voulait pas que je me pointe chez lui au beau milieu de la nuit pour lui chanter la sérénade.

J'ai eu honte. Je mourais d'envie de disparaître sous terre pour que les gens cessent de me dévisager.

Je crois qu'Henry était gêné, lui aussi. Il a demandé à son ami Anthony de me prendre à part pour me dire qu'il n'était pas attiré par les filles dans mon genre.

Je me rappelle ne pas avoir compris ce qu'il voulait dire. Parlait-il des filles aux cheveux noirs ? Des filles qui préféraient porter des jeans plutôt que des jupes ? Des filles qui n'avaient pas les oreilles percées ?

Pendant des années, je l'ai regardé tenir la main de filles qui ne me ressemblaient pas. Certaines avaient les cheveux foncés. Certaines portaient des jeans. Une grande partie n'avait pas les oreilles percées. Cependant, elles avaient toutes une chose en commun : aucune n'était asiatique.

Maintenant, quand je craque pour un mec, je ne me demande pas si on a les mêmes goûts musicaux ou cinématographiques, ni même si je retrouverai avec lui la complicité que je partageais avec Jamie. Je me demande juste s'il aime bien les Asiatiques.

J'observe les photos d'Henry et Lauren. Ils posent comme s'ils participaient à une émission de téléréalité pour mannequins. Au-dessus de leurs têtes est inscrit : LES PLUS SÉDUISANTS.

Lauren Finch est jolie, et pas seulement parce qu'elle a une peau parfaite et des vêtements à la mode. Elle a tout ce qu'il faut, là où il faut. Sa beauté met tout le monde d'accord. Elle a un petit nez, des sourcils parfaitement dessinés et surtout, elle est lumineuse. Quand on la regarde, on a l'impression qu'elle se balade entourée d'un halo.

Elle, elle n'a pas à s'inquiéter de ses origines. Personne ne lui dira jamais qu'elle est « jolie, pour une Blanche ». Elle est jolie tout court.

Je ne serai jamais aussi lumineuse que Lauren. J'ai le teint blafard, les cheveux noirs et mes yeux sont bien trop petits. Elle fait penser aux bonbons de couleurs vives. Moi, à un crayon gris et des taches d'encre.

Je referme l'album, lasse d'avoir l'impression que tout le monde souhaiterait que je sois différente.

— Ne me dis pas que tu comptes le ranger sans me demander de le signer ?

Emery se laisse tomber sur le tabouret à côté de moi.

— Je croyais que tu étais partie après le déjeuner ? je lui demande en souriant.

— Et risquer d'entacher un record de trois ans sans la moindre absence ? Jamais. (Emery fronce le nez et tape sur la table.) Allez, donne-moi ça.

Je fais glisser l'album vers elle en riant.

— Tu vas avoir du mal à trouver un espace libre pour écrire.

Emery replace une mèche de cheveux auburn derrière son oreille.

— Kiko, dit-elle en fronçant les sourcils. Tu n'as demandé à personne de le signer ?

Son soupir me donne l'impression d'être un chiot qui a encore fait la même bêtise.

— Tu peux faire semblant que ça te passe au-dessus, mais dans dix ans, quand tu ouvriras cet album, tu regretteras de ne pas avoir fait plus d'efforts.

Parfois, je me demande si Emery a conscience qu'elle est la seule personne à qui je parle.

— Si tu le dis. (Je hausse les épaules d'un geste nonchalant.) Je demanderai à M. Miller de le signer après toi.

Emery ricane puis se met à écrire. Un petit tatouage en forme de flèche orne l'intérieur de son poignet. Quand elle a terminé, elle me rend l'album.

— Merci.

Elle tambourine de ses ongles peints en jaune vif sur la table en bois.

— Tu vas à la soirée de Lauren ce soir ?

Je me crispe.

— Lauren Finch ?

— Oui, tiens, dit Emery en sortant un carton orange de son sac et en le posant sur mon album. Elle les distribue discrètement aux terminale.

Je baisse les yeux et lis le texte.

***Fête de fin d'année chez Lauren Finch***
***CE SOIR à 19 heures***
***362 Arlington Road***

Je n'ai jamais été invitée à une fête. L'idée m'intimide.

— Je sais à quoi tu penses, dit Emery en interrompant le fil de mes pensées. Tu détestes les fêtes, les gens et la musique trop forte. Mais tout le monde sera là. Tu ne peux pas manquer la dernière soirée lycéenne de notre vie.

— Je ne déteste pas du tout ça, je la corrige.

Enfin, je ne crois pas.

Je pense à ma mère. Je la vois parcourir mon album de promo et sous-entendre que je ne serai jamais aussi jolie que mes camarades, que je ne serai jamais aussi jolie qu'elle, et tout à coup, je n'ai pas envie de rester chez moi.

— Je ne peux pas. Ma mère ne me laisse même pas me maquiller, alors m'autoriser à aller à une soirée…

— Arrête de laisser ta mère contrôler ta vie, lance Emery avec sa voix qui me fait toujours rire.

— Tu es peut-être assez courageuse pour sortir le soir, te faire tatouer et agir comme bon te semble, mais ce n'est pas mon cas, je lui fais remarquer.

Soudain, son visage s'illumine et elle tape dans ses mains.

— À ce propos : je m'en fais faire un nouveau le week-end prochain. Tu veux venir avec moi ? Tu pourras rencontrer Frances, comme ça. Elle est géniale. Je te jure, si je n'avais pas déjà prévu de devenir médecin, je serais tatoueuse. Sa boutique est incroyable.

Lorsqu'elle soulève son sac, elle grimace comme s'il pesait des tonnes et y cherche son carnet à dessin. Contrairement au mien, celui d'Emery est couvert d'autocollants, de places de concerts et de *masking-tape*. Elle l'ouvre et je regarde défiler les esquisses de femmes vêtues comme des gangsters venus du futur. Elle s'arrête sur une fille avec des couettes qui souffle une grosse bulle de chewing-gum. Elle tient deux pistolets à la main. « Amour » est écrit sur le barillet de l'un, « Haine » sur l'autre.

— C'est superbe, lui dis-je, le souffle coupé.

La passion d'Emery pour l'art est ce qui nous a rapprochées il y a trois ans. Ça et le fait qu'on a toutes les deux des parents qui refusent qu'on invite des copains à la maison.

— Tu le veux où ?

— Au niveau des côtes. Je pense que ça va faire très mal. Tu viendras me soutenir ?

— Bien sûr. Je serai là.

Sa voix monte d'une octave.

— Tu pourrais t'en faire un aussi, tu sais.

— Tu veux que ma mère me tue, c'est ça ?

Emery rit.

— OK, j'ai compris, mais tu viens quand même ce soir, pas vrai ?

Comme je n'ai pas envie de gâcher sa bonne humeur en refusant, je réponds :

— Je vais y réfléchir.

Les lèvres pincées, je trace les contours du carton orange du bout du doigt. Avec une mère autoritaire comme la mienne, je devrais être la première à me révolter, mais je déteste la confrontation. Et décevoir les gens. Et attirer l'attention.

Et puis… qu'est-ce que je ferais à une fête ?

Les gens me terrifient. Je passerais sans doute la soirée à regretter de ne pas pouvoir me rendre invisible. Je ne sais pas comment agir différemment. M'amuser avec d'autres personnes est difficile pour moi, surtout quand je ne les connais pas bien.

C'est pour ça que j'ai besoin d'aller à Prism.

Il faut que je m'éloigne d'ici. Que je reparte de zéro pour trouver qui je suis vraiment et quelle est ma place dans le monde.

Un jour, j'aimerais être suffisamment à l'aise en société pour pouvoir dire ce que je pense. J'aimerais regarder autour de moi et ne pas me sentir à part. J'aimerais simplement avoir une vie tranquille.

Je glisse le carton entre les pages de mon album et sors mon carnet à dessin.

*Je dessine une fille dont les bras s'étirent jusqu'au ciel, mais les nuages l'évitent car elle ressemble plus à la nuit qu'au jour.*

# CHAPITRE 3

Quand je vais chercher Shoji à la sortie de son cours de taekwondo, je le trouve assis sur un muret. Il tient un livre entre ses mains. Je ne suis qu'à quelques mètres de lui, mais je suis obligée de klaxonner pour attirer son attention.

Il relève la tête et écarte les cheveux qui lui tombent dans les yeux. Contrairement à Taro qui se rase la tête à la mode militaire, Shoji laisse pousser les siens. On dirait un chanteur de boys band.

Quand on était enfants, avec mes frères, on se battait pour savoir qui faisait le moins asiatique. À l'école, on avait du mal à s'intégrer. Les professeurs adoraient nous mettre à contribution pour jouer des pèlerins ou des Indiens d'Amérique dans les spectacles de Thanksgiving, ça ne nous aidait pas franchement à nous faire des amis.

C'est pour ça qu'on se battait pour le titre du « plus caucasien des enfants Himura ». Maman a toujours trouvé ça amusant. Parfois, elle jouait avec nous en désignant les caractéristiques physiques qui faisaient asiatique et les autres qui, pour elle, étaient « normales ».

Papa n'aimait pas jouer à ce jeu. Je crois que cela le blessait plus qu'il ne voudra jamais l'admettre. C'est un pacifiste. Il encaisse sans rien dire.

Shoji a toujours eu les cheveux les plus foncés, les yeux les plus petits et le nez le plus rond. Quand il était petit, il détestait ça. Depuis, il a accepté sa différence.

Sous le bon angle, quand Shoji ne remarque pas que je l'observe, c'est Papa que je reconnais dans ses traits. Pas Maman.

— Salut, dis-je lorsqu'il monte dans la voiture.

Il referme la portière tout en tenant son livre à la main, son pouce glissé entre les pages en guise de marque-page.

— Salut.

Le trajet se fait en silence. Comme toujours avec Shoji. Aucun de nous n'est doué pour la conversation. Par moments, je me demande si on arrêtera de se parler plus tard parce qu'on ne se sera pas assez entraînés.

Les mots viennent naturellement à certaines personnes. Mes frères et moi, on ne fonctionne pas comme ça. Pour nous, c'est une véritable épreuve.

Je baisse les yeux sur son livre. C'est un manga.

Quand nous étions petits, Papa nous a offert des DVD de dessins animés japonais à Noël. Pour moi, c'étaient des œuvres d'art en mouvement. Taro et Shoji, eux, les ont simplement trouvés cool.

Maman les a détestés, les voix lui donnaient mal à la tête. Après ça, Papa ne nous en a plus jamais offerts.

Au bout d'un certain temps, Taro et moi avons trouvé d'autres centres d'intérêt, mais les histoires manquaient à Shoji. Il disait qu'il se projetait davantage dans les dessins animés japonais que dans les américains. Il a donc commencé à collectionner les mangas.

Les mangas ne donnent pas de raison de se plaindre à notre mère. Du moins, pas de raisons qu'elle pourrait avouer.

J'observe les pages. C'est écrit en japonais.

— Tu arrives à lire ? je lui demande.

Shoji ne bouge pas.

— Presque. J'apprends encore.

Je ne ressens aucune gêne à admettre que Shoji est bien plus cool que moi. Il est toujours si calme qu'il en est presque mystérieux. Il garde ses sentiments et ses rêves dans une boîte fermée à double tour, car il ne veut pas les partager avec le reste du monde.

Je n'ai pas ce genre de retenue. Mes émotions ont tendance à exploser comme une bombe à eau. Maman dit que c'est parce que je suis hypersensible, mais c'est plus fort que moi.

— C'est celui avec des démons ? je tente encore une fois.

— Ouais.

Il tourne une page.

On reste silencieux jusqu'à ce que je me gare dans l'allée devant la maison.

Dès que je coupe le moteur, Shoji pose la main sur la poignée de la portière.

— Oncle Max vient à la maison ce soir.

L'image de mon lapin en peluche me vient aussitôt à l'esprit. Puis j'ai un haut-le-cœur.

— Oh ! (Je laisse tomber mes mains sur mes genoux.) À quelle heure ?

Shoji se contente de hausser les épaules. Je ne suis pas certaine qu'il sache pourquoi je n'aime pas Oncle Max, mais il n'est pas stupide. Taro non plus, contrairement à ce que son comportement pourrait parfois laisser croire.

Quand je me retrouve dans la même pièce qu'Oncle Max, l'atmosphère devient étouffante. Maman dit que c'est dans ma tête. Je ne le crois pas. Il ne serait pas allé vivre ailleurs si les choses n'avaient pas pris une tournure bizarre. Mes parents seraient peut-être encore ensemble.

Shoji sort de la voiture, mais je ne lui emboîte pas le pas. J'enlève la clé du contact et serre mon porte-clés Batman dans ma main. Je ne suis pas fan de Batman, mais Jamie Merrick me l'a offert quand j'avais six ans et en général, le sentir contre ma paume me procure un sentiment de sécurité.

Aujourd'hui, ça ne fonctionne pas.

Les battements de mon cœur s'emballent. J'ai mal à la tête. Je n'arrive plus à respirer.

Si Shoji sait qu'Oncle Max vient nous rendre visite, ça veut dire que Maman est au courant. Pourquoi ne me l'a-t-elle pas annoncé elle-même ?

Je sors de la voiture à mon tour. J'ai l'impression qu'il fait cinq mille degrés à l'intérieur et j'ai besoin d'air pour que ma tête arrête de tourner.

Quand j'entre dans la maison, j'entends Maman qui essaie de faire parler Shoji. Elle y parvient encore moins que moi. Dès que j'entre dans le salon, mon frère se dirige vers l'escalier, son manga à la main.

— Maman ?

Je tente de rester calme. Peut-être que si j'arrive à me contenir, elle agira de façon raisonnable, elle aussi.

Mais elle me regarde avec l'excitation d'un enfant le jour de son anniversaire.

— Tu as ton album de promo ?

— Oui, mais…

— Montre-le-moi ! s'exclame-t-elle, les yeux brillants.

Je sors l'album de mon sac et le lui tends. Le son qui s'échappe de sa gorge ressemble à celui que fait une personne qui voit un tour de magie pour la première fois. Son expression est remplie d'admiration, d'innocence et de joie… tout ça pour un album de promo. J'aimerais tellement qu'elle agisse ainsi, rien qu'une fois, en découvrant mes créations. Ce n'est pas étonnant qu'on ait du mal à se comprendre.

Je retente ma chance.

— Maman. C'est vrai qu'Oncle Max vient à la maison ce soir ?

— Essayons d'être positifs aujourd'hui, d'accord ? répond ma mère sans lever les yeux des photos du bal d'hiver. Quel bel album ! Il est magnifique.

Je ne vois pas ce que le fait d'être positif a à voir avec la venue d'Oncle Max. Rester calme devient de plus en plus difficile.

J'essaie encore une fois.

— Je ne suis pas à l'aise…

— Qu'est-ce que c'est ? m'interrompt ma mère en brandissant l'invitation à la fête de Lauren Finch.

— C'est juste une soirée de fin d'année. Je sais que je ne peux pas y aller, je réponds sans m'attarder sur la question.

Maman fixe le carton des yeux. Elle prend son temps, comme si elle réfléchissait à quelque chose d'important.

— Pourquoi ne pourrais-tu pas y aller ?

Je grimace.

— C'est une fête, lui dis-je comme si cette réponse suffisait.

Maman a toujours été stricte par rapport à nos sorties. Il a fallu un an pour qu'elle accepte que j'aille au cinéma avec Emery. Elle ne prend jamais la peine de justifier ses décisions. Je crois qu'elle aime juste nous contrôler.

Elle hausse les épaules.

— Ça pourrait être sympa. L'année est bientôt terminée. Ce serait l'occasion idéale de dire au revoir à tous tes amis.

Je referme la bouche. Visiblement, ma mère ne me connaît pas très bien.

En même temps, elle est en train de me donner la permission d'aller à une soirée. Alors peut-être que je ne la connais pas si bien, moi non plus.

Tout à coup, une idée me vient à l'esprit.

— Est-ce que tu me donnes l'autorisation parce que tu n'as pas envie de parler d'Oncle Max ?

Ma mère rit et tourne une nouvelle page de l'album.

— Chaque fois que je suis gentille avec toi, tu crois que c'est par intérêt.

*Parce que c'est toujours le cas*, ai-je envie de lui dire, mais je n'en fais rien. Je ne suis pas bête. Cette soirée est ma chance d'éviter Oncle Max. Je passerais un week-end entier dans une maison remplie d'inconnus si ça me permettait de ne plus jamais le voir.

— Bon d'accord. Merci, lui dis-je.

Ma mère reporte son attention sur les pages colorées de mon album.

— C'est tellement beau !

Je la laisse à sa contemplation.

Pendant que je me prépare pour une fête à laquelle je ne pensais jamais pouvoir assister, on frappe à la porte de la salle de bains. C'est ma mère.

— Tu veux que je t'aide à te coiffer ? me demande-t-elle.

Je fronce les sourcils.

— Maman, tu n'as plus touché mes cheveux depuis le CE2.

Elle hausse les épaules.

— Je peux t'aider quand même ? Je suis douée.

Je la laisse faire car cela me fait plaisir qu'elle veuille m'aider.

Elle tire sur mes cheveux, les brosse et les relève. Quand elle a terminé, ils sont attachés en un chignon si serré que mes yeux paraissent encore plus petits que d'habitude.

— J'ai l'air chauve, je lui dis simplement.

Elle émet un claquement de langue désapprobateur.

— C'est joli. Ça dégage ton visage.

— Justement.

— C'est le genre de coiffure qu'ont les stars sur le tapis rouge, ajoute-t-elle.

— Elles ne le feraient pas si elles n'avaient pas de maquillage. Je peux au moins t'emprunter ton mascara ?

— C'est hors de question, rétorque Maman, indignée. Il est beaucoup plus difficile d'être belle sans maquillage.

Je me fige. Elle ne m'a jamais dit que j'étais belle. Jamais.

— Au lycée, toutes les filles étaient jalouses de moi parce que j'étais la plus jolie alors que je ne me maquillais pas.

Je soupire. Elle ne parlait pas de moi, mais d'elle-même. Cela ne m'étonne même pas.

— Je ne suis pas comme toi, Maman. Cette coiffure ne me va pas. Ça rend mon visage encore plus rond.

Je ne comprends pas comment ma mère fait pour ne pas le voir. Surtout que c'est elle qui s'est toujours focalisée sur ma tête ronde. Une tête qui, comme elle me le rappelle sans arrêt, me vient de Papa.

Ce genre de coiffure met peut-être en valeur les stars et Maman, mais pas moi.

— Je vais chercher de la laque. Ne touche à rien, dit-elle en me tapant sur la main pour que j'arrête de me tripoter les cheveux.

Je tente de lui expliquer que plus personne n'utilise autant de laque depuis les années 1990, mais elle ne m'écoute pas et m'enveloppe dans un nuage de produits chimiques qui me fait tousser. Quand je touche mes cheveux, ils sont durs comme du plastique.

*Je dessine une fille sans visage qui dessine les traits de quelqu'un d'autre sur son propre reflet.*

# CHAPITRE 4

La maison de Lauren est magnifique. En briques rouges, haute de deux étages, entourée d'une pelouse et d'une grande haie. De la musique pop s'échappe par la porte ouverte et une licorne gonflable géante est collée contre la fenêtre du salon.

Trois filles de mon âge en sortent avec des verres rouges à la main. Un garçon musclé qui porte un sweat bordeaux aux couleurs de sa fac les suit et tente de les convaincre de retourner à l'intérieur. Les filles gloussent. Je les regarde répéter cette danse étrange pendant une heure, assise dans ma voiture.

Je suis garée de l'autre côté de la rue, derrière un pick-up blanc étincelant, et j'observe la maison de Lauren, aussi nerveuse que si j'allais passer un entretien d'embauche.

Emery ne cesse de m'envoyer des messages pour me demander si je suis arrivée. C'est trop de pression.

Mon cœur bat la chamade. Quand j'essaie de déglutir, ma gorge se noue. J'ai froid et je suis tellement stressée et intimidée que j'ai l'impression que je vais mourir. La meilleure chose qui pourrait m'arriver serait que mon corps se désintègre subitement.

J'ai peur qu'on me regarde. De ne pas savoir quoi faire, ni quoi dire.

Les trois filles disparaissent à nouveau dans la maison. Adam Walker, un grand blond, prend leur place. Il est dans l'équipe de lacrosse du lycée et il a l'air de sortir tout droit d'un catalogue Abercrombie & Fitch. On a toujours au moins deux cours en commun depuis la sixième. Il chancèle dans l'allée, un sourire figé sur son visage.

Mon portable sonne. C'est Emery.

— Coucou, dis-je d'une voix faible.

— Qu'est-ce que tu fais encore dans ta voiture ?

— Il y a beaucoup de gens et…

— Je viens te chercher.

Elle raccroche.

Je me laisse glisser sur mon siège en essayant de me persuader que c'est une bonne chose. La présence d'Emery va me faciliter la vie. Avec elle, je peux faire semblant d'être normale.

Elle tape contre la vitre avant d'ouvrir la porte. Quand elle voit ma coiffure, elle est incapable de cacher sa surprise.

— C'est l'œuvre de ma mère, lui dis-je d'un ton contrit.

Un éclat de rire lui échappe.

— Oh, mon Dieu ! Tu crois qu'elle voulait sincèrement t'aider ou qu'elle avait peur que les gens pensent que tu es plus jolie qu'elle ?

Elle secoue la tête et me fait signe d'approcher. Sans m'en demander la permission, Emery ôte l'élastique de mes cheveux et enfonce ses doigts à travers la couche de laque pour tenter de leur redonner du volume. Au bout d'un moment, elle les rattache, mais de façon plus lâche. À présent, le chignon n'est plus dans mon cou, mais sur le haut de ma tête.

— Et voilà, annonce-t-elle avec un sourire encourageant.

Emery me guide de l'autre côté de la rue. Je tente de me convaincre que tout va bien. Les gens de mon âge font tout le temps ce genre de choses.

Quand on s'approche de la porte, Adam avance vers nous. Il me regarde d'un air curieux.

— Hé ! on se connaît, non ?

Je grimace. Quand j'inspire, son parfum emplit mes narines, un mélange d'épices et de poivre.

Adam claque des doigts.

— Ah ! je me rappelle maintenant. Kelly ! Tu me laissais recopier tes devoirs de maths dans le bus.

Il tend les bras vers moi comme pour me serrer contre lui.

— Elle ne s'appelle pas Kelly, grogne Emery en m'éloignant de lui. (Elle se penche pour me murmurer à l'oreille.) C'est toujours lui qui finit le plus bourré. Ne fais pas attention à ce qu'il dit.

Avant que j'aie eu le temps de réfléchir, on se retrouve à l'intérieur de la maison, au milieu du brouhaha. Dans la salle à manger, une fille qui porte un fédora est en train de chanter « Skinny Love » en s'accompagnant à la guitare. À côté d'elle, une partie de beer pong fait rage. Et un peu plus loin, dans le salon, un groupe joue à des jeux vidéo.

Cassidy et Gemma nous repèrent tout de suite.

— Tu as réussi à venir ! s'exclame Cassidy.

Elle titube un peu et je ne crois pas que ce soit sa manière de danser.

Le regard de Gemma se pose sur mon tee-shirt Spiderman. Elle a l'air de se demander pourquoi j'ai mis ça ce soir. Au bout d'un moment, elle lève les yeux vers moi.

— J'aime beaucoup ta coiffure, dit-elle.

Je ris et jette un coup d'œil complice à Emery. Gemma a déjà porté son attention sur quelqu'un d'autre. Très vite, Cassidy et elle se retrouvent à parler de gens que je ne connais pas.

Du côté de la télévision, des grognements énervés s'élèvent. Quelqu'un a dû perdre une partie. La fille à la guitare entame une nouvelle chanson.

Emery dit quelque chose, mais avec tout ce bruit, je ne l'entends pas.

— Tu veux boire un truc ? répète-t-elle, un peu plus fort.

Je secoue la tête.

— Ça va.

— Je reviens, dit-elle.

Dès qu'elle disparaît dans la pièce voisine, c'est comme si on m'avait arraché ma bouée de sauvetage. La seule chose à laquelle je pense, c'est à son retour. Au moment où je pourrai à nouveau me cacher derrière elle.

Je me tourne vers Cassidy et Gemma, mais elles sont toujours en pleine conversation. Je ne me sens pas à l'aise. Est-ce que les autres bougent de groupe en groupe et parlent à tout le monde comme s'ils se connaissaient depuis toujours ? Cela me paraît impoli. Je ne connais pas les codes.

J'ai envie de partir. Je n'ai pas ma place ici. Mais je ne peux pas rentrer. Oncle Max est sans doute encore à la maison, en train de dîner et de parler à mes frères comme s'il était leur oncle préféré. Cela m'empêche de réfléchir. Le savoir si proche de ma famille me donne la sensation qu'il se tient à côté de moi. J'aimerais que Maman lui dise de se tenir à l'écart une bonne fois pour toutes.

Je cherche nerveusement Emery du regard. J'ai besoin de mon amie. Maintenant.

Je me retourne vers la porte, mais, avant que j'aie pu attraper la poignée, quelqu'un m'arrête dans mon élan.

— Kiko ?

C'est une voix suave, douce. Qui ressemble au tintement du cristal ou à du caramel fondu. Et qui connaît mon nom.

Le poids dans mon ventre a soudain disparu. Je connais cette voix. Je me souviens du cristal et du caramel. Je me rappelle la façon dont il prononce mon prénom.

Je ne l'ai jamais oublié.

# CHAPITRE 5

Je fais volte-face. Malgré trente centimètres de plus et une peau bronzée, je sais qu'il s'agit de Jamie Merrick. Avec ses cheveux bruns en bataille qui tombent sur ses yeux bleu-vert, sa carrure de coureur et sa chemise légèrement déboutonnée qui attire l'attention sur la naissance de son cou, il ne ressemble en rien au souvenir que j'ai gardé de lui et, en même temps, il est tout à fait le même.

— Salut, lui dis-je.

— Salut, me répond-il.

J'ai l'impression que deux comètes viennent d'entrer en collision. Je n'entends plus les reprises à la guitare, ni les explosions des jeux vidéo, ni même les balles de ping-pong qui rebondissent sur la table.

Je n'ai plus vu Jamie depuis des années, à part dans mes rêves éveillés et sur les quelques photos floues prises pour les onze ans de Taro. J'ai volé celles avec Jamie qui étaient dans la boîte que ma mère garde dans son placard.

— Tu as grandi, affirme-t-il avec un sourire innocent.

— Toi aussi, je réponds.

Ma voix est cassée.

Jamie baisse les yeux vers son verre. Après une pause, il me demande :

— Comment va Taro ? Il est venu avec toi ?

Mon cœur se serre. Évidemment, il me demande des nouvelles de mon frère. Moi, je n'ai jamais été que la sœur de Taro, l'amie d'Emery, la fille d'Angelina…

— Il n'est pas là, je réponds, mais il va bien.

Enfin, je crois.

Jamie hausse un sourcil.

— J'espère qu'il est plus sympa avec toi. Je me rappelle la fois où tu lui as mis ton poing dans la figure. C'était à cause d'une chanson, je crois ?

Une vague de chaleur envahit soudain mon visage. Il n'a pas oublié.

— Je l'ai frappé parce qu'il n'arrêtait pas d'éteindre ma chaîne hi-fi, je rectifie.

— Tu as cassé ses lunettes.

— Oui, c'est vrai.

On rit en même temps. Son rire est léger et doux, tandis que le mien est fort et embarrassant.

Je me racle la gorge. Mes joues s'empourprent de plus belle.

— Je croyais que tu avais déménagé en Californie. Je… je ne savais pas que tu étais de retour. En même temps, ce n'est pas étonnant, puisqu'on ne s'est pas parlé depuis des années.

*Bon sang, Kiko, tais-toi.*

Il se dandine d'un pied sur l'autre, bat la mesure avec un doigt sur son gobelet en plastique.

— Je suis venu rendre visite à ma famille. Le semestre s'est terminé la semaine dernière.

— Oh ! c'est vrai. Cool.

Le silence retombe sur nous.

J'ai envie de lui poser des milliers de questions. *Qu'as-tu fait pendant huit ans ? Qu'étudies-tu à la fac ? C'est comment, la Californie ? Tu as pensé à moi, ne serait-ce qu'un petit peu ?* Mais je me contente de le regarder.

Il a l'air pressé de partir.

Il lève son verre.

— Je vais me chercher à boire. Tu veux quelque chose ?

Je fixe le plastique rouge vif.

— Non, merci. Je ne bois pas d'alcool.

Un éclat amusé s'allume dans ses yeux. Quand il se penche vers moi, je sens le parfum de son après-rasage. L'odeur de l'océan et le bois de santal.

— Moi non plus. Je suis au Sprite, mais ne le répète à personne. Sinon, ils vont passer la soirée à me forcer à boire des shots.

Son rire est adorable : rauque, avec un petit hoquet à la fin. C'est comme si Captain America et Batman avaient eu un bébé. Il est poli, cool et mystérieux à la fois. Je suis persuadée que même les garçons le trouvent charmant.

Il soulève encore une fois son verre comme s'il me donnait une dernière chance de changer d'avis. Je secoue la tête, mais dès que je le vois entrer dans la cuisine, je comprends qu'à présent, il n'a plus aucune raison de revenir me voir.

*Tu aurais dû accepter, Kiko, bon sang !*

Jamie ne revient pas.

Emery, si. Elle a deux verres en plastique rouge dans les mains. Elle m'oblige à en prendre un.

— C'est du soda. Et même si tu ne le bois pas, tu te sentiras plus à l'aise en tenant un truc. Crois-moi.

Je me rends vite compte qu'elle a raison. Le verre rouge est magique : j'ai l'impression de me fondre dans la masse, de ressembler à tous les autres. Je me sens normale.

Malheureusement, mes yeux se posent de nouveau sur Jamie. À présent, il est dans la salle à manger et marche vers les portes coulissantes, accompagné de deux filles en short en jean et bottines. Tout à coup, son regard croise le mien. Dès que nos yeux se rencontrent, il hésite. Je n'arrive pas à déchiffrer son expression, mais je me sens toute petite.

Lorsqu'il disparaît dans le jardin avec les deux filles, je comprends que sa priorité pour ce soir n'est sans doute pas de rattraper le temps perdu avec une copine d'enfance un peu bizarre.

— Kelly !

Adam Walker a les bras ouverts comme s'il allait me serrer contre lui, mais il ne le fait pas. Peut-être parce que je reste collée au mur.

Il se penche vers moi, le souffle chargé d'alcool et de tabac.

— Tu t'amuses bien ? me demande-t-il d'une voix traînante.

Je voudrais lui dire que je ne m'appelle pas Kelly, quoique pour être franche, je m'en moque un peu. Ma réserve d'énergie décroît à vitesse grand V. Je pense à Oncle Max, à mon côté asocial et au fait que Jamie m'évite. C'est épuisant. Être entourée de tous ces gens l'est encore plus. Je ne sais pas comment font les autres. N'ont-ils jamais besoin de recharger leurs batteries ?

Parler à tant de monde pendant si longtemps ne les fatigue pas ?

Adam attend toujours que je lui réponde. Je décide qu'il est assez bourré pour que je n'aie pas à mentir.

— Pas vraiment, dis-je en haussant les épaules.

Il rejette la tête en arrière et grogne.

— Pareil ! (Il prononce chaque syllabe lentement, comme si sa voix était soudain passée au ralenti.) Il n'y a même pas de filles à cette soirée !

Je regarde autour de moi. Il y en a absolument partout. Et elles sont très jolies, en plus, elles ont l'air tout droit sorties de *The Vampire Diaries*.

Quand je reporte mon attention sur Adam, je me rends compte qu'il regarde de l'autre côté de la pièce. Caitlyn est adossée au mur, le visage enfoui dans le cou de Marc qui a glissé ses doigts dans les passants de la ceinture de son short. Quelque chose me dit qu'Adam espérait que la soirée se termine autrement.

Il s'extrait de ses pensées en clignant des yeux, regarde par terre, puis ses mains.

— Oups ! Où est passé mon verre ?

Il se tourne vers moi comme si je devrais le savoir, puis sourit. Il a l'air de penser qu'on a un secret en commun, sauf que je ne sais pas du tout de quoi il s'agit.

— Alors comme ça, tu es amie avec Emery ?

Je hoche la tête.

— Pourquoi est-ce que je ne t'ai jamais vue en soirée ?

Son sourire est sans doute censé être charmeur, mais ses yeux sont si fatigués et vitreux que je ne vois pas ce que les autres lui trouvent.

— Je n'aime pas la foule. Ça me stresse, je réponds franchement.

Étrangement, parler à quelqu'un de bourré se révèle avoir un effet thérapeutique.

Adam plisse les lèvres, comme s'il réfléchissait, puis hoche la tête.

— Je comprends. C'est toujours la même chose. On dirait que la même journée se répète encore et encore. Rien ne change.

Je ne suis pas certaine qu'il ait compris ce que je voulais dire, mais sa réponse est tellement à côté de la plaque que je souris.

Il s'en rend compte.

— Tu es différente. Ça me plaît.

*Différente.* Ce mot me rend nerveuse. J'ai l'impression que tout à coup, quelqu'un a orienté un projecteur sur moi pour montrer à la salle entière que je ne suis pas comme eux. Peu importe le nombre de verres en plastique rouge que je tiens à la main, je serai toujours *différente.*

— Merci, je réponds en resserrant mes bras sur ma poitrine.

Les gens prennent-ils toujours autant de libertés après quelques verres ? Je cherche de nouveau Emery du regard. Qu'est-ce qu'elle fabrique ?

— Tu attends quelqu'un ? me demande-t-il.

— Juste Emery.

— Je crois que je l'ai vue derrière la maison. (Il brandit son pouce derrière lui alors que l'arrière de la maison est de l'autre côté.) Tu fumes ?

— Non. Et je ne bois pas non plus, je réponds en grimaçant.

Je ne sais pas pourquoi je viens d'avouer à voix haute que je n'ai rien à faire dans ce genre de fête. Je suppose que je ne savais pas quoi dire d'autre.

Je prends appui sur mon autre jambe sans cesser de guetter l'arrivée de mon amie. Elle essaie sans doute de profiter de la fête. Je devrais partir. Je ne veux pas gâcher sa soirée parce qu'elle pense qu'elle doit s'occuper de moi.

Adam hoche la tête très lentement. À le voir, on dirait qu'il a du mal à comprendre ce que je raconte.

— J'aimerais te montrer quelque chose. (Il me prend la main et m'attire à lui.) Ça va te plaire, promis.

On emprunte le couloir et il me fait entrer dans une autre pièce. Je tente de me libérer.

— Je ne crois pas qu'on ait le droit d'être ici.

Il me retient.

— Tout va bien. Tout va bien.

Non, tout ne va pas bien. J'ai l'impression que d'une minute à l'autre, le propriétaire va nous crier dessus parce qu'on n'est pas supposés entrer dans les chambres. *Oh, mon Dieu ! Qu'est-ce qu'on fait dans une chambre ?*

Mes membres se raidissent comme si on avait coulé du métal en fusion dans mes veines. J'ai envie de protester, surtout quand il ferme la porte, mais la peur de mettre Adam mal à l'aise me paralyse. La confrontation est mon pire cauchemar.

Quand il appuie sur l'interrupteur sur le mur, un lustre aux couleurs de l'arc-en-ciel illumine la pièce. Une bougie posée à côté de la porte embaume la pièce d'un fort parfum de lilas. Cela me fait penser à la maison de ma grand-mère. Je devrais peut-être parler de ma grand-mère à Adam. Elle vit avec trois chats.

Une fois, elle m'a servi des sardines en boîte et a donné mon gratin de pâtes à ses bêtes. Avec un peu de chance, cela le distraira suffisamment longtemps pour qu'il me lâche le bras. Il en oubliera peut-être même la raison pour laquelle il m'a emmenée ici.

Adam s'approche du lit en me tirant derrière lui comme une poupée de chiffon. D'une main, il cherche quelque chose sur la table de chevet.

— Cette pièce sent comme chez ma grand-mère, je lui dis.

Il se tourne vers moi et agite une télécommande devant mes yeux.

— Tu aimes *Les Griffin* ? me demande-t-il en se tournant vers la télévision accrochée au mur.

Après m'avoir lâchée, il se jette sur le lit et tapote le dessus-de-lit en patchwork. Il a les paupières à moitié fermées, comme s'il allait s'endormir.

Mes yeux se posent sur le bord du lit, sur les images qui défilent à l'écran et sur la porte qui nous sépare d'une horde d'inconnus bruyants. Et de Jamie Merrick.

Je m'assois sur le lit, à une cinquantaine de centimètres d'Adam, les jambes dans le vide.

Dix minutes plus tard, il ronfle. Je pense à sortir de la pièce, mais maintenant qu'Adam est endormi, j'ai presque l'impression d'être seule. Ça fait du bien. C'est apaisant.

Un nouveau programme a commencé à la télévision, pas particulièrement drôle. Je cherche la télécommande du regard. Elle est toujours dans sa main. Son bras est étendu sur le lit comme une pièce détachée de mannequin en plastique.

Le torse d'Adam se soulève en rythme et un ronflement sonore s'échappe de ses lèvres.

Je tends la main vers lui ; je suis certaine de pouvoir récupérer la télécommande sans le réveiller. Mais dès que mes doigts se referment autour, il ouvre les yeux et m'attrape par le poignet.

Surprise, j'essaie de reculer, mais son corps me suit comme si nous étions deux aimants.

Ses paupières sont lourdes et ses yeux injectés de sang. Le gel a disparu de ses cheveux. Ses mèches blondes ondulent, indisciplinées. Quand il ouvre la bouche, son haleine rance me monte au nez.

— On t'a déjà dit que tu ressemblais à la princesse Jasmine ? (Il sourit, de ce sourire qui est censé être charmant.) Comment j'ai fait pour ne pas m'en apercevoir plus tôt ? Tu es très jolie, tu sais ?

Ses paroles débloquent un souvenir en moi.

*J'ai huit ans.*

Tout à coup, l'oxygène se fait rare, mon regard, fuyant. Il saute de la peinture délavée sur le mur, aux extrémités effilochées du dessus-de-lit, à une figurine de David Letterman posée sur une pile de magazines, elle-même posée sur un vieux tourne-disque.

Adam fait glisser ses doigts le long de mon bras. Je grimace sans le vouloir.

*Il y a des étoiles au plafond.*

J'observe encore la pièce. *Continue d'observer la pièce. Continue de réfléchir.*

Les volets sont abîmés en bas à gauche. Il y a un paquet de Tic Tac orange à moitié vide sur la table de nuit. Un sachet de bonbons à la menthe tout neuf à côté. Un ticket de caisse derrière la poubelle.

Il s'est rapproché. Son haleine me pique les yeux.

*J'ai envie d'attraper mon lapin en peluche, mais je suis tétanisée.*

Ce soir aussi, je suis tétanisée. Je ne peux pas bouger. Je peux seulement penser.

Penser. Réfléchir. Papiers. Volets. Souvenirs enfouis. Lit.

Oh ! Le lit.

*Les étoiles tremblent, le lapin tremble, le lit tremble.*

Je me rappelle, mais je n'en ai pas envie.

Il faut que je me concentre sur autre chose que le lit.

Adam presse ses lèvres contre les miennes. Je me sens mal. *C'est* mal. Elles ont un goût de cendre et de fruits pourris. Il essaie de glisser sa langue épaisse et baveuse dans ma bouche, mais je ferme les lèvres. Je ne veux pas faire ça avec lui.

Alors pourquoi est-ce que je ne bouge pas ?

*Tout tremble sauf moi.*

Ma respiration s'emballe. Adam croit que c'est parce que ça me plaît. Il presse ses dents contre moi comme si l'on était faits pour se fondre l'un dans l'autre, mais j'ai plutôt l'impression qu'on est deux pièces de métal qui ne s'assemblent pas. Ses doigts se referment sur mes cheveux comme s'il essayait de me broyer le crâne. Un baiser est-il censé être aussi agressif ?

Je ne sais pas. C'est la première fois qu'on m'embrasse.

*J'ai trop peur. Tout tremble et je ne sais pas quoi faire.*

J'ai trop peur pour bouger. J'ai peur d'avoir honte. J'ai peur de ce que cela dit de moi. Je n'ai plus le moindre contrôle. Mon corps est lourd comme du plomb. Je ne sais pas comment y remédier.

*J'ai déjà ressenti ça.*

Je me replie sur moi-même, crispée, les lèvres fermées. Quand Adam arrête enfin de m'étouffer avec son haleine qui pue l'alcool, je le regarde s'écarter.

— J'ai super faim, maintenant.

Il ricane, puis son regard se perd dans le vide. Lorsqu'il se laisse à nouveau tomber sur le lit, je me précipite vers la porte.

# CHAPITRE 6

Tandis que j'avance dans le couloir, j'ai l'impression de traverser le palais des glaces d'une fête foraine. Les murs ne sont pas où ils devraient être. J'ai la tête qui tourne et je me sens faible.

Les poings serrés, je tente d'ignorer les battements fous de mon cœur.

Il faut que je trouve la porte d'entrée. Il faut que je retourne à ma voiture. Il faut que je rentre chez moi.

— Tu es encore là, m'interpelle Jamie quand j'arrive dans le salon.

Il ressemble à une licorne au milieu de chimpanzés. Personne n'est aussi beau que lui. Même la fille assise sur le canapé à côté de lui avec sa tresse parfaite et ses cinq couches de gloss paraît insignifiante en comparaison.

— Je croyais que tu étais partie.

Ma bouche est pâteuse, comme si elle était remplie de boules de coton. Je n'arrive pas à me concentrer, alors je me contente de secouer la tête.

Il me dévisage et son sourire s'évanouit. Mes yeux, mes pieds, mes mains : tout trahit mon mal-être.

— Je croyais que tu ne buvais pas.

— Je ne…, je marmonne. Je ne suis pas… (Je tente d'avaler les boules de coton.) Je rentre. Je ne me sens pas bien.

— Tu es venue en voiture ?

Je hoche la tête trop longtemps. Il faut que je parte d'ici.

Il m'observe de la même façon qu'une bonne âme regarderait un chat blessé, comme si elle ne voulait pas l'abandonner tout en redoutant de s'en approcher.

— Ça va ?

Ses yeux s'assombrissent sous le coup de l'inquiétude. Je sens ma mâchoire trembler. J'opine d'un mouvement de la tête. Quand il se lève, sa copine au gloss nous regarde l'un après l'autre.

— Je peux te ramener si tu veux. Ma voiture est juste devant.

— Non ! je m'exclame et la vivacité de ma réponse le surprend. Enfin, merci, mais je ne peux pas laisser ma voiture ici. Ma mère me tuerait.

Un sillon profond se creuse entre ses yeux.

— D'accord, mais laisse-moi au moins t'accompagner dehors. Tu as l'air à deux doigts de t'évanouir.

La fille à la tresse et au gloss se lève à son tour.

— Je vais chercher à boire. On se rejoint dans le jardin ?

Jamie hoche la tête.

— Oui, dans deux minutes.

J'ai envie de refuser et même de tenter de trouver Emery, mais je n'ai pas l'énergie de rester une minute de plus dans cette maison. Je veux rentrer chez moi.

— À plus, Kelly.

Je jette un coup d'œil derrière moi. À moitié endormi, Adam se tient à l'entrée du couloir, une cigarette éteinte à la main.

*Mon Dieu.* Je n'arrive pas à croire que j'ai laissé un fumeur m'embrasser. J'ai envie de lui arracher les yeux.

Jamie me dévisage. Quand on arrive devant ma voiture, je fouille d'une main maladroite dans mon sac à la recherche de mes clés. Je referme le poing dessus et les sors. Le porte-clés Batman pend entre mes doigts. Il attire mon regard. Celui de Jamie aussi.

Je sens le sol s'ouvrir sous mes pieds.

— Ça fait bizarre de te revoir, lance-t-il soudain. (Des fossettes se creusent au coin de ses lèvres.) Tu es comme avant et en même temps… tu es différente.

Je tremble. Je ne sais pas si c'est le contrecoup de cet affreux baiser ou si c'est parce que Jamie Merrick se tient devant moi au clair de lune. Ses yeux sont d'un bleu perçant. Ses sourcils épais les font ressortir. Avec de tels sourcils, n'importe qui aurait ressemblé à un personnage du *Muppet Show*. Pas lui. En même temps, pour moi, il a toujours été parfait.

— Ouais. La faute au temps qui passe, je réponds bêtement.

Jamie a l'air de vouloir ajouter des tas de choses. C'est la première fois que je ressens un tel malaise entre nous. Avant, on n'avait aucun effort à faire pour se comprendre.

Peut-être que cela aussi, c'est la faute au temps qui passe. Je me redresse. J'ai envie de lui demander pourquoi il a cessé de me parler. J'ai envie de lui demander pourquoi on n'est pas restés meilleurs amis pour la vie comme nous nous l'étions promis.

J'ai envie de lui demander ce qui s'est passé après son départ pour qu'on devienne des étrangers. Mais je n'en ai ni le temps ni le courage.

— Bon, j'espère que ça va aller. Ça m'a fait plaisir de te revoir.

Les lèvres pincées, il baisse les yeux vers ses pieds. Quand il relève la tête, je lis sur son visage la même souffrance que je ressens.

— Au revoir, Kiko.

*Au revoir*. Pourquoi est-ce que ses mots sonnent comme un adieu ?

— Au revoir, Jamie.

Je me tourne vers la portière de ma voiture. Lorsque je jette un coup d'œil derrière moi, je le vois entrer dans la maison pour rejoindre sa jolie petite copine.

Je me sens vide.

*Je peins une fille avec des ailes à la place des bras qui vole à la frontière entre l'obscurité et la lumière sans savoir où se trouve sa place.*

# CHAPITRE 7

Emery m'appelle pour me demander pourquoi j'ai disparu hier soir. Au départ, je crois qu'elle m'en veut, puis je me rends compte qu'elle a la gueule de bois. J'essaie de lui parler d'Adam et de Jamie, mais les deux histoires sont tellement éloignées sur le spectre émotionnel que je n'arrive pas à trouver les mots. J'ai l'impression que parler de l'un minimisera l'importance de l'autre.

Embrasser Adam a été une expérience horrible.

Revoir Jamie m'a donné l'impression d'être de nouveau complète.

Alors, je ne dis rien à Emery. Je repousse mes pensées dans un petit coin de mon esprit pour y réfléchir plus tard et je lui demande comment s'est passée sa soirée.

Après, je passe le week-end à travailler à mon portfolio. Je remplis quatre pages d'esquisses avant de me décider à peindre une femme au crâne rasé qui danse dans un tourbillon de feu. Cela me prend beaucoup de temps, parce qu'il y a une centaine de couches de flammes autour d'elle. Et ça m'occupe jusqu'au lundi matin. Ainsi, je n'ai pas à penser à mon baiser avec Adam. Ni à la copine de Jamie.

Malheureusement, ça ne m'empêche pas de penser à lui. En fait, je ne pense qu'à lui, même quand je peins, alors que d'habitude, je me coupe du reste du monde. C'est le sanctuaire qui me permet de chasser mes idées noires.

Mais dans chaque trait de pinceau coloré, je vois des cils noirs et des yeux bleus, des fossettes et un sourire doux, ou sa peau hâlée rayonnante qui me fait penser qu'il est une étoile qui s'est écrasée sur terre par erreur.

Le lundi matin, j'ai tout oublié à part Jamie.

Jusqu'à ce que je croise Adam au lycée.

Debout près de son casier, il est en train de cacher un paquet de cigarettes entre une pochette couverte de dessins au marqueur et un livre d'anglais. J'ai la nausée. J'ignore s'il se souvient de ce qui s'est passé, je ne sais pas comment me comporter.

Dans un sens, je préférerais qu'on clarifie la situation une bonne fois pour toutes, mais visiblement, l'univers se moque de ce que je veux, car Adam ne remarque même pas ma présence.

Plus tard, en sciences politiques, cours qu'on a en commun, je n'arrive pas à tenir en place. J'ai l'impression que des fourmis grouillent sur ma peau. Je me frotte les ongles sous le bureau. Maintenant, on va se revoir. C'est inévitable. L'idée de lui adresser la parole pour la première fois depuis la soirée me rend malade.

Il entre dans la salle avec ses amis. Quand il me voit, son sourire disparaît comme si quelqu'un l'avait gommé de son visage. Il passe le reste de l'heure à éviter de me regarder dans les yeux. Il a l'air gêné.

*Il* a honte de *moi.*

*Évidemment.*

Je suis furieuse.

Je passe les deux cours suivants au bord des larmes. Mes mains tremblent tellement que je n'arrive pas à tenir mon crayon correctement pour dessiner. Cela m'énerve encore plus.

Puis je l'aperçois une troisième fois, devant le gymnase. Il me remarque également, mais cette fois, il n'a pas l'air pressé de s'enfuir, alors qu'il ne reste que cinq minutes avant la sonnerie.

Cinq minutes ne semblent pas suffisantes pour ce que nous avons à nous dire.

— Salut, dit-il en s'approchant de moi.

Il porte un tee-shirt à rayures rouge et or qui me fait penser aux couleurs de Gryffondor. Je lui en veux toujours, mais s'il s'excuse et avoue être fan d'Harry Potter, je lui pardonnerai peut-être.

— Salut, je réponds aussitôt.

Je baisse les yeux. Je porte des Converse noires et un tee-shirt Zelda. Peut-être qu'il aime aussi les jeux vidéo. Peut-être que je n'ai pas gâché mon premier baiser avec un simple fumeur... On a sans doute des tas de choses en commun que j'ignore encore.

L'espoir renaît.

— Écoute, à propos de vendredi soir..., dit-il en riant.

Ce n'est pas un rire moqueur, alors je lui rends son sourire. Avec un peu de chance, on en rira longtemps. On pourrait mettre cette histoire derrière nous et devenir amis, ou...

— Je te serais reconnaissant de n'en parler à personne, me dit-il d'un ton implorant.

Toutes mes émotions se sont envolées. Je ne ressens plus rien. La seule chose qu'il me reste est une expression ahurie.

— Quoi ?

Adam passe la main dans ses cheveux blonds et grimace.

— Ce n'est pas contre toi. C'est juste, tu sais, mes parents… et j'avais trop bu.

Je l'interromps.

— Que viennent faire tes parents dans tout ça ?

Ses yeux croisent les miens et me supplient d'accepter sa réponse sans broncher. Il ne veut pas approfondir la question.

— Tu n'es pas le genre de filles avec qui je sors d'habitude.

— Comment ça ?

Je tremble.

— Je ne sors pas avec des Asiatiques, c'est tout, finit-il par avouer.

Les larmes me montent aux yeux.

— Je n'ai rien contre les filles comme toi, insiste-t-il, mais mes parents ne comprendraient pas. Et c'est une petite ville, tu sais ?

CE QUE JE VEUX DIRE :

*Si j'ai bien compris, tu voudrais que je mente à propos de mon premier baiser parce que tes parents sont racistes ?*

CE QUE JE DIS :

— C'est toi qui m'as embrassée !

J'ai la gorge nouée. Mon visage me brûle. Le problème n'est pas que je voulais que ce baiser signifie quoi que ce soit. Le problème, c'est que je n'aime pas l'idée qu'il soit effacé. Que *je* sois effacée.

Adam serre les dents et hausse les épaules.

— J'étais bourré. Je ne savais pas ce que je faisais.

Je ne sais pas pourquoi je lui en veux autant. Enfin, si, je sais, mais je ne sais pas quelle raison m'énerve le plus. Je ne sais pas si je suis furieuse d'avoir gâché mon premier baiser avec un fumeur raciste ou si je suis en colère parce qu'il refuse de s'excuser ou parce qu'il minimise la chose.

Ce n'était pas important pour moi. Ce premier baiser a sans doute été le pire premier baiser du monde, mais il m'aurait convenu si Adam m'avait montré le moindre intérêt.

— Alors ? (Il s'interrompt et m'adresse un sourire crispé.) C'est d'accord ?

J'attends un long moment avant de lui répondre. Pas pour le punir, simplement parce que j'ai du mal à respirer. Au bout d'un moment, mon cœur se calme et je sens l'oxygène emplir mes narines.

— C'est d'accord.

Son sourire s'élargit.

— Merci, Kelly.

Pendant qu'il s'éloigne, je tente d'avaler la boule qui s'est formée dans ma gorge.

*Je dessine un garçon qui embrasse une fille, et la fille éclate en mille morceaux.*

# CHAPITRE 8

— Bon, allez, accouche, dit Emery en se penchant vers moi comme si elle attendait que je lui dise quelque chose d'important.

Je tape mon crayon contre la page blanche de mon carnet à dessin. M. Miller est en train de noter des copies à son bureau.

— Comment ça ? je murmure.

Ma voix dégouline de honte. Je hais ce qui s'est passé vendredi et ce qu'Adam m'a dit aujourd'hui.

— Tu étais bizarre à la cantine. Plus que d'habitude, me fait remarquer Emery en souriant. Alors, qu'est-ce qui se passe ?

Je n'ai pas envie de lui parler d'Adam et pas seulement parce qu'il m'a demandé de me taire. Je ne veux pas le lui dire, car formuler à voix haute ce qui s'est passé serait humiliant.

Si je lui parle d'Adam, je vais devoir lui expliquer pourquoi je ne l'ai pas repoussé. Pourquoi je me suis retrouvée paralysée. Et ça, je ne peux pas. Je ne peux le raconter à personne.

Alors, à la place, je lui parle de Jamie. C'est une bonne diversion et si je garde mes pensées dans un coin de mon esprit trop longtemps, j'ai peur de les oublier. Et je ne veux surtout pas oublier quoi que ce soit à propos de Jamie.

Emery pousse un cri ravi.

— Pourquoi tu ne m'as pas dit qu'il était là ? Je t'aurais aidée. Je n'arrive pas à croire qu'il t'ait proposé de te ramener. Il reste combien de temps ? J'espère que tu as pris son numéro, au moins !

— Ce n'est pas ce que tu crois. Je pense que la fille avec qui il était est sa copine.

— Il n'a pas le droit d'avoir une copine alors que tu es amoureuse de lui depuis plus de dix ans !

Un sourire étire mes lèvres et je cache mon visage contre mes bras croisés. La table en bois sent encore l'argile.

— Tu vas me rendre encore plus nerveuse. (Je relève la tête pour qu'elle m'entende.) Ça fait des années. Il ne s'intéresse plus à moi de cette façon.

Emery fronce les sourcils.

— Franchement, je ne comprends rien à votre histoire. On ne propose pas à n'importe qui de le ramener chez lui…

Je garde les yeux rivés sur la page blanche.

— Je suis sûre qu'il va chercher à te recontacter. Tu verras.

Je me tourne vers elle.

— Je ne sais pas. Il a voulu être poli, c'est tout. Je crois que tu te fais des films.

— Pourquoi as-tu autant de mal à croire que les garçons sont attirés par toi ? me demande-t-elle avec grand sérieux. Tu es jolie, Kiko. Tu as un côté exotique que les gens adorent.

Son choix de mots me fait grimacer. *Exotique*. « Comme la princesse Jasmine. »

— Je ne veux pas que quelqu'un s'intéresse à moi parce qu'il me trouve « exotique », je rétorque. À t'entendre, on dirait que je suis un plat qu'on n'a pas l'habitude de manger.

— Ce n'est pas une mauvaise chose. Ça veut juste dire que tu es différente, dit-elle.

— Exactement ! je m'exclame.

Elle plisse ses yeux noisette.

— Tu es en train de me dire que tu préfères être de la purée de pommes de terre plutôt qu'une crème brûlée ?

— Je dis que je ne veux pas être un truc que les gens testent de temps en temps parce qu'ils me trouvent unique ou exotique. Je ne veux pas qu'un garçon ait honte de m'embrasser parce que je n'ai pas les cheveux blonds ni les yeux bleus, et que je risque de décevoir ses parents.

J'ai peur d'avoir blessé Emery. L'assurance et moi, ça fait deux. Alors, dire à voix haute ce que je ressens me paraît tout sauf naturel. J'ai l'impression de crier mes sentiments sur les toits.

Emery hausse les sourcils. Son regard s'adoucit.

— Je ne savais pas que tu voyais les choses de cette façon. Excuse-moi. (Elle s'interrompt.) À mes yeux, tu n'es pas différente, tu sais ? Tu es juste mon amie. Une amie pour la vie, très jolie, et, si tu veux que je te compare à un plat, alors ce sera à de la purée de pommes de terre.

Je me détends et un sourire apparaît sur mes lèvres.

— Merci, Emery. Avec toi, je me sens moins seule.

C'est la vérité. Au fil du temps, je me suis attachée à Emery. Je me sens en sécurité avec elle. Je peux faire semblant d'être de la purée ou de la crème brûlée : elle me regardera de la façon dont j'ai envie d'être regardée. Mais le reste du monde ne voit pas à travers ses yeux, ni à travers les miens. Il me voit comme Adam. Comme Maman.

*Je ne suis pas comme eux.*

Emery forme un cœur avec ses doigts.

— Maintenant, je veux tout savoir sur Jamie. Ses yeux étaient-ils aussi bleus que dans ton souvenir ?

Sa voix se fait dramatique.

— Si tu savais ! je m'exclame avant de m'esclaffer.

Je laisse Emery me distraire avec ses questions, ses plaisanteries et ses idées de tatouages. Grâce à elle, Adam s'envole de mon esprit et, l'espace d'un instant, j'en oublie l'urgence d'être reçue à Prism et mon rêve d'être enfin acceptée et désirée en ce monde.

*Je dessine cinq personnes et un squelette. Même si le squelette a les mêmes os, il ne sera jamais comme les autres, car il n'a pas la bonne couleur.*

# CHAPITRE 9

Taro est debout devant ma porte, en train de manger une brioche à la fraise. L'odeur de sucre me fait saliver.

— Maman te tuera si elle apprend que tu as mangé à l'étage, je lui fais remarquer sans le regarder.

Je fais semblant de réviser mon cours d'anglais pour mon contrôle, mais en réalité, je repense à mon premier baiser que j'ai gâché avec cet idiot d'Adam.

— Tu étais où vendredi ? demande Taro.

On dirait qu'il connaît déjà la réponse.

Je relève les yeux des mots de John Steinbeck.

— Qu'est-ce que ça peut te faire ?

Taro rit et mâche en même temps.

— Qu'est-ce que tu faisais à une fête ? Tu n'as même pas d'amis.

— Bien sûr que si, je rétorque.

Il secoue lentement la tête.

— Non. Tes seuls potes sont ces trucs en glaise super flippants.

Je lève les yeux au ciel, puis je me replonge dans mon cours.

— Tu as vu Jamie ?

Mes joues me brûlent.

— Qui te l'a dit ?

— J'ai des amis, moi. Des amis qui me disent quand ma sœur part d'une soirée avec un mec. Tu es toujours amoureuse de lui ?

Il rit comme s'il avait dix ans et qu'il veuille attirer mon attention.

— Pourquoi tu m'embêtes avec ça ? Tu ne me parles jamais. Qu'est-ce que ça peut te faire avec qui je traîne ?

Taro avale le dernier morceau de sa brioche.

— Je suis en train de te parler, là.

Je tente de déterminer quelles sont ses intentions. Je ne pense pas qu'il se soucie de Jamie. Enfants, ils étaient amis, jusqu'à ce que Jamie et moi nous rendions compte que nous avions plus de choses en commun. Et vu qu'il est en train d'aspirer les dernières miettes de sa brioche sur ses doigts, il n'est pas non plus venu me proposer un truc à manger.

Je crois que, sous ses airs d'ours mal léché, il essaie de passer du temps avec moi.

Mon frère n'a jamais su attirer l'attention de quiconque sans se montrer cassant ou brutal. Enfant, c'était ainsi qu'il faisait en sorte que Maman s'occupe de lui. En la forçant à le voir. Moi, je n'ai jamais été douée pour ce genre de choses. Mais peut-être que son agressivité n'est qu'une façade. Il a la peau dure. Il attaque le premier. Il rit pour ne pas montrer qu'il est blessé. Il empêche Maman de s'en prendre à lui en s'en prenant d'abord aux autres.

Taro observe ma chambre, les reproductions de tableaux que j'ai collectionnées au fil des ans et l'étagère remplie de trucs en glaise étranges, contre le mur.

— Tu es bizarre. Tout le monde le pense.

Ma poitrine se serre. Une partie de moi sait qu'il essaie de me déstabiliser. L'autre a très peur de lui demander ce qu'il entend par « tout le monde ».

— Et toi, tu es un inadapté social, je rétorque.

Il rit encore. Heureusement, son rire ne ressemble en rien à celui de notre mère.

— On l'est tous dans la famille. Maman s'en est assurée.

Je grimace. Je ne comprends pas comment il peut dire une chose aussi triste en ayant l'air si joyeux. Je crois qu'il a trouvé un moyen de ne plus se laisser envahir par l'amertume. Mentalement, il a toujours été très solide.

Nous ne pouvons pas tous être forts. Quelqu'un doit servir de bouc émissaire à Maman. Et je pense que Taro préfère que ce soit moi plutôt que lui.

Quand il sort de la pièce, je ne pense plus à Adam, ni à *Des souris et des hommes*. Depuis notre naissance, mes frères et moi avons été montés les uns contre les autres. Nous sommes les produits de parents absents. L'un physiquement, l'autre émotionnellement. On ne nous a jamais assez porté d'attention. On ne nous a jamais donné assez d'amour. Nous avons grandi seuls, dans notre coin, en protégeant notre cœur les uns des autres.

Nous n'étions pas faits pour être proches. Nous n'étions pas faits pour nous aimer. Ce choix n'a jamais été le nôtre.

*Je peins trois personnes sans visage : l'une devient le ciel, l'autre devient l'océan et la dernière devient le soleil. Et elles vivent séparées jusqu'à la nuit des temps car elles ne sont pas faites pour être ensemble.*

# CHAPITRE 10

Leah est chauve. Emily a des lèvres énormes.

On dit que les bébés sont beaux. Moi, je trouve qu'ils ont l'air d'aliens croisés avec un navet. En fait, ils ressemblent un peu à mes sculptures en glaise.

Papa sourit tellement fort que ses yeux disparaissent à l'intérieur de son visage.

— Tu as vu comme elles sont petites ? Je me souviens quand tu avais cet âge. On aurait dit un bébé lapin.

J'aime la façon dont parle mon père. Il adore comparer les gens à des animaux et il arrive toujours à se laisser surprendre et enthousiasmer par le monde.

— C'est vrai qu'elles sont petites, j'acquiesce. (Les jumelles bâillent en même temps.) Tu as vu ça ? Elles sont déjà coordonnées.

Elles ne sont peut-être pas belles, mais elles sont fascinantes. Ce sont mes petites sœurs. Ça me fait très bizarre.

— Tu veux en porter une ? me demande Papa en soulevant l'un des bébés du berceau blanc.

*La chauve, c'est Leah.*

Je tends les bras et mon père me confie l'une de mes nouvelles sœurs. C'est très étrange. Je n'ai pas l'impression de bien m'y prendre. J'ai peur de la laisser tomber ou de la faire pleurer.

— Comment tu fais pour la porter d'une seule main ? je demande à mon père d'une voix sourde.

Dans le berceau, Emily émet un petit cri. On dirait un bébé ptérodactyle. Papa la soulève à son tour. Bientôt, on se retrouve tous les deux à bercer ces petits êtres dans nos bras. Il porte Emily, mais c'est à moi qu'il sourit. Il ne m'a pas oubliée. Pas comme Maman le ferait s'il y avait quelqu'un de mignon dans la pièce.

Je me sens toujours coupable d'avoir joué un rôle dans la destruction de notre famille, mais Papa est sans doute plus heureux aujourd'hui. Quelque part, s'il n'avait jamais su pour Oncle Max, il n'aurait jamais eu ces deux petites filles. Le bon côté des choses, ce sont elles. Maintenant, je vais pouvoir arrêter de culpabiliser autant.

— Comment va Serena ? je demande avant que mon père ait pu déchiffrer mon expression.

— Bien, répond-il. Elle est allée chez sa mère prendre un peu l'air. Les filles ne sont pas toujours aussi calmes.

Je baisse les yeux vers le petit visage fripé de Leah. Bon, d'accord, je comprends mieux pourquoi les gens trouvent les bébés mignons.

— On aimerait beaucoup que tu passes nous voir plus souvent, tu sais ? me dit mon père avec le plus grand sérieux. Serena voudrait que tu fasses partie de la vie des jumelles. Moi aussi.

Je hoche la tête, mais je ne réponds pas. Je ne me suis jamais vraiment entendue avec Serena. Ce n'est pas qu'elle n'est pas gentille. Au contraire, elle prend le soin d'écrire à la main des cartes pour nos anniversaires et elle m'a même envoyé un mail pour me souhaiter bonne chance quand elle a appris que je voulais entrer à Prism. Mais ce n'est pas facile de tisser des liens avec la femme qui a participé au remplacement de notre famille par une nouvelle. Maman me renierait sur-le-champ si elle apprenait que je prenais le parti d'une autre.

J'ai peut-être créé le fossé entre mes parents, mais c'est elle qui nous a pris notre père.

Papa reste silencieux un instant. On continue de bercer les jumelles et de les écouter respirer.

— Serena tient beaucoup à toi. Vraiment.

Il a les yeux brillants. Il est toujours ému quand il parle de sa femme.

— Et ta mère, comment ça va ? me demande-t-il.

Quand je lève la tête vers lui, je vois qu'il s'inquiète pour moi. Parce qu'il sait. *Il sait* et pourtant il nous a abandonnés tous les trois avec elle. Je devrais le haïr, mais j'en suis incapable.

Papa est semblable à un lapin, lui aussi. Il est gentil et doux, mais il disparaît d'un coup quand il a peur. Il ne veut faire de mal à personne, mais il n'a pas envie de souffrir non plus.

J'ignore si c'est égoïste de sa part. Je ne lui en veux pas, parce que je le comprends profondément. Maman s'attaque aux plus faibles. Papa a réussi à s'en sortir et j'essaie de faire la même chose.

Je reporte mon attention sur ma sœur pour ne pas pleurer.

— Ça va. Maman est égale à elle-même.

Il hoche la tête. Je crois qu'il essaie de me dire autre chose, de s'expliquer. Aussi, je change de sujet. Je ne veux pas que mon père soit triste pendant le peu de temps qu'on passe ensemble.

— Est-ce qu'elles me ressemblent ?

Papa sourit.

— Je crois. Mais tu avais des cheveux noirs et duveteux, comme un louveteau.

Je ris. Les jumelles grimacent à l'unisson.

— Je me demande si elles auront l'air moins asiatiques que nous. (Je lève les yeux vers lui.) Taro, Shoji et moi, on n'arrêtait pas de se chamailler à ce sujet. Tu te rappelles ?

— Je sais que ça n'a pas été facile pour vous. J'aurais aimé que mes parents soient présents. Connaître ce côté de la famille vous aurait bien aidés, admet-il.

Sa voix laisse transparaître une tristesse contenue. Les parents de mon père sont morts avant qu'il ne rencontre Maman. Pendant un temps, elle a été sa seule famille. Parfois, je me demande si elle ne préférait pas cette période, ce moment où ils n'étaient que tous les deux et où il n'y avait ni enfants ni proches avec qui partager son attention. Je déteste être sous les feux des projecteurs. Ma mère, elle, adore ça.

Papa est la seule personne que je connais du côté japonais de la famille. En réalité, je ne suis qu'à moitié japonaise. Il y a autant de sang asiatique que caucasien en moi. Alors, pourquoi personne ne me dit jamais que je suis à moitié blanche ? Papa hausse les épaules.

— Au moins, les jumelles pourront apprendre de votre expérience à tous les trois.

Je me force à sourire. Je crois qu'il ne se rend pas compte que je n'ai rien à leur transmettre.

Au rez-de-chaussée, la porte d'entrée s'ouvre, puis se referme. On entend des pas lents et légers résonner dans l'escalier. Serena apparaît dans le couloir. Elle porte un pantalon de yoga et un tee-shirt ample, ses cheveux auburn sont attachés en un chignon haut. Ses yeux sont verts et elle a des taches de rousseur qu'elle n'essaie jamais de dissimuler sous du fond de teint. Maman dit qu'elle est quelconque. Moi, je la trouve jolie, surtout pour quelqu'un qui ne met pas plusieurs couches de maquillage.

— Bonjour, Kiko, s'exclame Serena d'une voix enjouée. (Son sourire est éclatant.) Les filles dorment encore, à ce que je vois.

Papa se penche vers elle et l'embrasse sur la joue.

— On contrôle la situation. Tu t'es bien amusée ? Tu n'étais pas obligée de rentrer si vite.

Elle plisse le nez.

— J'ai eu peur de leur manquer. (Elle me regarde.) Et je voulais te voir avant que tu partes. Tu as des nouvelles de ton école d'art ?

Elle est tellement gentille. Je ne comprends pas pourquoi elle s'est mise en couple avec un homme marié qui avait déjà trois enfants. Cela n'a aucun sens.

— Pas encore, j'attends toujours une réponse.

— Je suis persuadée que tu seras acceptée. Tu es la personne la plus talentueuse que je connaisse, me dit-elle avec fierté.

*Tellement* gentille. Cela n'a aucun sens.

— Merci, je lui dis, gênée.

— Et si on emmenait ces deux petits lapins en bas avec nous ? Tu pourrais nous parler de ce sur quoi tu travailles en ce moment pendant qu'on engloutit une part de gâteau ? propose Papa. Je meurs de faim. Comme un ours en plein hiver.

J'essaie de ne pas rire trop fort pour les petites oreilles de Leah.

Serena nous apporte un cake à la carotte et un autre à la banane. Je mange une tranche de chaque et fais passer le tout avec une canette de soda. Quand il est temps de rentrer à la maison, j'embrasse mes petites sœurs pour la première fois et déclare qu'elles sont les plus beaux bébés du monde. Papa insiste pour que je leur rende visite plus souvent. Serena répète qu'elle aimerait me voir davantage.

Je leur promets que je vais essayer, même si je sais que ça ne plaira pas à Maman.

J'aime leur maison. J'aime leur famille. J'aime qu'ils me donnent l'impression d'en faire partie. En partant, je me sens plus heureuse que je ne l'ai été depuis longtemps.

*Je dessine une fleur à huit pétales et chaque pétale est une femme qui danse.*

# CHAPITRE 11

La dernière fois que j'ai vu Oncle Max, il s'était rasé la tête et avait l'air de sortir de prison. Aujourd'hui, ses cheveux ont repoussé. Il ressemble à un père de famille ordinaire. Sauf qu'il n'a pas d'enfants. Dieu merci.

Il termine sa canette de bière en un temps record. Maman lui en offre une deuxième car il est « en vacances ». Il nous a annoncé qu'il avait été renvoyé, mais je suppose que Maman n'aime pas ce terme.

Elle me punit pour être allée voir Papa et les jumelles. Il n'y a pas d'autre explication. Sinon, pourquoi l'aurait-elle invité à dîner ?

— Tu étudies quoi à la fac ? demande Oncle Max à Taro comme s'ils étaient de vieux amis.

Il ne ressemble pas à Maman. Ils ont juste le même nez en trompette.

— Le journalisme, répond Taro en dévorant son steak.

— Oh ! ça a l'air cool, commente Oncle Max, tout sourire.

— J'ai toujours rêvé d'avoir un dentiste dans la famille, intervient Maman d'un air songeur. J'ai lu quelque part qu'il n'allait plus y en avoir assez. Tu pourrais ouvrir un cabinet dans le quartier. Ça, ce serait cool, non ?

Je ne comprendrai jamais pourquoi ma mère tient tant à nous garder près d'elle. Elle a peut-être peur de se retrouver seule.

— Je ne veux pas être dentiste, rétorque Taro, dégoûté. Les études, c'est pas mon truc.

Il pousse sa nourriture du bout de sa fourchette. Taro n'est pas un grand rêveur, comme moi. Il n'a pas de passion. S'il étudie à l'université du Nebraska, c'est parce que c'est la seule fac de l'État à lui avoir accordé une bourse.

Taro a toujours été intelligent, mais il manque d'ambition. C'est le genre d'élève qui a de super bonnes notes aux examens, mais qui ne rend jamais aucun devoir à la maison. Cela a peut-être un rapport avec l'armure qu'il s'est forgée. La seule façon de protéger son cœur est de ne se soucier de rien.

— Qu'est-ce que tu vas faire quand tu auras ton diplôme ? demande Oncle Max.

— Barman. Et je raconterai à tout le monde que je suis content de ne pas avoir à nettoyer des dents pour gagner ma vie, répond Taro en riant.

Maman ne lui accorde pas la moindre attention. Moi, je ne pourrais jamais lui parler comme ça. Elle n'hésiterait pas à me traiter d'impolie, d'ingrate et de jalouse tout à la fois. Taro a la peau plus dure que moi. Cela demande sans doute beaucoup plus d'efforts à Maman pour l'atteindre.

— Eh bien moi, je crois que Shoji sera docteur. Pas vrai, Shoji ? l'interpelle Maman.

Mon petit frère ne lève pas les yeux du manga qu'il cache sur ses genoux. Je ne lui en veux pas. Ses livres lui servent d'échappatoire.

Oncle Max se tourne vers moi d'un air innocent.

— Et toi, Kiko ? Quels sont tes projets ?

Mal à l'aise, j'évite son regard. Je ne veux pas lui parler de mon avenir. Je ne veux pas lui parler tout court.

— Elle veut faire un truc dans l'art, répond Maman sans ciller. (Elle marque une brève pause.) Elle est allée voir les bébés, tu sais ?

Tout à coup, je ressens l'envie de me redresser et de prendre leur défense. Je me sens responsable de mes sœurs.

— J'ai vu des photos. Elles sont mignonnes, ajoute-t-elle en haussant les sourcils. Malheureusement, l'une d'elles a hérité du nez de votre père. Comme toi, dit-elle en me regardant.

Oncle Max éclate de rire.

— Ne t'inquiète pas, me dit-il avec un clin d'œil. La chirurgie esthétique fait des miracles.

Et soudain, ma mère s'esclaffe, elle aussi.

À côté de moi, Shoji tourne une page d'un air rageur. Il ne m'adresse pas le moindre regard, mais je sens qu'il est à bout.

— Tu ferais mieux de manger ton steak avant que tes frères le fassent à ta place, me met en garde Maman.

Je cligne des yeux.

— Je suis végétarienne. Ça fait deux ans que je n'ai pas mangé de viande.

— Pourquoi faut-il toujours que tu compliques les choses ? (Maman soupire comme si elle était épuisée. Comme si *je* l'épuisais.) Je me suis donné de la peine pour préparer ce délicieux repas et toi, tu gâches tout avec ta négativité.

Taro tousse bruyamment avant de planter sa fourchette dans son steak.

— Je t'ai dit que ma copine avait fait une école d'art ? me demande Oncle Max après avoir pris une gorgée de bière.

Maman relève la tête comme si c'était la nouvelle la plus excitante qu'elle ait jamais entendue.

— On a failli inscrire Kiko dans un établissement de ce genre quand elle était petite, mais c'était trop cher.

Surprise, je me tourne vivement vers elle.

— Quoi ?

Elle acquiesce comme si elle ne venait pas de lâcher une bombe. C'est la première fois que j'entends cette histoire.

— C'était quand ? je demande.

Taro ricane sans lever les yeux de son assiette. Oncle Max continue de boire sa bière. Shoji fait comme si on n'existait pas.

Maman émet un reniflement dédaigneux.

— Quand ton institutrice a inscrit sa fille à cette école, près du lac. Tu te rappelles ? Ton père et moi, on s'est renseignés. On en a longuement parlé.

— Pourquoi tu ne m'as jamais rien dit ?

L'art, c'est ma vie. Tout le monde le sait. Mais ma mère a le chic pour faire croire le contraire. Je n'ai jamais pensé qu'elle s'intéressait suffisamment à moi pour réfléchir à m'envoyer dans une école d'art. Alors, j'aimerais connaître les détails. Car c'est sans doute la chose la plus gentille que ma mère ait cherché à faire pour moi, et je l'ignorais.

— Je ne sais pas, Kiko. C'était trop cher.

Le coin de ses lèvres se retrousse. Elle attend avec impatience les retombées de sa réponse.

Alors, l'espace d'une demi-seconde, je vois la vérité briller dans ses yeux. Je connais très bien ma mère.

CE QUE JE VEUX DIRE :

*En fait, tu n'as fait que demander à Papa de regarder sur Internet combien ça coûtait pour savoir comment une institutrice pouvait se permettre d'y inscrire sa fille. Et maintenant, tu m'en parles parce que ça te fait passer pour une bonne mère qui n'a pas pu faire une bonne action pour une question d'argent.*

CE QUE JE DIS :

— Oh. OK.

— Becky est extrêmement talentueuse. Elle joue même du piano, reprend Oncle Max.

— J'étais douée pour le piano, moi aussi, quand j'étais petite. Tu te souviens de tous les récitals auxquels j'ai participé ? demande Maman.

Ils continuent ainsi un long moment comme un match de ping-pong.

Les yeux rivés sur mon assiette, je pense à ma demande d'inscription à Prism qui n'a toujours pas reçu de réponse, jusqu'à ce qu'une phrase d'Oncle Max me donne la nausée.

— Vous la rencontrerez bientôt, étant donné que je vais habiter ici le temps de me remettre à flot.

Je ne dis rien. Je regarde Taro : il mâche, mâche et remâche tout en faisant semblant de ne pas savoir ce qui se passe.

Je regarde Shoji : il lève une seconde les yeux de son manga.

Puis je me tourne vers ma mère. Elle évite mon regard, sans doute parce qu'elle sait que j'ai des lasers à la place des yeux.

— Ça te pose un problème, Kiko ?

La voix d'Oncle Max est tranchante comme du métal. Il s'adresse à moi comme si j'étais une gamine capricieuse. Quand je me retourne, je me rends compte que Taro et Shoji m'observent avec la même expression.

*Pourquoi ?* pensent-ils. *Pourquoi est-ce que tu compliques toujours les choses ?*

— Maman…, je commence.

Elle abat ses deux mains sur la table. Apeurée, je sursaute. Les larmes lui montent aux yeux. En un clin d'œil, sa bouche se tord et elle pleure à gros sanglots comme si elle avait le cœur brisé.

Je ne cille pas.

Maman cache son visage entre ses mains pendant qu'Oncle Max lui masse le dos. Elle joue à la perfection le rôle de la mère épuisée qui doit s'occuper d'ados à problèmes.

— Je fais tellement pour ces gamins ! Ils ne me montrent aucune reconnaissance !

Elle sanglote dans ses mains.

— Ne pleure pas, Angie, dit Oncle Max. (Il reporte son attention sur moi.) Votre mère travaille dur et elle ne demande jamais rien en retour. Vous devriez être plus gentils avec elle.

Elle ramène les choses à elle pour ne pas avoir à me parler. Elle ne peut pas être la méchante si elle est la victime.

Je me tourne vers mes frères. Si seulement ils pouvaient m'aider… Taro secoue la tête. Shoji cherche désespérément une échappatoire.

*Pourquoi ne peux-tu pas te fondre dans le décor comme nous ?* pensent-ils. *Ne pose pas de questions. Sois invisible. Ne fais pas de vagues.*

Je ne veux pas être invisible aux yeux de Maman. Je veux pouvoir lui confier ce que je ressens. Je veux qu'elle se soucie de moi.

Mais ce n'est pas le cas. *Je ne suis pas assez bien pour elle.* Elle aimerait que je sois différente. Elle rejette sur moi la cause de sa séparation avec Papa.

Ce n'est pas juste.

Je ne termine pas mon assiette. Je me précipite hors de la pièce avant de me mettre à pleurer devant tout le monde.

Pourquoi a-t-elle fait ça ? Elle sait qu'il est dérangé. Elle sait ce qu'il m'a fait. Comment peut-elle l'autoriser à revenir habiter ici quand elle est au courant de sa vraie nature ?

Le dîner est terminé depuis plus d'une heure, pourtant je n'arrive pas à me calmer.

Maman ne frappe pas. Elle ouvre la porte et entre. À son expression, il est clair qu'elle espérait me surprendre en train de pleurer ou de m'apitoyer sur mon sort. Je crois qu'au fond d'elle elle adore quand les gens vont mal.

— Tu veux en parler ? demande-t-elle avec un sourire moqueur.

— Ce n'est pas drôle.

Je soutiens son regard. Non, je ne pleure pas. Ce que je ressens, c'est de la colère.

Elle ferme la porte derrière elle et vient s'asseoir sur le lit à côté de moi. On dirait deux amies qui se sont disputées et ne savent pas comment se réconcilier.

— Je ne trouve pas ça drôle. Je souris quand je suis mal à l'aise, c'est tout.

Je secoue la tête, sans répondre. Tout ce que j'ai envie de lui dire est dicté par ma rage. Si je dérape, elle risque de s'en servir contre moi pour le reste de ma vie.

— Écoute, je ne sais pas ce qui s'est passé entre Max et toi, mais si on doit habiter ensemble, il va falloir..., commence-t-elle.

— Tu le sais très bien ! je l'interromps, furieuse. Tu sais exactement ce qui s'est passé.

— Non, me corrige-t-elle. Je connais *ta* version de l'histoire.

Mes épaules tremblent violemment.

— Tu veux dire que tu ne me crois pas ?

Elle laisse échapper un soupir.

— Ce n'est pas ce que j'ai dit. Je pense simplement que tu étais très jeune quand cet « incident » s'est produit. (Elle mime des guillemets avec ses doigts.) C'est injuste de reporter toute la faute sur Max.

— Alors, il faut la reporter sur qui ? je demande avec une boule dans la gorge.

— Kiko. Arrête de compliquer les choses, s'il te plaît. Ce n'est pas comme si ce qu'il t'avait fait était si terrible que ça.

CE QUE JE VEUX DIRE :

*C'est écœurant de chercher des excuses à ton frère pour ce qu'il a fait à ta propre fille. C'est écœurant de mettre en question ma bonne foi. Tu es écœurante.*

CE QUE JE DIS :

— Sors de ma chambre. Tout de suite !

Je me lève du lit d'un bond. Les larmes me brûlent les yeux. Après avoir ouvert la porte de ma chambre, je serre les poings si fort que mes ongles labourent ma chair.

Elle hésite et pendant un instant j'ai peur qu'elle ne me punisse de lui avoir crié dessus. Puis elle secoue la tête d'un air agacé et quitte la pièce.

Je claque la porte derrière elle. Les murs vibrent. Ses pas résonnent en direction de l'escalier.

— Elle est tellement susceptible ! dit-elle d'une voix forte. On ne peut rien lui dire sans qu'elle prenne la mouche.

*Je peins une femme qui vole des cœurs, mais aucun ne comble le trou béant à l'intérieur de sa poitrine vide et obscure.*

# CHAPITRE 12

Deux jours se sont écoulés depuis que j'ai appris qu'Oncle Max emménageait à la maison. Maman et moi nous évitons. En général, ça ne dure que quelques jours.

Aujourd'hui, elle est au rez-de-chaussée et elle se plaint au téléphone. Au bureau, quelqu'un a osé refuser de lui prêter son agrafeuse alors que la semaine dernière, elle a apporté des donuts pour tout le monde. Je n'invente rien.

L'entendre me rappelle que je suis coincée avec elle. Même quand je l'évite, je ne peux pas faire comme si elle n'existait pas. Ma mère est un trou noir. Elle engloutit tout ce qui se trouve autour d'elle et transforme la lumière en obscurité. Pour quelqu'un qui parle autant de positivité, elle est la personne la plus négative que je connaisse. Si je ne sors pas de cette maison, je vais étouffer.

J'envoie un message à Emery pour savoir si elle veut aller boire un café. Elle me répond qu'elle y sera dans quinze minutes : elle déteste rester chez elle, elle aussi.

Quand je l'aperçois sur le parking, elle est en train de couvrir ses cheveux frisés avec un foulard.

— J'avais la flemme de les lisser aujourd'hui, m'explique-t-elle.

Elle porte une robe violette et un long collier orné d'un pendentif en forme de croissant de lune. Ses tatouages se trouvent sur ses avant-bras, à l'exception d'une tortue sur son omoplate. Une fois, je lui ai demandé ce qu'ils signifiaient. Elle m'a répondu que l'art n'avait pas besoin de vouloir dire quelque chose. La désinvolture avec laquelle Emery aborde les sujets qui me tiennent à cœur est une source d'inspiration pour moi.

— Je te préfère avec les cheveux crépus, je lui fais remarquer.

Elle fait semblant de me donner un coup de poing dans l'épaule.

— Oh, merci !

Une fois à l'intérieur, Emery s'attarde devant la vitrine des pâtisseries pendant que je passe ma commande habituelle. Avec un chaï latte à la vanille entre les mains, je me sens toujours mieux.

— Un prénom ? demande la barista.

— Kiko, je réponds.

Le marqueur noir reste en suspens au-dessus du gobelet géant, elle hésite. Visiblement, elle s'attendait à quelque chose de plus commun.

— Pardon. C'est japonais, désolée. (Je m'excuse toujours quand mon nom perturbe les gens.) Ça s'écrit K-I-K-O.

Quand je récupère ma boisson, je vois qu'il est écrit « Kiki » sur le gobelet en papier.

Je m'assois dans un coin, puis Emery me rejoint avec un latte géant et un muffin cranberry-orange.

— Tu en veux ? me demande-t-elle en tendant le gâteau vers moi.

Je secoue la tête et prends une gorgée de mon thé.

— Tu as acheté ton billet d'avion ?

Elle grimace.

— Oui. Je pars lundi.

Sa réponse me fait l'effet d'un coup de poing en pleine poitrine.

— Tu rigoles ?

Elle secoue la tête.

— C'est pour ça que je voulais que tu m'accompagnes pour le tatouage. C'est un peu mon week-end d'adieu.

— D'au revoir, tu veux dire. Tu as de la chance. J'aurais bien voulu partir pour Prism maintenant, moi aussi.

Emery écarquille les yeux.

— Tu as été acceptée ? Pourquoi tu ne me l'as pas dit ?

Je balaie rapidement l'air de la main.

— Non, non, non. Pas du tout. Je n'ai pas encore reçu de réponse. Ce que je voulais dire, c'est que j'aurais préféré ne pas avoir à rester ici toute seule tout l'été.

Je ne sais pas comment je vais survivre sans elle. Recevoir une lettre d'admission à Prism est mon seul espoir de rester saine d'esprit jusqu'à mon départ.

— Parfois, je m'inquiète pour toi, Kiko.

— Comment ça ?

Elle hausse les épaules.

— J'ai peur que tu passes les prochaines semaines cachée dans ta chambre sans parler à personne. Et puis, tu sais, ta mère… (Elle laisse courir ses doigts sur la table. Aujourd'hui, elle porte du vernis à ongles vert avec des étoiles noires sur les pouces.) Elle a le chic pour s'engouffrer dans ton manque d'assurance ; je crois que, malheureusement, c'est sa façon de te garder près d'elle. C'est malsain.

Dormir au même étage qu'Oncle Max aussi, mais je ne dis rien. Me confier à elle me demanderait de prononcer à voix haute ce que je n'ai jamais répété après en avoir parlé à Maman. Ce qui a détruit notre famille pour toujours.

— C'est pour ça qu'il faut à tout prix que j'entre à Prism, lui dis-je au bout d'un moment.

Les yeux rivés sur son muffin, elle reste silencieuse. On dirait qu'elle attend qu'il bouge et se mette à danser.

— Mais après Prism, qu'est-ce qui se passera ? Quand tu auras ton diplôme ? Et pire, si tu n'es pas…

Elle s'interrompt, mais je sais pertinemment ce qu'elle comptait dire. *Et si je n'étais pas admise à Prism ?* Que ferais-je alors que j'ai tout misé sur cette école ? Pour être heureuse, je compte sur trois choses : l'art, Prism et Emery. Sans eux, je ne sais pas ce que je ferais.

— Excuse-moi. Je ne voulais pas être aussi pessimiste. C'est juste que quand je t'imagine seule ici tout l'été, ça me déprime.

Emery hausse les sourcils et m'adresse un sourire tendre.

— Dès que les cours seront terminés, je ferai plus d'heures à la librairie. Crois-moi, je ne vais pas passer mon temps chez moi à m'apitoyer sur mon sort.

En plus de ça, j'agrandirai mon portfolio pour Prism. Je n'aurai pas le temps d'être triste.

— Chaque fois que je vois ta mère, elle agit comme la personne la plus gentille du monde. Et quand tu me racontes ce qui se passe chez toi, c'est le jour et la nuit… Je pense qu'elle est bipolaire.

— Je ne crois pas. Elle est… quelque chose, mais pas bipolaire.

— En tout cas, je sais où me procurer des psychotropes, si elle en veut, rétorque Emery, un sourire en coin.

Elle ne me l'a jamais dit clairement, mais je suis à peu près sûre que son père est dealer. Elle connaît beaucoup trop de noms de médicaments pour être honnête.

Ce n'est pas seulement l'art qui nous a rapprochées, Emery et moi. Ce sont aussi nos familles. Elle gère mieux la situation que moi, mais elle sait ce que c'est d'avoir des parents qui ne s'intéressent pas à elle. Elle sait ce que c'est d'avoir envie de s'enfuir. Alors, elle comprend pourquoi je dois à tout prix entrer à Prism.

Je grimace.

— Arrête, je pourrais te payer pour que tu dises à ma mère qu'elle a besoin d'être soignée.

Emery rit, puis dissimule ses lèvres derrière sa main.

— Tu crois que personne ne le lui a déjà dit ? Pas même ton père ?

Je secoue la tête.

— Aucune chance. Un lapin n'essaie pas de tenir tête à un dragon.

Elle penche la tête sur le côté avant de s'esclaffer.

— Qu'est-ce que tu racontes ?

Je ris aussi, même si l'analogie est bien trop proche de la vérité pour être drôle. Personne ne peut raisonner Maman. C'est peut-être l'une des raisons pour lesquelles Papa est parti.

Le téléphone d'Emery sonne.

— Oh ! c'est ma mère. J'en ai pour une seconde, OK ? (Elle colle son portable à son oreille et se bouche l'autre pour parler.) Allô ?

Leur conversation me paraît sérieuse. Aussi, je sors mon propre téléphone et cherche des photos de Prism sur Internet. Ça me mettra de bonne humeur et comme ça, Emery n'aura pas l'impression que je l'écoute.

Le bâtiment de l'école est magnifique : avec de grandes fenêtres asymétriques, des bureaux cubiques, des tons vert d'eau, fuchsia et bouton d'or qui n'ont jamais eu leur place dans l'intérieur beige de ma mère.

Intégrer Prism est mon rêve depuis le jour où j'ai tapé « école d'art » dans Google. Je sais que c'est ce qu'il me faut : faire partie d'une très belle école où j'apprendrai des meilleurs professeurs d'art du pays. J'en ai besoin. Plus que jamais. J'imagine la chambre d'étudiante que je partagerai avec ma colocataire. Je suis sûre qu'on s'entendra bien. Après tout, on adore l'art toutes les deux et on est entrées dans cette école avec l'intention d'en faire toute notre vie. Comment est-ce qu'on pourrait ne pas s'entendre ?

En plus, elle se moquera sans doute du fait que je suis à moitié japonaise et que j'ai du mal à m'intégrer. À New York, personne n'a besoin de se faire épeler « Kiko ». Il y a sans doute des milliers de Kiko.

Ce sera mon nouveau départ, loin de Maman, des souvenirs monstrueux et de la culpabilité auxquels je veux échapper plus que tout.

Je parcours les sections clubs, groupes et activités extrascolaires du site. Il y a également un forum où les futurs étudiants peuvent poser des questions sur la vie étudiante. C'est alors que je vois le message :

*Je viens de recevoir ma lettre d'admission ce matin et j'ai une question à propos des demandes de logement.*

Je ne lis pas le reste. Je n'en ai pas besoin. Le message a été posté *hier*.

Je relève les yeux vers Emery. Elle est toujours au téléphone, mais son regard est très triste. Je ne peux pas l'abandonner. Pas maintenant.

Quand elle raccroche, elle se tamponne les yeux et grogne pour évacuer sa tension.

— Pourquoi c'est si compliqué de s'entendre avec sa famille ?

— Je peux faire quoi que ce soit pour t'aider ?

Je dois faire un effort pour ne pas parler trop vite. Mon cœur bat si fort que j'ai peur de ne pas pouvoir masquer mon excitation. Elle me regarde sans conviction.

— Tu peux rendre mes parents gentils ?

— Si j'avais ce pouvoir, je m'en serais servie depuis longtemps.

Emery me parle de son père, de sa mère, de son déménagement, de sa hâte d'entrer en fac de médecine, ne serait-ce que pour prouver qu'elle est différente du reste de sa famille. Au bout d'un moment, la conversation dérive vers Gemma et Cassidy qui ne partagent pas notre rêve de s'enfuir d'ici. Quand elle commence à me raconter que Cassidy compte sortir avec l'un de ses béguins avant la fin de l'été, je n'y tiens plus.

— Certaines personnes ont déjà reçu leur lettre d'admission à Prism, lui dis-je soudain. Je viens de le lire sur un forum. Ça veut dire que…

— Dépêche-toi d'aller regarder ton courrier ! s'exclame Emery en repoussant son gobelet vide. Pourquoi est-ce que tu as attendu aussi longtemps pour me le dire ?

Mal à l'aise, je gigote sur mon siège.

— Je ne voulais pas te laisser comme ça.

— Moi, je n'aurais pas hésité, affirme Emery avec un sourire en coin. Ton objectif pour l'été va être de trouver les couilles de t'imposer !

Je grimace.

— Pourquoi est-ce que les couilles devraient représenter le courage ? Pourquoi est-ce qu'il faudrait en avoir pour être fort ?

— Parce que, répond Emery bien trop fort à mon goût, « avoir des ovaires », ça sonne beaucoup moins bien.

Plusieurs personnes se tournent vers nous. Je me sens rougir. Je me cache le visage d'une main puis me lève avec un rire gêné.

— Bon, d'accord, je m'en vais. Salut.

— Envoie-moi un message dès que tu auras ouvert cette lettre ! crie Emery dans mon dos.

Le trajet du retour est un calvaire. Chaque feu rouge, chaque panneau stop me fait souffrir le martyre. Je me précipite dans la maison comme si mon corps tout entier était en feu. La télévision est allumée. Il y a donc quelqu'un au rez-de-chaussée. Sans doute Maman. Taro fait des allers-retours fréquents au frigo, mais en général, on reste tous les trois dans notre chambre.

Maman est sur le canapé dans une position de méditation, sauf qu'elle est en train de me regarder droit dans les yeux.

— On a eu du courrier, aujourd'hui ? je demande en brisant une partie de la glace qui ne disparaît jamais vraiment entre nous.

— Il est sur le comptoir, répond-elle, tendue.

À son expression, je devine qu'une lettre de Prism est arrivée. Je trouve l'enveloppe avec le logo de l'école : trois cercles positionnés de façon à former un plus grand triangle. Elle est fine. C'est mauvais signe. Je le sais. Je le sens tout au fond de moi. J'ai l'impression que je n'ai pas mangé depuis des mois et que je vais m'effondrer d'une minute à l'autre. Pour couronner le tout, l'enveloppe est déjà ouverte. Je me tourne vers ma mère, qui a l'air cent pour cent coupable.

— Depuis quand tu ouvres mon courrier ?

— On ne se parlait pas, répond-elle en riant, sur la défensive. Si c'était une bonne nouvelle, je ne voulais pas faire semblant d'être heureuse pour toi. J'avais besoin de temps pour me préparer.

— De temps ? je répète.

— Elle est arrivée hier. Ne t'énerve pas.

CE QUE JE VEUX DIRE :

*Tu as ouvert la lettre la plus importante de ma vie hier et tu ne me l'as même pas dit. Tout ça parce que tu avais besoin de te préparer !*

CE QUE JE DIS :

Rien. Elle a dit qu'elle avait besoin de se préparer. Cela signifie que…

Mon cœur bat à toute allure. De plus en plus vite. Oh, mon Dieu ! Je reporte mon attention sur l'enveloppe. Elle est tellement fine. Pourquoi est-elle si fine si elle contient un « oui » ?

J'entreprends de sortir la lettre. J'ai besoin de lire les mots écrits noirs sur blanc, de…

— Tu n'as pas été acceptée, déclare ma mère avant que j'aie eu le temps de lire quoi que ce soit.

Dans ma poitrine, mon cœur implose. Ma mère, elle, se lève et croise les bras.

— Je suis désolée, Kiko. Je sais que tu en rêvais et même si je suis encore en colère contre toi, je suis sincèrement désolée.

Je ne me rends pas compte que je pleure jusqu'à ce que Maman devienne une tache floue. On reste ainsi un long moment, moi pleurant toutes les larmes de mon corps et ma mère serrant ses bras de plus en plus fort contre elle.

Au bout d'un moment, je trouve la force de m'éloigner. Une fois dans ma chambre, la porte fermée et la musique allumée pour couvrir le bruit de mes pensées, j'ouvre enfin cette fameuse lettre.

Je ne dépasse pas le « Nous sommes au regret de vous annoncer… » La lettre se retrouve à la poubelle et j'enfonce mon visage rouge dans mon oreiller en criant jusqu'à en perdre le souffle.

*Je ne peins rien du tout.*

# CHAPITRE 13

Au lycée, tout le monde parle de la fac. Du moins, j'en ai l'impression. Les conversations tournent uniquement autour des études supérieures et de la cérémonie de remise des diplômes. Ils n'ont rien d'autre à se dire ? Ils ont reçu leurs lettres d'admission depuis des mois. Ils devraient avoir terminé d'en discuter. Moi, je n'ai été acceptée nulle part et j'ai le sentiment que mon âme a été réduite en cendres.

— Je suis désolée, Kiko.

Emery m'observe avec de grands yeux ronds qui signifient « je ne sais pas quoi te dire pour te consoler ». Gemma et Cassidy regardent autour de nous, mal à l'aise. Je suppose qu'elles ne savent pas quoi dire, elles non plus.

— On peut parler d'autre chose ?

Ma voix tremble.

Emery m'explique comment elle va s'habiller pour la cérémonie. Gemma nous confie qu'elle aimerait se couper les cheveux. Quant à Cassidy, elle aimerait embrasser un garçon de son cours d'anglais.

J'essaie de les écouter, mais les mots « Nous sommes au regret de vous annoncer » se répètent en boucle dans ma tête.

En cours de poterie, c'est encore pire, car M. Miller m'interroge à propos de ma candidature à Prism. Quand je lui annonce la nouvelle, la déception se peint sur ses traits.

— La compétition a été rude. Tu peux toujours retenter ta chance l'année prochaine. Qu'est-ce que tu vas faire, maintenant ?

C'est une bonne question. La question du siècle.

*Qu'est-ce que je vais faire, maintenant ?*

Je n'ai pas de plan B, seulement une mère qui m'encourage depuis plus d'un an à rester à la maison pour aller à la fac du coin. C'est toujours mieux que de me baigner dans de l'acide ou de me faire dévorer par un coyote. Je n'ai rien contre la fac ; en revanche, je n'imagine pas vivre encore un an avec Maman. Ou Oncle Max.

Je suis terrifiée, perdue. Qu'est-ce que je vais faire, maintenant ?

*Je regarde longuement une page blanche, puis la roule en boule et la cache sous mes manuels scolaires.*

# CHAPITRE 14

Quand j'ouvre la porte d'entrée, je tombe sur Emery qui tient deux pots de glace Ben & Jerry's à la main. Elle porte une mini-robe recouverte de chats et m'adresse un sourire auquel personne ne peut rien refuser.

— Brownies et cookies ou Caramel bretzel ?

— Brownies et cookies, je réponds en descendant les marches du perron.

Je referme la porte derrière moi. Pas la peine de l'inviter à l'intérieur. Maman est là. J'accepte le pot de crème glacée qu'elle me tend et on s'assoit sur les marches, les jambes étendues sur le trottoir. Celles d'Emery sont bien plus longues que les miennes. Elle sort deux cuillères de son sac et m'en tend une. On mange en silence, les yeux rivés sur la route, le soleil réchauffant nos peaux.

— Je pensais vraiment être admise, je murmure.

— Je sais, dit-elle.

Avec ma cuillère, je racle le bord du pot de glace. Des morceaux de cookie et du sirop de caramel commencent à couler de la crème glacée ramollie par le soleil d'été.

J'en rattrape avec mon doigt pour que ça ne dégouline pas sur ma jambe.

— Désolée. Je n'ai pas pensé à prendre des serviettes, dit Emery.

— Et risquer de perdre une goutte de Ben & Jerry's ? je rétorque.

Elle rit et prend une nouvelle bouchée.

— Ce serait tellement bien que tu ailles dans l'Indiana, toi aussi.

— Je ne peux pas te suivre à travers le pays, je lui fais remarquer. Même si, pour être honnête, ça me plairait beaucoup. Bon sang, je vais finir à la fac d'à côté. Je vais moisir ici.

Tout à coup, j'ai l'impression que mes organes se sont transformés en pierre et qu'ils m'écrasent de l'intérieur.

Emery se tourne vers moi, le regard sévère.

— Je sais que ce n'est pas ce dont tu rêvais, mais la fac n'est pas la fin du monde. Tu pourrais continuer de prendre des cours d'art et retenter ta chance à Prism l'année prochaine. Tu es la meilleure artiste que je connaisse. À mon avis, ils ne t'ont pas rejetée parce que tu n'es pas douée. Il devait simplement y avoir trop de demandes.

— Peut-être. (Je rapproche mes genoux de ma poitrine.) Le plus dur, ce n'est pas le refus, c'est de voir le visage des gens quand je leur dis que je n'ai pas été acceptée. Je voulais à tout prix entrer à Prism, mais surtout, je voulais obtenir la preuve que j'en étais capable. Tu vois ce que je veux dire ?

Je n'arrête pas de revoir le visage de Maman. On aurait dit qu'elle savait à l'avance que je n'allais pas être prise. Elle savait. Pas moi. Elle savait que je n'étais pas assez douée et cela m'a fait l'effet d'un coup de couteau dans le cœur.

Emery reporte son attention sur la route.

— Tu attaches trop d'importance à l'avis des autres. Qu'est-ce que ça peut faire si tu as besoin de t'y reprendre à plusieurs fois avant d'y arriver ? Tu suis tes rêves. Peu importe combien de temps ça te prendra ou à quoi ressemblera ton chemin. L'essentiel, c'est que ça te tienne à cœur.

— Tu parles déjà comme un docteur, lui dis-je.

— J'ai ressorti plusieurs points de ma lettre de motivation, mais ça fonctionne.

Je me détends. Emery a le chic pour me remonter le moral.

Derrière nous, la porte s'ouvre. Quand je tourne la tête, je vois ma mère. Elle porte un jean blanc et un débardeur à rayures.

— Pourquoi est-ce que vous restez ici ? Vous ne voulez pas entrer ? J'ai préparé du thé glacé.

Elle recule et ouvre la porte en grand. J'échange un regard sceptique avec Emery. Maman ne me laisse jamais inviter des amis à la maison. Cela fait des années qu'elle met tout en œuvre pour éloigner les gens.

— Dépêchez-vous. Les mouches vont entrer, dit Maman d'une voix chantante.

Emery me suit à l'intérieur. Je la guide dans la cuisine. La télévision a été éteinte. Il y a une grande carafe et trois verres sur le bar.

Je pose ma glace avec précaution, puis m'assois sur un tabouret. Emery m'imite, mais me regarde comme si elle avait peur d'être victime d'une caméra cachée.

Maman nous sert le thé. Ses cheveux blonds sont attachés en chignon haut.

— Alors, Emery, j'ai entendu dire que tu partais déjà pour l'université.

Emery hoche la tête, mais croise les doigts sur ses genoux.

— J'ai hâte de commencer. Plus vite j'obtiendrai mon diplôme, plus vite je deviendrai médecin.

Ma mère a un sourire éclatant.

— On dirait Kiko. Vous avez tellement hâte de voler de vos propres ailes… (Elle pose ses yeux bleus sur moi. Elle ne parle plus à Emery. Elle s'adresse directement à moi.) Je ne vois pas ce qu'il y a de mal à rester près de la maison. Quand j'étais jeune, mes parents n'avaient qu'une hâte, c'était de nous mettre dehors. Moi, j'ai toujours voulu que mes enfants sachent qu'ils peuvent rester aussi longtemps qu'ils le désirent.

J'ignore ce qu'elle est en train de faire. Une part de moi aimerait qu'elle soit sincère. C'est peut-être sa façon de s'excuser après notre dispute ou de me montrer qu'elle est désolée que je n'aie pas été acceptée à Prism. Mais je ne la crois pas. C'est plus fort que moi. Si elle voulait me dire tout ça, pourquoi est-ce qu'elle ne l'a pas fait en privé ? Pourquoi a-t-elle invité Emery à entrer ? Pour lui montrer qu'elle est une bonne mère ?

— Kiko a beaucoup de talent, dit Emery. Les gens de Prism n'ont pas conscience de l'erreur qu'ils ont faite.

Maman sirote son thé glacé.

— On dit que tout arrive pour une raison.

Je détourne les yeux. Parler de Prism, surtout avec ma mère, est encore trop douloureux. Emery se redresse.

— C'est vrai. C'est le destin. Comme croiser Jamie après toutes ces années.

Elle plisse les yeux dans ma direction avant de m'adresser un large sourire. Mes joues s'empourprent aussitôt. Je tente de me calmer en prenant une gorgée de thé.

Maman repose son verre avec soin.

— Jamie Merrick ?

Je hoche la tête.

— Quand l'as-tu revu ?

— À la soirée de fin d'année, je réponds.

Le regard de Maman parcourt la cuisine, comme si elle cherchait ses mots.

— Ça a dû te faire plaisir.

Quand elle nous tourne le dos, je fais signe à Emery de changer de conversation. Le plaisir de ma mère, c'est de flairer les petites joies et de les écraser comme des araignées. Je ne veux pas que ça arrive à mes souvenirs avec Jamie.

Maman reporte son attention sur nous. Ses yeux se posent aussitôt sur le bras d'Emery.

— Ce sont des tatouages ?

Emery ne cache pas son bras comme moi, je l'aurais fait. Au contraire, elle l'expose davantage.

— Oui. Vous voulez les voir ?

— Et tes parents acceptent ça ? s'offusque Maman, la bouche ouverte.

Emery hausse les épaules.

— Ils sont assez cool avec ce genre de choses. En même temps, je suis deuxième de notre promo.

Ils doivent se dire que si je ne leur rapporte que des A, c'est que je ne suis pas une délinquante.

Les yeux écarquillés, Maman se tourne vers moi.

— Tu en as, toi aussi ? Je te préviens : tu n'as pas intérêt.

— Bien sûr que non, je déteste les aiguilles.

— Vous n'avez pas de tatouage, madame Himura ? demande Emery.

— Si, je souffle à Emery.

Maman pointe un doigt vers moi.

— Peut-être, mais j'étais majeure. Et je regrette de l'avoir fait. J'étais jeune et je n'avais pas compris qu'un tatouage, c'était pour la vie.

— Comment ça ? C'est un peu comme dire que tu ne sais pas que la glace, c'est froid, non ? je lui demande en haussant les sourcils.

Elle lève les yeux au ciel.

— Tu comprends très bien ce que je veux dire. Parfois, quand on est jeune, on vit trop dans le moment présent.

— Je peux le voir ? demande Emery en se penchant sur le bar.

— Certainement pas, répond Maman en se resservant du thé. Elle porte le verre à ses lèvres.) Il est sur une partie du corps interdite aux moins de dix-huit ans.

Emery éclate de rire. Maman la regarde avec un sourire étrange. Elle a l'air fière d'elle, comme si elle pensait avoir gagné les faveurs de mon amie. Sauf que je connais Emery. Elle rit à tout et n'importe quoi. Sa réaction ne veut rien dire.

Je ne me rends pas compte que je fais la tête jusqu'à ce qu'Emery me donne un coup de coude et forme les mots « ça va ? » avec ses lèvres.

Je repousse ces pensées et essaie de profiter de sa compagnie. Il ne nous reste pas beaucoup de temps.

On boit encore du thé, on mange beaucoup trop de glace, puis Emery doit partir. Je la raccompagne à la porte. À son expression, on dirait qu'elle ne sait pas comment agir.

Quand je retourne dans la cuisine, Maman est debout, dos au bar. Elle se tient là, immobile et stoïque, et des larmes coulent sur son visage. L'inquiétude m'envahit.

— Qu'est-ce qui se passe ?

Elle hoquette puis essuie ses joues du bout des doigts.

— Tu me détestes tant que ça pour refuser que j'apprenne à connaître ton amie ?

— De quoi tu parles ?

— Ça avait l'air de t'agacer qu'on s'amuse, toutes les deux. J'essayais seulement d'être agréable.

— Tu peux discuter avec Emery, si tu veux. Ce n'est pas le problème. C'est juste qu'on ne se parlait plus. Et d'habitude, tu ne laisses jamais entrer personne, ça m'a prise au dépourvu, je lui fais remarquer.

Les lèvres pincées, Maman secoue la tête.

— Si le ménage est fait, ça ne me dérange pas.

Je grimace. Je suis à peu près sûre qu'elle omet de dire : « du moment que je l'ai décidé et quand je le veux bien ». Mais je ne lui réponds pas.

— C'est difficile pour moi aussi, tu sais, reprend-elle en continuant de sécher ses larmes.

Je ne comprends pas. Il y a deux minutes, elle souriait encore. Comment quelqu'un peut-il passer du rire aux larmes en si peu de temps ? C'est moi qui viens de perdre tout espoir d'entrer dans l'école de mes rêves…

— Vous dites toujours que je ne m'intéresse pas à vous, mais personne ne s'intéresse jamais à moi et je n'en fais pas toute une histoire. Vous ne voulez jamais me tenir compagnie.

Son visage se tord comme pour annoncer une nouvelle salve de sanglots, mais ils ne viennent pas.

— Ce n'est pas vrai. Je veux passer du temps avec toi. Je t'ai invitée à venir à mon concours, non ?

Les yeux rivés sur le mur, elle ignore ma question.

— J'avais envie de passer du temps avec ton amie et toi aujourd'hui.

Et voilà. Toujours la même histoire. C'est toujours quand ça l'arrange. Je ne sais pas ce que c'est, mais je n'appellerais pas ça « s'intéresser à quelqu'un ».

— J'ai l'impression que tu as honte de moi, dit-elle et ses yeux se remplissent à nouveau de larmes.

— Tu n'es pas obligée de pleurer, je réponds en me dandinant d'un pied sur l'autre.

Je ne sais pas ce que je suis censée lui dire ; au fond de moi, j'ai envie de la prendre en pitié.

— J'ai l'impression que tous mes enfants me détestent. Mes parents n'ont jamais rien fait pour moi, pourtant, je ne les hais pas. Je ne comprends pas.

Elle renifle.

— On ne te hait pas, lui dis-je.

Le froid entre nous commence à s'estomper. Suffisamment pour me faire oublier qu'auprès de ma mère le monde paraît toujours plus sombre.

— J'aimerais qu'on s'entende, dit-elle à voix basse. Je vous aime tant. Je le pense sincèrement.

Je hoche la tête. Cette fois, c'est l'espoir que ce moment est un tournant décisif qui m'envahit. C'est étrange comme cela peut faire oublier tant de choses en si peu de temps. L'espoir, c'est dangereux.

Après, Maman me tend sa carte de crédit en me disant qu'elle sait que j'ai besoin de nouveaux vêtements. Elle veut que j'en commande. Ce sera son cadeau pour fêter mon diplôme.

Avec tout ça, Prism me sort de la tête, jusqu'à ce que je me couche. Alors, je me rends compte que je n'ai rien dessiné de la journée.

# CHAPITRE 15

Après la cérémonie des diplômes, je m'assois sur les marches de l'auditorium, ma robe de cérémonie rouge sang pliée à côté de moi. Emery est quelque part derrière, voletant de groupe en groupe comme le papillon social qu'elle a toujours été. Moi, je reste assise là, à regarder les voitures quitter le parking les unes après les autres en me demandant ce que je vais bien pouvoir faire de ma vie.

Lorsque je relève la tête, j'aperçois un visage familier. Les mains fourrées dans les poches de son pantalon, Jamie semble hésiter à s'avancer. Finalement, il me fait signe de la main en souriant. Je lui réponds, sans doute avec trop d'entrain, et mon cœur se serre à son approche.

— Félicitations.

Il se tient debout sur le trottoir à quelques pas de moi.

— Merci. Qu'est-ce que tu fais ici ?

— Mon cousin est dans ta classe. Tu te rappelles ?

— Ah oui, c'est vrai..., je réponds.

Rick est avec ses parents, à côté de leur voiture.

Jamie passe un doigt sur ses sourcils épais. Je crois qu'il cherche une excuse pour partir, et je me sens obligée de lui en donner une.

— J'attends Emery, je ne suis pas toute seule. Tu n'étais pas obligé de venir me dire bonjour, tu sais ?

— Ce n'est pas…

Il s'interrompt et me dévisage. Pendant un long moment, il semble chercher ses mots. Quand il les trouve, il ouvre la bouche, puis secoue la tête, comme si ce n'était pas important. Il s'assoit à côté de moi et passe ses longs bras autour de ses genoux.

— Bon, et maintenant ? Tu pars pour l'université ?

Je pince les lèvres.

— J'espérais entrer dans une école d'art, mais je n'ai pas été acceptée. Je cherche encore un plan B.

Il ne répond pas tout de suite. Il garde ses mots pour lui comme s'il attendait qu'ils mûrissent dans sa tête.

— Je suis désolé, Kiko. Je sais à quel point tu aimes dessiner.

Je lève les yeux et suis la courbe de sa mâchoire puissante jusqu'à l'orée de ses cheveux bruns. Ils sont un peu trop longs et ondulent au-dessus de son oreille. Il m'a tellement manqué. Notre complicité m'a manqué. La façon dont il me donnait l'impression d'être quelqu'un d'intéressant, de normal et même de drôle. Une fille qui mérite qu'on s'intéresse à elle.

Il sourit.

— J'ai gardé tes dessins, tu sais. Ceux où tu nous as croqués en super-héros sont mes préférés. Tu te souviens de Klepto Kiko ? Et de Jamie Jumper ?

— Oh, mon Dieu ! Oui !

J'éclate de rire. La tête penchée sur le côté, je relève les deux mains pour dissimuler mon visage. J'entends Jamie, hilare, à côté de moi et tout à coup, c'est comme si j'avais de nouveau six ans. On rit de la même façon que lorsqu'on pensait qu'on resterait amis pour la vie.

Lorsque je croyais que je serais amoureuse de Jamie Merrick jusqu'à ma mort, parce que nous étions faits l'un pour l'autre.

— Je n'arrive pas à croire que tu les aies gardés. Ou même que tu t'en souviennes, lui dis-je.

J'ai la tête qui tourne. Il hausse les épaules.

— Tu as bien gardé le porte-clés Batman.

Mon visage s'empourpre de nouveau. Jamie me donne un petit coup de genou. Il m'a touchée. J'ai la sensation d'avoir été électrocutée, mais de la meilleure des façons.

— Bon, dit-il au bout d'un moment. *Star Wars* ou *Star Trek* ?

Je ris. Je me souviens de ce jeu. *Notre* jeu.

— Star Wars, évidemment. Batman ou Superman ?

— Batman, évidemment. Malicia ou Tornade ?

— Malicia. Gambit ou Cyclope ?

— Gambit. Michel-Ange ou Raphaël ?

— Aucun des deux. Léonard de Vinci *forever*, je réponds avec le plus grand sérieux.

— Ah ! Je savais que tu allais dire ça !

— C'est comme si rien n'avait changé, dis-je avant de me rendre compte de la portée de mes paroles. (Livide, je me tourne vers lui.) Je n'avais pas l'intention de dire ça à voix haute.

— Je sais, répond-il simplement.

Je ne lui demande pas de préciser de quoi il parle. Il ressent la même chose que moi. Il *sait*. On s'est toujours compris. On se complète, comme deux moitiés séparées à la naissance.

Malheureusement pour nous, les choses ne se sont pas déroulées comme prévu. Jamie a déménagé juste avant le divorce de mes parents. J'ai essayé de garder le contact, mais il a eu l'air de m'oublier. J'aimerais savoir pourquoi. En perdant mon meilleur ami, j'ai également perdu la moitié de mon cœur. J'en ai beaucoup souffert. J'en souffre encore.

Jamie se mordille la lèvre et lève la tête vers les nuages.

— Je suis désolé, dit-il avant de me regarder dans les yeux. Je suis désolé de ne pas avoir été présent pour toi.

— Ce n'est pas grave. On avait onze ans. (Je ne le pense pas. Il n'a jamais cessé de me manquer.) Tu n'es pas obligé de t'excuser.

Il semble chercher les bons mots, la meilleure manière d'expliquer son comportement.

— Je ne veux pas qu'on soit mal à l'aise l'un avec l'autre.

Peut-être est-ce la véritable raison pour laquelle il me parle. Peut-être qu'il se sent coupable depuis le début. Peut-être que c'est pour ça que, parfois, il a l'air de vouloir s'enfuir dans la direction opposée.

Et tout à coup, notre complicité d'autrefois me semble bien loin.

— Je ne sais pas pourquoi tu t'en veux, mais ne t'inquiète pas. C'est de l'histoire ancienne, je murmure. Je ne veux pas que tu te sentes obligé de me parler parce qu'on était amis quand on était enfants.

Au contraire, je comprends. On a grandi et on ne se connaît plus.

— Non, répond-il aussitôt. Ce n'est pas ce que je veux dire, Kiko. Pas du tout. (Il inspire fort.) Je sais que ça fait longtemps que l'on ne s'est pas vus et que nos vies ont changé, mais je ne…

Il laisse échapper un lourd soupir, comme s'il baissait les bras.

J'ignore où il veut en venir. Mais j'aimerais retrouver mon ami.

Plusieurs coups de klaxon résonnent devant nous. Quand on lève la tête, le cousin de Jamie nous fait signe, à l'intérieur de sa voiture.

— Il faut que j'y aille.

Il se lève et me regarde comme s'il avait des milliers de mots sur le bout de la langue qu'il n'arrivait pas à prononcer. Puis il secoue la tête et s'éloigne.

Je sens le parfum fleuri d'Emery avant même qu'elle ne s'assoie à côté de moi.

— C'était pire que de voir un clown pendant une fête d'anniversaire, me dit-elle lentement.

Je pose mes mains sur mes joues.

— Et j'étais le clown, c'est ça ? Je déteste les clowns !

Elle secoue la tête.

— Maintenant, je comprends pourquoi il ne t'a jamais rappelée.

Un son entre un grognement et un hoquet s'échappe de ma gorge.

— Hé ! je m'exclame en la poussant, faussement vexée.

Emery glousse comme une petite fille.

Je me fais violence pour dissimuler mon sourire et je lève les yeux au ciel.

— Au moins, j'ai droit à mon « je te l'avais dit ! »

— Comment ça ?

— Je t'avais dit qu'il m'avait proposé de me raccompagner par simple politesse. Ça ne signifiait absolument rien. (Je joue avec mes manches.) Il se comporte bizarrement. On dirait qu'il veut m'éviter, mais qu'il ne sait pas comment faire.

Emery soupire et pose la tête sur mon épaule.

— Pour quelqu'un qui aime autant regarder des tableaux, parfois, tu es vraiment aveugle.

Je ne lui demande pas ce qu'elle entend par là. Je me concentre pour que le temps ralentisse. Je ne suis pas prête à dire au revoir à ma seule amie.

*Je trace un cercle invisible sur le bitume avec mon doigt.*

# CHAPITRE 16

Quand on entre dans le salon de tatouage, je comprends tout de suite pourquoi Emery le décrit comme un endroit magique. On dirait qu'il a été décoré par le Chapelier fou. Des lampes pendent du plafond, et la décoration est éclectique et bariolée. Certains meubles sont modernes, d'autres semblent sortir tout droit d'un salon de thé anglais huppé. Les murs sont peints en noir et violet, sauf derrière le bureau de l'accueil où sont affichés des dessins du sol au plafond.

Une jeune femme avec des cheveux courts violets et des piercings argentés sur toute son oreille gauche nous accueille à l'entrée.

— Salut, Ems ! J'ai préparé la salle. Tu es prête ?

Enthousiaste, Emery hoche la tête.

— Je te présente mon amie Kiko. Kiko, voici Frances.

Frances me serre la main avec force, révélant son bras droit entièrement tatoué.

— Soutien émotionnel ?

— Je suis un peu nerveuse, admet Emery avec un grand sourire.

Frances nous fait signe de la suivre dans l'arrière-boutique. Emery s'allonge sur la table et soulève son tee-shirt pour montrer à Frances où elle veut son tatouage. La tatoueuse hoche la tête et se tourne vers son matériel.

J'en profite pour observer la pièce. Sur le côté, une vitrine contient des piercings disponibles à la vente et des têtes de mannequins en plastique avec des brillants au niveau des oreilles, des narines, des sourcils et des lèvres.

Sur le comptoir sont posés trois livres épais. Curieuse, je m'en approche et vois qu'ils sont remplis de photos de tatouages. La plupart sont assez communs : fers à cheval, anges, étoiles, sirènes. Mais d'autres sont de véritables œuvres d'art. En feuilletant ces portfolios, j'ai l'impression de regarder le carnet à dessin de quelqu'un. C'est son œuvre. Son histoire. Sa passion. À présent, je comprends pourquoi mon amie les aime tant.

Quand je me retourne, Frances a déjà commencé à travailler. Je m'assois près d'elle et regarde la jambe d'Emery tressauter en écoutant le ronronnement de l'aiguille qui lui gratte la peau. Elle ne dit rien, et me fait un clin d'œil de temps en temps pour me faire comprendre qu'elle va bien.

Durant les heures qui suivent, je feuillette quelques magazines et fais des recherches stupides sur mon portable. Au bout d'un moment, le bruit s'arrête et Frances recule.

— Et voilà ! Tu te souviens des règles ? Essaie d'éviter d'exposer ton tatouage à l'eau et au soleil pendant deux semaines, le temps que ta peau cicatrise. Tu peux prendre une douche, mais bain et piscine sont interdits.

Frances fait rouler sa chaise en arrière pour permettre à Emery de se lever.

— Je m'en souviens, dit-elle d'une voix troublée.

Elle se dirige vers le miroir pour admirer la fille aux pistolets qui mâche du chewing-gum entre ses hanches et sa cage thoracique.

— Oh, génial ! Je l'adore !

— En même temps, c'est toi qui l'as dessiné, rétorque Frances en roulant jusqu'à l'autre comptoir.

Emery tourne la tête vers elle.

— Peut-être, mais tu l'as reproduit à la perfection. C'est mon préféré, pour l'instant, et de loin.

— J'espère que tu passeras me dire bonjour pendant les vacances. Je ne veux pas perdre l'une de mes meilleures clientes. (Frances rit et se tourne vers moi. Son teint foncé fait ressortir ses cheveux lilas.) Tu pars pour la fac, toi aussi ?

Je secoue la tête.

— Je ne sais pas ce que je vais faire.

C'est la vérité, même si je laisse entendre que c'est un choix.

Emery reste parfaitement immobile pendant que Frances lui fait un bandage.

— Je t'ai parlé de Kiko. Tu sais, c'est elle, l'artiste.

— Ah oui. (La voix suave de Frances se brise un peu à la fin. Je comprends qu'Emery lui a dit pour Prism.) Si tu n'es pas acceptée en fac de droit, tu ne seras jamais avocate. Avec l'art, çá ne marche pas comme ça. Tu vois ce que je veux dire ? Même si tu n'intègres pas tout de suite l'école de tes rêves, tu peux quand même cultiver ton talent.

Emery suit Frances jusqu'à la caisse pour la payer. Lorsqu'on ressort dans le monde réel, mes yeux ont du mal à accommoder. Puis on se rend à notre café préféré où l'on commande nos boissons habituelles et on parle de Jamie, de la fac et de nos parents. Surtout de Jamie.

Elle me dit que je vais lui manquer. Je lui dis qu'elle va me manquer aussi.

Quand elle me dépose chez moi, je l'observe du siège passager.

— Alors, ça y est, c'est fini ? je lui demande.

— Ne dis pas ça ! Je déteste les adieux. Et ce n'est pas comme si on était au XVII^e siècle. On a des portables et Skype.

Je hoche la tête, la gorge nouée.

— D'accord. Envoie-moi un message quand tu seras dans l'Indiana. Je veux tout savoir sur ta chambre, tes cours… tout.

Elle sourit, mais je vois bien qu'elle a les yeux brillants.

— Sois heureuse, d'accord ?

Elle se penche vers moi et me prend dans ses bras.

Ce n'est que plus tard, dans la nuit, que je trouve le mot qu'elle a caché dans mon sac.

*N'OUBLIE PAS, KIKO : TROUVE-TOI DES COUILLES !*

Je n'essaie même pas de retenir mes larmes. Mon amie me manque déjà.

*Je dessine une rangée de bonshommes en papier coupés en leur centre et deux amies qui se promettent qu'un jour elles les rassembleront ensemble.*

# CHAPITRE 17

Je suis assise sur le canapé à lire le programme de la section artistique de la fac en tentant de ne pas me laisser emporter par une spirale de désespoir, quand Maman se tourne vers moi.

— J'aime bien tes cheveux, aujourd'hui, dit-elle.

Mes épaules se crispent. Recevoir un compliment de ma mère ne m'affecte pas uniquement sur le plan mental. Il y a aussi des effets physiques.

— Merci, je réponds en recoiffant nerveusement une mèche derrière mon oreille droite.

Elle continue de m'observer. Même si ses paroles ont été gentilles, son regard, lui, paraît critique.

— Tu devrais te faire une frange. Ça va super bien à Taylor Swift.

Je grimace.

— La dernière fois que j'ai essayé, Taro m'a dit que je ressemblais à un panda avec une perruque.

Maman s'esclaffe. Elle a toujours trouvé Taro hilarant.

— Eh bien, moi, je pense que ça t'irait bien. Elle est tellement jolie. En fait, je lui ressemblais à son âge. On a toutes les deux un physique très américain.

J'ai envie de lui faire remarquer que pour ressembler à Taylor Swift, il faudrait que je change absolument tout mon visage et mon corps, mais je n'en fais rien. Parce que, pour une fois, Maman s'intéresse à moi. Elle essaie d'être gentille.

Elle m'observe encore plusieurs secondes, puis me demande :

— Qu'est-ce que tu fais ?

— Je regarde les différentes sections proposées par la fac, pourquoi ?

Elle hausse les épaules.

— Ça m'intéresse, c'est tout. Tu as laissé tomber ton truc d'art ?

*Ton truc d'art.* Pourquoi se sent-elle obligée de minimiser l'importance de ce qui s'est passé ?

Je secoue la tête.

— Non. J'essaie de trouver une autre option.

Ma réponse n'a pas l'air de la satisfaire. Elle se lève et se dirige vers la cuisine. Je me mets debout aussi, prête à battre en retraite dans ma chambre, car je sens qu'un orage se prépare. Malheureusement, je ne suis pas assez rapide.

— Max emménage demain, lâche-t-elle d'un air désinvolte.

Elle verse des grains de café dans sa machine hors de prix.

Mes pieds se figent. Je suppose qu'une part de moi espérait qu'elle changerait d'avis.

— Je sais que tu ne l'aimes pas, mais c'est mon frère et il est en mauvaise posture, reprend-elle d'une voix glaciale. Il a besoin de moi. Et puis, on rit tellement quand on est ensemble. Il me rend heureuse.

La famille, c'est important. Alors, sois gentille avec lui. D'accord ?

*Sois gentille.* Comme si c'était moi dont elle devait s'inquiéter.

J'acquiesce vaguement. Ce n'est pas la peine d'argumenter et d'essayer de lui montrer à quel point elle a tort. Elle ne l'admettra jamais.

On frappe à la porte de ma chambre. Je ne relève pas la tête des écailles de dragon que je suis en train de peindre.

— Je travaille ! je crie par automatisme.

La porte s'ouvre quand même. C'est Shoji. Il tient une manette de Xbox à la main.

— Hé ! y a un garçon qui t'attend en bas. Maman est en train de paniquer, dit-il.

— Oh ! je souffle.

L'espace d'un instant, je suis un peu perdue. C'est sans doute Jamie. Je ne vois pas qui ça pourrait être d'autre.

*Oh, mon Dieu ! Jamie est chez moi.*

Je me précipite au rez-de-chaussée. Maman fait les cent pas dans l'entrée.

— Qu'est-ce qu'il fait ici ? crache-t-elle.

Je jette un coup d'œil à la porte. Elle est fermée.

— Aucune idée. Il est encore là ?

Ma mère lève les mains devant elle et contracte les doigts. On dirait qu'elle tente de m'étrangler à distance.

— Je ne veux personne dans cette maison. Je ne suis pas coiffée et la cuisine est dégoûtante.

— Il s'en moque, je rétorque.

Elle grogne.

— Je n'ai pas envie que des gens viennent chez moi et me jugent. Ne le laisse pas entrer, Kiko.

Visiblement, la crise de sociabilité qui l'a frappée avec Emery est passée. Notre maison se retrouve de nouveau sous scellés.

En soupirant, j'avance vers la porte. Elle court hors du couloir pour se cacher dans le salon.

J'ouvre la porte. Jamie a l'air aussi gêné que moi. Je suis à peu près sûre qu'il a tout entendu.

— Désolée. (Je sors et referme la porte derrière moi.) Qu'est-ce que tu fais ici ?

Il rit. C'est adorable, un mélange parfait de maladresse et d'optimisme.

— Je me demandais si tu voudrais aller à la fête foraine avec moi. Je suis passé devant en voiture ce matin. Les jeux sont truqués et les manèges pas géniaux, mais ils ont des churros.

— Tu vends ça très bien, lui dis-je.

Il hausse les épaules en souriant.

— Chacun son talent.

Je souris aussi. Peut-être qu'il veut vraiment être mon ami, finalement. La nuque me picote. Je sens que ma mère nous espionne.

— Je vais prendre mon sac.

# CHAPITRE 18

La fête foraine s'étend sur une grande partie du parking du centre commercial. Elle ne ressemble en rien à ce qu'on peut voir dans les films. Les baffles diffusent une cacophonie de chansons pop qui étaient à la mode quand j'étais à l'école primaire. Mais l'air sent le Chamallow grillé et les churros, et Jamie Merrick est à mes côtés. Alors, c'est l'un des plus beaux jours de ma vie.

On fait une partie de lancer d'anneaux en plastique, mais aucun n'atteint les bouteilles en verre.

On tire sur des étoiles en papier, dont on ne touche que deux branches. On lance des fléchettes sur des ballons, en vain. Ce n'est qu'à ma dernière tentative que j'arrive à en faire éclater un. Cela ne change rien. Le forain me rappelle qu'il faut en faire éclater trois pour gagner un lot.

Malgré tout, je m'amuse tellement que j'ai la tête qui tourne. Je n'ai pas l'habitude de me tenir dans une foule ni de rire autant. Je n'ai pas l'habitude d'être si heureuse.

Depuis le début, Jamie porte son appareil photo autour du cou. La façon dont il pend à son cordon sur son tee-shirt à carreaux bleu lui donne l'air d'un touriste. Sourcils foncés, yeux de glace, léger hâle... il semble venir d'un autre monde. Un monde magique.

Il étudie la photographie et l'un de ses professeurs lui a demandé de prendre le plus de clichés possible pendant l'été.

Quand nous étions petits, Jamie jouait sans cesse avec l'appareil de son père. Nous voyons tous les deux le monde comme une série d'événements à saisir.

Le flash de l'appareil me fait sursauter. Jamie rigole derrière l'objectif.

— Ça t'apprendra à être dans la lune. À quoi tu pensais ?

Je tends la main vers l'objectif.

— Pitié, efface ça. Je n'étais pas prête.

— Le naturel, c'est la base des meilleurs clichés, répond-il simplement.

Je ne veux pas qu'il garde une photo affreuse de moi. Et s'il rentrait chez lui, la regardait et se rendait compte que j'avais un visage bizarre ?

— S'il te plaît. Efface-la.

— Je vais te la montrer. Si tu la trouves vraiment terrible, je l'effacerai. Mais si une part de toi pense que c'est une bonne photo, je la garderai. D'accord ?

J'opine de la tête et il fait un pas vers moi. Un délicieux parfum émane de son cou. Il est tellement beau. Il ressemble à un mannequin européen et à un elfe de Tolkien. Ce n'est pas évident de se concentrer. Parce qu'il est aussi gentil, drôle, il a un côté geek et il semble aimer passer du temps avec moi. Alors que je ne suis que...

Je regarde la photo. Le bout de mes oreilles dépasse de mes cheveux raides. Mes yeux, à mi-chemin entre ceux de ma mère et de mon père, sont rivés à l'objectif comme s'ils essayaient de plonger dans l'âme de Jamie. Ils sont foncés eux aussi, et je suis si pâle qu'on dirait un vampire. Mon nez, que je tiens de ma grand-mère, est trop rond. Mon visage aussi. Mes lèvres sont pulpeuses, mais elles sont un peu tordues comme si j'étais toujours sur le point de sourire ou de parler. Avec une tête comme ça, pas étonnant que Maman me répète que je suis dans l'âge ingrat depuis mes dix ans.

— S'il te plaît. Efface-la.

Ma voix n'est plus qu'un murmure.

Jamie me regarde comme s'il ne comprenait pas. Il n'a pas dû bien regarder la photo. Ou alors, il est tellement habitué à mon visage étrange que le voir en photo ne le dérange pas.

Ses lèvres se mettent en mouvement. Il veut me contredire. Il aimerait me demander si je plaisante, si je ne vois vraiment pas ce que lui voit.

Alors, je lui adresse mon regard le plus sérieux. Pour dissimuler ma gêne, mais aussi pour lui rappeler l'accord que l'on a passé.

Il laisse échapper un léger soupir, puis j'entends l'appareil biper deux fois.

— Voilà. Elle a disparu.

On marche en direction du stand de churros. Jamie photographie tout sur son passage : des enfants qui mangent de la barbe à papa, un bébé qui pleure parce que sa chaussure est tombée, un couple qui s'enlace près d'un grillage... Il ne me montre aucun de ses clichés, mais je suis persuadée qu'ils sont bons. Je vois la façon dont ses yeux parcourent la foule.

Le monde est de la glaise qu'il façonne à l'intérieur de son esprit.

Tandis que je l'observe, je me rends compte qu'il ne m'adresse plus la parole. Mon cœur se met à battre la chamade. J'ai peur de l'avoir vexé. C'est le problème, quand je dis non à quelqu'un. Après, je me sens toujours mal.

— Tu m'en veux ? je lui demande d'une voix douce.

Son appareil photo retombe contre sa poitrine.

— Pourquoi est-ce que je t'en voudrais ?

— Parce que je t'ai obligé à effacer cette photo.

Je vois sa mâchoire se crisper.

— Ce serait ridicule de se mettre en colère pour ça. Tu en as conscience, j'espère ?

Je hausse les épaules.

— Je ne t'en veux pas. Je regrette que tu sois aussi gênée par une simple photo, qui était très bonne, d'ailleurs, mais je ne suis pas énervé. Ce n'est qu'une photo. Si elle ne t'a pas plu, je le respecte. Tu n'as pas à te sentir coupable parce que tu n'as pas eu la réaction que j'espérais.

Il est en train de me dire que j'ai le droit de ne pas être d'accord avec lui. C'est un concept inconnu pour moi.

— Je peux te poser une question ? (Jamie remonte la main le long de son torse et se gratte le cou.) Quand tu regardes une photo de toi, qu'est-ce que tu vois ?

Ma gorge se noue. *Une fille trop asiatique pour être jolie.* Mes origines signifient que je ne serai jamais aussi belle que les autres filles du lycée. Celles qui ressemblent à Maman. Mais je ne peux pas le dire à Jamie. Il ne comprendrait pas.

— Bon. D'accord. Qu'est-ce que tu aimerais voir, alors ? me demande-t-il parce que je reste silencieuse trop longtemps.

Une fille avec de plus grands yeux. Des cheveux plus clairs. Un nez plus petit.

— Quelqu'un qui ressemble davantage aux autres, je réponds au bout d'un moment.

Jamie caresse son appareil photo du pouce.

— Tu sais combien de personnes rêvent d'avoir ton visage ? Ne ressembler à personne d'autre dans cette ville, c'est ce qui te rend spéciale. Tu sors du lot car tu es unique.

Je fais la moue.

— Je ne veux pas être différente. Si mon physique était plus banal, je n'aurais sans doute aucun mal à me faire des amis. Et j'aurais peut-être même une mère qui se soucie de moi.

Cette dernière pensée est particulièrement douloureuse.

— C'est ce que tu ressens maintenant, mais ce ne sera pas toujours le cas. Attends de voir ce que le monde te réserve au-delà des murs de ton lycée et de cette ville. Les gens sont différents, ailleurs.

Je suppose qu'il parle de la Californie, mais je n'arrive pas à imaginer qu'un jour je trouverai un endroit où je me sentirai à ma place.

— Et si tu t'inquiètes de ne pas être assez jolie, ajoute-t-il, je t'arrête tout de suite.

Il me regarde droit dans les yeux. Que veut-il dire ?

— Ma mère a toujours trouvé que tu étais la plus jolie fille du quartier, précise-t-il.

Je lève les yeux au ciel.

— La dernière fois qu'elle m'a vue, j'avais neuf ans. Ça sent le compliment fabriqué de toutes pièces.

— Pas du tout. Je ne mens jamais. Ce n'est pas mon truc.

— Parce que c'est le truc de quelqu'un ?

— Sans doute. Tout le monde a un truc.

— Pas moi.

— Bien sûr que si.

Je me fige. À quoi pense-t-il ?

Jamie sourit sans dévoiler ses dents. C'est le sourire le plus tendre et le plus chaleureux que j'ai jamais vu.

— Ton truc, c'est d'essayer de contenter tout le monde. Parfois aux dépends de ton propre bonheur.

— Oh, tu veux dire que je suis un paillasson ? C'est pire que tout !

— Non, le pire, je crois que ce sont les menteurs compulsifs.

— Ou les sociopathes.

— Ou les tueurs en série.

— Ou les cannibales.

Jamie rit et soulève de nouveau son appareil photo.

— Oui. Ça se joue entre eux.

Je regarde droit dans l'objectif.

— Tu me prends encore en photo ?

— Je peux ? demande-t-il.

J'attends. Je réfléchis. Puis j'acquiesce.

*Je peins un manège de miroirs et de dragons, et à l'intérieur d'un des miroirs la fille la plus heureuse du monde cherche à se libérer.*

# CHAPITRE 19

Lorsque Oncle Max emménage, j'ai du mal à garder mon sang-froid. En plus d'être un homme foncièrement mauvais, il écoute la pire musique du monde : le metal des années 1990. Comme il ne ferme jamais la porte de sa chambre, je suis condamnée à écouter les stridulations d'une guitare électrique pendant que j'essaie de peindre. Du cyanure pour ma créativité.

Je pose mon pinceau, fais rouler ma chaise jusqu'au bureau et fouille dans le premier tiroir à la recherche du casque audio que Papa m'a offert il y a quelques années pour mon anniversaire. C'était à l'époque où Maman et lui se disputaient souvent. Juste avant que Papa ne la trompe. Juste avant le divorce.

Avec le casque audio sur la tête, je ressemble à un pilote d'X-Wing dans *Star Wars*, alors, je ne le porte que dans ma chambre.

J'ai écouté quatre chansons de ma playlist favorite et il me reste une bonne heure de travail pour terminer mon tableau, quand, soudain, quelqu'un m'attrape par l'épaule. Je sursaute et regarde vivement derrière moi. Oncle Max se tient là, mal rasé, les yeux injectés de sang comme s'il n'avait pas dormi de la nuit. C'est sans doute le cas. Je ne me rappelle pas l'avoir entendu rentrer, hier soir.

Ma poitrine se serre comme si un monstre avait glissé sa main entre mes côtes pour me broyer le cœur. J'ai l'impression de sombrer, toujours plus profond. Le sol sous mes pieds a disparu. Je continue de tomber et je me sens vide ; j'ai la nausée.

Je retire mon casque audio d'une main tremblante.

— Quoi ? je réussis à articuler.

J'ai envie de lui dire qu'il n'a pas le droit d'entrer dans ma chambre, que je ne veux pas qu'il m'approche. Mais « quoi ? » est le seul mot qui franchit mes lèvres. Il passe sa langue sur ses molaires comme si de la nourriture y était coincée.

— Tu vas te faire exploser les tympans avec ce truc, ma petite. (Il désigne mon tableau d'un geste de la tête.) Qu'est-ce que tu fais ?

Ma première réaction est de vouloir cacher mon travail avec mon corps. Je ne veux pas qu'il le regarde. Mais je ne bouge pas. Je reste assise sur cette chaise, tétanisée, une main au-dessus du tableau, et l'autre crispée contre le bord de ma palette.

J'ai de nouveau du coton dans la bouche.

— Tu veux quelque chose ?

Oncle Max recule comme s'il ne comprenait pas pourquoi je suis aussi sèche avec lui. C'est bien son genre de faire semblant qu'il ne s'est jamais rien passé.

Il a toujours nié, évidemment, et il a peut-être réussi à convaincre ma mère, et sans doute Papa, mais il n'arrivera jamais à me faire croire que j'ai tout imaginé. Je m'en souviens. Je me souviens de tout.

— Tu sais, tu devrais être plus gentille avec ta mère.

Il croise les bras et bombe le torse. Sa peau est toujours tellement grasse qu'on dirait qu'il met de l'huile dessus. Et aujourd'hui, c'est pire que tout.

— Je suis toujours gentille avec ma mère, je lui réponds sèchement.

Il laisse échapper un son dubitatif.

— Elle m'a dit que tu étais très dure avec elle, ces temps-ci.

Cela ne m'étonne même pas. La seule façon pour elle de ne pas passer pour la méchante est de rejeter la faute sur moi.

— Elle se sent incomprise. Et après tout ce qui s'est passé avec ton père, tu pourrais la laisser souffler un peu.

Mes épaules tremblent. Je n'arrive plus à garder la pause.

— Comment ça ?

J'ai du mal à me défendre, mais je suis obligée de monter au créneau pour protéger mon père. Surtout face à Oncle Max.

Il hausse les épaules comme s'il ne voyait pas le problème.

— Ça n'a pas été facile pour elle, c'est tout.

Le blanc autour de son iris bleu a des taches jaunes. Je ne le regarde pas longtemps en face. Bientôt, je baisse la tête. C'est trop intimidant. De toute façon, je sais très bien où il veut en venir : c'est ma faute si mes parents se sont séparés. Ils ont commencé à se disputer après que j'ai parlé à Maman. Oncle Max a déménagé et Papa n'a pas tardé à partir en quête d'une nouvelle famille.

Il lève la main et serre mon épaule très fort.

— Si tu veux en discuter, je suis juste de l'autre côté du couloir, ma petite. On était copains quand tu étais enfant. Maintenant qu'on est de nouveau colocataires, il n'y a pas de raison qu'on ne retrouve pas notre complicité.

Comment fait-il pour sourire et me parler comme si de rien n'était ? Il pense vraiment que je ne me souviens de rien ? Que mes parents ne sont pas au courant ? Dans ma poitrine, le monstre serre mon cœur encore plus fort. J'ai envie de vomir.

J'ai conscience que c'est un secret de famille que tout le monde aimerait enterrer et oublier. Parfois, j'en ai envie moi aussi. Mais faire semblant devant mes parents n'est pas la même chose que me mentir à moi-même.

*Parce que c'est à moi que c'est arrivé.*

Je ne me rends pas compte à quel point je tremble jusqu'à ce qu'Oncle Max retire sa main et me regarde comme un animal abandonné.

Je plonge un petit pinceau dans une goutte de peinture gris bleu, puis garde les yeux rivés sur un coin de ma toile jusqu'à ce que j'entende ses pas s'éloigner.

*Je peins un monstre aux yeux empoisonnés qui avale le soleil et plonge le monde dans l'obscurité.*

# CHAPITRE 20

Je raconte à Emery tout ce qui s'est passé avec Jamie. Avec un peu de chance, si je parle suffisamment de ce qui me rend heureuse, je finirai par oublier ce qui me rend malheureuse. Elle est contente pour moi, mais elle croule sous les devoirs. Je dois me faire violence pour ne pas lui envoyer constamment des messages. C'est difficile de changer ses habitudes, mais j'ai conscience qu'elle est occupée à construire sa nouvelle vie. Elle est boursière. Son futur repose donc sur ses notes et au son de sa voix, je comprends vite que ce n'est pas aussi facile d'en obtenir là-bas que dans la classe de M. Miller. Et même si elle me manque, parfois, je n'y pense pas car je suis trop excitée à l'idée d'être de nouveau amie avec Jamie. J'ai la sensation d'être retournée des années en arrière, quand j'avais une vision simple du bonheur. Aujourd'hui, elle n'est plus aussi claire, ni aussi belle. C'est peut-être ça, devenir adulte : se rendre compte que tout n'est pas noir ou blanc, chaud ou froid, heureux ou triste. La vie, c'est plus compliqué. Les sentiments, aussi.

Pourtant, avec Jamie, tout me paraît simple.

Je lui envoie : Coco Pops ou Trésor ?

Il répond : Trésor, mais seulement au chocolat au lait.

J'écris : Moi c'est Trésor, peu importe le goût.

Il écrit : Tu veux passer à la maison ?

Je réponds : D'accord.

Comme je me sens obligée d'apporter quelque chose, je fouille dans les placards de la cuisine. J'y trouve un paquet de cookies qui traîne ici depuis des mois et une bouteille de jus de kiwi que Maman déteste.

Jamie m'envoie l'adresse de son cousin par SMS.

Lorsque je lui tends la bouteille et les biscuits, il secoue lentement la tête.

— Qui apporte du jus de kiwi à une fête ?

Sous la lumière du perron, ses cheveux ont presque la couleur du caramel et ses yeux sont toujours les plus bleus que j'ai jamais vus.

Tout à coup, je suis si nerveuse que j'en ai la chair de poule.

— Une fête ?

La fille que j'ai aperçue à la soirée précédente apparaît derrière Jamie.

— Salut, inconnue !

Elle porte un *crop top* orange pâle avec une minijupe en cuir. Ses cheveux longs ont été ramenés d'un côté, sur une épaule. Je recule instinctivement.

— Désolée. Je ne savais pas que tu avais de la compagnie. Je peux revenir un autre jour.

Jamie fronce les sourcils.

— Pourquoi tu ne pourrais pas rester ?

La fille s'éloigne de la porte. Je crois qu'elle essaie de ne pas me mettre davantage mal à l'aise, mais ce n'est pas sa faute. Mon existence entière oscille entre « embarrassante » et « gênante. »

Je continue de reculer sans m'en rendre compte.

— Je ferais mieux de rentrer. (Je baisse les yeux vers mes mains et tout à coup, je fais un pas vers lui pour lui mettre la bouteille et les cookies dans les bras.) Tiens. Tu peux les garder pour ta fête.

Quand j'arrive à ma voiture, je me rends compte que Jamie m'a suivie. Il a l'air déboussolé. *Évidemment*. Les gens normaux n'ont pas besoin de se préparer avant la moindre interaction sociale. Les gens normaux ne paniquent pas à la vue d'inconnus. Les gens normaux n'ont pas envie de pleurer car la journée ne se déroule pas de la façon dont ils le voudraient.

Je ne suis pas le genre de fille qui porte des crop tops et des jupes courtes et qui pourrait passer pour la meilleure amie de Taylor Swift. Je suis celle qui apporte du jus de kiwi à une fête. Je ne suis pas normale. Et maintenant, Jamie va s'en rendre compte.

— Je ne comprends pas. Pourquoi tu ne veux pas entrer ?

— Je ne suis pas très à l'aise dans les fêtes. Ou avec les gens, en général, lui dis-je à contrecœur.

— On s'est croisés à une soirée, la dernière fois.

Je ferme les yeux le plus fort possible.

— C'était différent. Emery a insisté pour que je l'accompagne et je ne pouvais pas rester à la maison car… peu importe. Il fallait que je sorte. Mais après, ta copine…

Je parle beaucoup trop. Je rouvre les paupières.

Jamie a les yeux grands ouverts. Je ne les ai jamais vus comme ça.

— Si j'ai bien compris, tu acceptes de te rendre à une soirée où tu ne connais personne quand ça ne va pas dans ta vie, mais tu refuses de passer du temps chez un ami ? (Il m'observe un moment.) Ça n'a aucun sens, Kiko.

Je hausse les épaules. Que suis-je censée faire ? Bien sûr que ça n'a aucun sens, mais je ne le contrôle pas. Si je pouvais me débarrasser de mon anxiété et paraître normale, je l'aurais fait depuis longtemps.

Il a l'air gêné. Moi, je le suis.

— Écoute. J'ai un peu exagéré en disant que c'était une fête. Il y a juste Sarah, sa sœur Missy et Alfie, un mec avec qui je jouais au foot quand j'étais gamin. (Il s'interrompt un instant.) Tu croises plus d'inconnus que ça en travaillant à la librairie.

— Les clients ne s'attendent pas à ce que je leur fasse la conversation. Ils me demandent juste où se trouve tel ou tel bouquin. Je ne suis que caissière. Je n'ai pas à être…

— Humaine ? s'enquiert Jamie en clignant des yeux.

Je sens mon visage s'empourprer. J'ai l'impression de subir un interrogatoire.

— On se verra une autre fois, je réponds, tendue.

Jamie me saisit par le bras.

— Attends. Tu es en colère. Pourquoi est-ce que tu es en colère ?

Je me mords les lèvres. J'ai peur de fondre en larmes et de paraître encore plus bizarre. Je n'ai pas l'habitude de parler de mon anxiété.

Je pense au mot qu'Emery m'a laissé, à son injonction de prendre mon courage à deux mains.

— J'ai la sensation que tu me mets la pression. Je t'ai dit que je n'avais pas envie d'entrer, mais tu essaies de me faire culpabiliser.

Mes propres paroles me surprennent. L'espace d'une seconde, je me sens courageuse, forte, puis une vague de remords m'envahit.

Il serre les dents et hausse les épaules.

— Je n'essaie pas de te mettre la pression. Je ne comprends pas, c'est tout.

Je sens mon genou se crisper et se détendre, comme un tic nerveux. Si seulement ce n'était pas si difficile de parler de mon ressenti. Avant, je n'avais aucun mal à me confier à Jamie. Je me demande si j'y arriverai encore.

— Je ne te demande pas de comprendre.

Jamie recule légèrement et secoue la tête.

— Pourquoi est-ce si difficile pour moi de passer du temps avec toi ?

Mon estomac fait un salto arrière et je sens quelque chose gonfler à l'intérieur de ma poitrine. J'ai la tête qui tourne. Je ne sais pas comment répondre à la question de Jamie.

Ses yeux bleus s'adoucissent.

— Bon, je reviens. Ne pars pas, d'accord ? S'il te plaît.

Quand il disparaît dans la maison, j'ai vraiment, mais alors vraiment envie de m'échapper. L'atmosphère est tendue, maintenant. Mais je ne pars pas, car ses yeux sont comme des joyaux et ils me donnent envie de rester, même s'il n'a pas su trouver les mots qu'il fallait.

Jamie revient vers moi avec son iPod et des écouteurs. Il tient toujours le jus de kiwi et les cookies.

— Tu veux bien t'asseoir avec moi ?

Il s'installe au bord du trottoir, ouvre la bouteille et sort un biscuit du sachet. Un sourire apparaît sur ses lèvres et tout à coup, je ne suis plus si pressée de partir.

Je m'assois sur le bitume à côté de lui. Près du sol, je me sens moins exposée. Il me tend les cookies. Quand j'en prends un, les larmes me montent aux yeux. Je bats des paupières le plus vite possible.

On mange en silence dans l'air frais du soir. Je fais tomber les miettes de mes doigts et cligne des yeux pour chasser mes dernières larmes.

Sa main tombe sur ses genoux.

— Sarah n'est pas ma copine, au fait. Nos parents sont amis. Du coup, on continue de se voir de temps en temps.

— Oh ! OK.

Il boit une gorgée de jus de kiwi et grimace.

— C'est le truc le plus dégoûtant que j'aie jamais bu.

J'éclate de rire. Je suis incapable de me retenir. Le son résonne dans toute la rue. Je me racle la gorge, en espérant qu'il ne remarque pas mes joues rouges.

— Si c'est ce que tu bois chez toi, tu devrais vraiment entrer chez mon cousin. (Jamie se gratte le côté de la tête.) On a de l'eau. Du soda. De la limonade. Les trois valent bien mieux que cet élixir de torture.

Une part de moi a envie de dire oui. Pourquoi est-ce si difficile ? Ça l'est tout autant que de dire non, alors que ça devrait être plus simple. Mais à l'idée d'entrer, j'ai la sensation que mon cœur va exploser.

— Je ne peux pas, je réponds en regardant droit devant moi.

— Tu ne peux pas ou tu ne veux pas ?

Cette fois, je regarde Jamie droit dans les yeux.

— Je ne peux pas.

Un éclair de résignation traverse son visage.

— Tiens, dit-il en me tendant un écouteur.

Je le place dans mon oreille gauche et il met l'autre dans son oreille droite.

Batterie. Violons. Clavier.

— Qui c'est ? je demande.

Jamie ne me regarde pas. Il a la tête penchée en arrière et les bras croisés sur ses jambes.

— Wilco. Tu aimes ?

— Oui. C'est apaisant.

— Je les écoute souvent quand je prends des photos. Et les Smiths.

— Je ne les connais pas.

— On risque de rester ici un long moment.

Je me frotte les mollets.

— Tu peux retourner à ta fête.

— Oui, je peux, dit-il, mais je veux passer du temps avec toi. C'est pour ça que je t'ai invitée.

On écoute deux autres chansons de Wilco, puis Jamie passe aux Smiths et je commence à oublier où je suis. Le ciel presque noir se pare de poussière d'étoiles, mon oreille gauche est pleine d'accords de guitare et chaque fois que Jamie tapote son genou de son pouce en rythme avec la musique, je tombe un peu plus amoureuse de lui. C'est le pire moment pour avoir de tels sentiments. Surtout pour Jamie Merrick, qui pourrait me briser le cœur d'un simple sourire en coin.

Je suis censée réfléchir à ce que je vais faire de ma vie. Trouver un moyen de quitter cette ville pour bon.

— Je ferais mieux de rentrer, lui dis-je. Mais merci d'être resté assis avec moi et de m'avoir fait découvrir Wilco.

*Merci d'avoir essayé*, ai-je envie de lui dire.

Jamie se lève et serre ses écouteurs dans son poing.

— D'accord. Pas de souci, Kiko.

Son visage est tendu car il ne me comprend pas. Il ne sait pas comment m'aider. Ce qu'il ignore, c'est que je ne veux pas qu'il m'aide.

Prism était censé résoudre tous mes problèmes. Maintenant, il faut que je chasse mes idées noires. Autrement, la prochaine fois que je perdrai quelque chose d'important pour moi, je n'arriverai peut-être pas à trouver de plan B.

Un cœur n'est pas fait pour être brisé indéfiniment.

Je rentre chez moi sans me retourner alors que j'en crève d' envie.

*Je peins Jamie sur le trottoir, en train de regarder les étoiles en écoutant Wilco. Un fantôme est assis à côté de lui.*

# CHAPITRE 21

— Il ne faut pas se sentir démoralisé chaque fois qu'une personne ne réagit pas de la façon dont on le voudrait. Même Mr Darcy n'était pas parfait.

Emery donne toujours de très bons conseils, même si elle m'appelle juste cinq minutes entre deux cours.

J'envoie un GIF de Pikachu tout triste à Jamie. Il me répond avec un GIF de James Franco qui sourit et dit : « Tout va bien. » Et en un clin d'œil, tout va de nouveau bien entre nous.

Quand je rentre du travail, je me rends compte que les tubes de peinture que j'ai laissés sur mon bureau ont été bougés. Je le sais parce que lorsque j'ai une nouvelle idée de tableau, je les aligne de façon à trouver la meilleure palette de couleurs. Pourtant, ils ont été poussés, comme si quelqu'un cherchait quelque chose. Personne ne vient jamais ici. Maman préférerait mourir que d'admettre qu'elle a regardé l'un de mes tableaux et mes frères ne vont que là où on peut trouver des jeux vidéo ou de la nourriture.

J'essaie de ne pas suspecter Oncle Max, mais je ne

peux pas m'empêcher de penser qu'il est coupable. Qui d'autre ?

— Tu ne devrais pas accuser les gens sans preuve, dit Maman sur le canapé.

Elle semble énervée que je l'interrompe pendant son émission.

— Tu m'as dit que tu n'y entrais jamais ! Pourtant, quelqu'un est allé dans ma chambre. Je te le jure.

J'ai l'impression qu'elle me traite comme une petite fille capricieuse. Elle oublie que j'ai un passif avec Oncle Max. Qu'il est déjà venu dans ma chambre sans en avoir le droit. Pourquoi est-ce qu'elle ne le voit pas ?

— C'est si grave que ça ? Il s'intéresse peut-être à tes dessins.

CE QUE JE VEUX DIRE :

*Tu n'aurais jamais dû le laisser réemménager ici. Si tu le laisses en plus entrer dans ma chambre, tu seras la pire mère de l'Histoire.*

CE QUE JE DIS :

— C'est grave. Ce sont *mes* affaires.

Maman lève les yeux au ciel.

— Et qu'est-ce que tu veux que je fasse, au juste ?

Je hausse les épaules. *Comporte-toi en mère, pour une fois.*

— Dis-lui de ne plus mettre les pieds dans ma chambre, je réponds.

Elle me dévisage. À son expression, on dirait que l'hiver s'est abattu sur la maison et que l'on est en train de geler sur place. La télécommande toujours à la main, elle lève le bras vers la télévision et coupe le son.

— J'ai un truc important à te demander.

Mon cœur s'emballe sous le coup de l'excitation. Je préférerais ne pas réagir ainsi. Parce que après l'excitation vient la déception. Toujours.

Maman se penche en avant.

— Tu as pris du poids ?

Je cligne des yeux.

— Quoi ?

Son regard bleu est empli d'une inquiétude bien réelle.

— Je ne veux pas te faire de la peine, mais ton visage a l'air encore plus rond que d'habitude. Maintenant que tu ne marches plus pour aller au lycée, je me demande si tu fais assez d'exercice. C'est important, tu sais. Pour ta santé.

— Ça ne fait qu'une semaine que les cours sont terminés. Je doute que mon visage se soit arrondi parce que je n'ai pas marché depuis sept jours, je proteste d'une voix tremblante.

Je croise les bras sur ma poitrine pour me protéger.

— Ne prends pas la mouche, rétorque-t-elle. Je te dis ça parce que je t'aime.

Je ne sais pas quoi répondre. Alors, je retourne à l'étage et m'enferme dans la salle de bains.

Quand je me regarde dans le miroir, je ne me trouve pas grosse. Mais après avoir passé cinq minutes à me pincer la peau et à étudier mon reflet sous toutes les coutures, j'y vois la fille la plus énorme du monde.

*Je peins une femme dans un cirque avec des jambes comme des troncs d'arbre. Je trace un cercle parfait pour représenter son visage.*

# CHAPITRE 22

Quand j'emmène Shoji à son entraînement de taekwondo, je lui demande s'il me trouve grosse.

— Bien sûr que non, répond-il, les yeux rivés sur ses mains vides.

Il a sûrement oublié son manga.

— Tu ne vois pas que j'ai pris du poids ?

Il penche la tête sur le côté.

— Pourquoi tu me demandes ça ? On dirait Maman.

Je grimace. La dernière chose dont j'ai envie, c'est de parler comme elle. Alors, je me tais.

Je me gare devant le bâtiment. Shoji ne bouge pas.

— Tu vas partir étudier ailleurs ?

Mes yeux s'arrondissent sous le coup de la surprise.

— Je voudrais bien, mais je n'ai pas été admise à Prism.

— Oui, je sais, mais est-ce que tu comptes quand même déménager ?

Il me regarde avec une certaine impatience.

— Sans doute.

Il le faut. Rester ici n'est pas une option.

Shoji reste immobile un instant. Je me demande s'il voudra récupérer ma chambre quand je serai partie. C'est moi qui ai le plus grand placard, et de loin.

— Tu crois que Papa et Serena accepteraient que j'habite chez eux ?

Sa voix est presque inaudible.

— Tu ne veux pas rester avec Maman ? je lui demande d'une voix calme.

J'ai toujours su que Shoji préférait Papa, mais je n'aurais pas pensé que ça le pousserait à vouloir déménager.

Il m'observe avec appréhension et désespoir. Puis toute émotion quitte son visage, comme une fenêtre que l'on referme. Il protège son cœur, lui aussi.

Il défait sa ceinture et sort de la voiture.

— Oublie, dit-il d'une voix coupante comme une lame de rasoir. À plus tard.

Je regarde mon petit frère monter les marches deux à deux, et disparaître derrière les portes en verre. Le moteur continue de ronronner et les basses de la radio font vibrer mon siège, mais je ne bouge pas.

Shoji ressent la même chose que moi : l'urgence de partir d'ici. Rester auprès de notre mère équivaut à nager dans du poison. Cela tue notre âme à petit feu. C'est l'une des raisons pour lesquelles je me raccroche à l'art. C'est le phare qui me guide à travers les tempêtes. Mais un jour, ce phare tombera. Un jour, la tempête l'atteindra.

Je ne peux pas laisser mon âme dépérir jusqu'au point de perdre mon art. Hors de question. Alors, il faut que je parte.

J'appuie la tête contre le dossier de mon siège et tente de penser à un moyen de changer mon futur pour qu'il cesse de ressembler à un couloir vide qui s'étend à l'infini.

*Je dessine une petite souris qui a tellement peur du monde qu'elle se cache dans l'ombre et finit par devenir aveugle.*

# CHAPITRE 23

Je ne trouve plus mes pinceaux tout neufs. Ni le billet de vingt dollars que j'avais laissé à côté du ticket de caisse qui, lui aussi, a disparu.

Quand je lui dis que je pense qu'Oncle Max me vole, Maman me répond que je suis paranoïaque. Il n'a pas de boulot, pourtant il sort tous les soirs et revient avec un regard trouble et une mauvaise haleine… quand il rentre. Il faut bien qu'il trouve l'argent quelque part.

— Je veux installer un verrou sur ma porte.

Je suis très sérieuse, pourtant ma mère sourit comme si c'était la conversation la plus amusante du monde.

— Non. C'est ma maison. Personne ne s'enferme.

Elle est en train de feuilleter le catalogue d'une marque de vêtements de hipsters. Je doute qu'elle compte acheter quoi que ce soit. Je suis sûre qu'elle joue à « Qui est le plus beau ? qui est la plus belle ? » avec les mannequins.

— J'aurai dix-huit ans le mois prochain. Je devrais avoir le droit de poser un verrou sur ma porte.

*Surtout avec Oncle Max qui dort de l'autre côté du couloir*, ai-je envie d'ajouter.

— J'ai dit non. Arrête avec ça.

Elle cesse de tourner les pages et me montre une image sur papier glacé.

— Qu'est-ce que tu penses de ce haut ?

C'est un kimono à motifs noirs et blancs orné de pompons.

— Tu comptes aller à un festival de musique ? je lui demande d'une voix sèche.

Maman plisse les yeux.

— Ne sois pas méchante. (Elle baisse de nouveau les yeux vers la photo.) Je suis sûre que je serais très mignonne avec.

— Si je ne peux pas avoir un verrou sur ma porte, je vais devoir déménager. Je ne fais pas confiance aux personnes qui vivent dans cette maison, lui dis-je.

Elle lâche le catalogue sur le bar de la cuisine.

— Tu ne vois pas que j'essaie de détendre l'atmosphère ? Pourquoi est-ce que tu es toujours aussi négative ?

— Et tu ne vois pas que j'essaie de te parler de quelqu'un qui *me vole mon argent* ?

J'ai l'impression qu'une veine de mon cou est sur le point d'éclater. Ce n'est pas facile pour moi de dire ce que je pense, mais je fais de mon mieux car la situation est sérieuse. Il faut qu'elle sache que je ne supporte pas l'idée qu'Oncle Max entre dans ma chambre. J'ai besoin qu'elle comprenne.

— Bon sang, Kiko !

Maman se dirige dans le salon à grands pas et plonge la main dans son énorme sac à main. Elle revient vers moi avec son porte-monnaie.

— Tiens, dit-elle en lançant un billet de vingt dollars dans ma direction.

Je ne le rattrape pas. Il tombe par terre.

— Je ne veux pas de ton argent, lui dis-je.

— Alors, qu'attends-tu de moi ?

Sa voix tranchante monte dans les aigus.

CE QUE JE VEUX DIRE :

*Que tu sois la mère dont j'ai besoin !*

CE QUE JE DIS :

— La permission de poser un verrou sur la porte de ma chambre.

Elle se masse les tempes avec ses ongles couleur pêche et secoue la tête.

— Tu n'auras pas de verrou. Si tu veux que tes affaires soient en sécurité, trouve une meilleure cachette. Ou mieux : va parler à Max et résous ce malentendu.

Je ne lui dis pas que je ne devrais pas avoir à trouver une meilleure cachette sous mon propre toit. Ni que parler à Oncle Max ne me ramènera pas mes affaires. Ni qu'Oncle Max ne reconnaîtra jamais m'avoir volé des choses. Elle ne m'écoute pas. Elle ne m'écoute jamais.

Je les laisse, son billet de vingt dollars et elle, dans la cuisine.

Taro entre dans la chambre pendant que je peins et me donne une pichenette derrière l'oreille.

Je baisse la tête. Il ricane.

— Ton petit copain a laissé ça sur le perron pour toi.

Il jette une boîte à chaussures sur mon bureau. Elle est recouverte d'une quantité phénoménale de Scotch. Dessus est écrit « *POUR KIKO* ».

— Je l'ai vu se garer devant la maison. Je sais que ça vient de lui, reprend Taro. (Il remonte ses lunettes en plastique épaisses.) Tu ne l'ouvres pas ?

— Pas devant toi, je réponds en riant.

Taro a l'air offensé.

— Pourquoi ?

— Parce que ça ne te regarde pas. (Je cligne des yeux.) Tu voulais quelque chose ?

Il rit.

— Je veux savoir ce qu'il y a dans la boîte. Et si c'était une bombe ?

— Tu es bête, je rétorque.

Alors qu'il est en train de partir, il s'arrête.

— On m'a volé de l'argent dans ma chambre, moi aussi.

— C'est vrai ? (Je sens ma poitrine se serrer.) Tu en as parlé à Maman ?

— Je ne dis jamais rien à Maman. Je suis bien plus malin que toi. (Il rit encore, mais cette fois, il a l'air triste.) Je te le dis pour que tu ne penses pas que c'est moi le coupable.

— Ça ne m'est même pas venu à l'idée.

Je ne sais pas quoi ajouter. Taro n'a jamais l'air triste. Il se gratte le nez avec un rire gêné, puis me laisse seule avec la boîte à chaussures.

Aussitôt, l'excitation m'envahit. Je veux savoir ce que contient cette boîte. Avec une paire de ciseaux, je découpe le Scotch pour pouvoir soulever le couvercle. La boîte est remplie de photos de la fête foraine. Certaines sont en noir et blanc, d'autres en couleur. Elles sont très belles. En les regardant, je sens de nouveau l'odeur des churros et des donuts. J'entends les rires et les cris, les ballons qui éclatent, la détonation des carabines à air comprimé, les anneaux en plastique qui tapent contre les bouteilles en verre. Je peux presque sentir la présence de Jamie à côté de moi en train d'observer toutes ces scènes, tout ce qui paraît banal mais qui, en fait, importe le plus.

Le dernier cliché est une photo de moi. Elle est vive et colorée. Je souris à peine, mais mes yeux reflètent une joie totale. Mes oreilles dépassent de mes cheveux, mon nez est beaucoup trop large pour mon visage, pourtant je ne me trouve pas aussi moche que d'habitude. Je vois ce que Jamie voulait que je voie.

Et ce n'est pas si terrible.

*Je peins une fille qui confronte le monstre qui vit sous son lit et se rend compte qu'il n'est pas si terrifiant.*

# CHAPITRE 24

Au boulot, j'envoie des messages à Jamie :

Noir ou blanc ?

Lasagnes ou spaghetti ?

Jour ou nuit ?

Il répond :

Noir.

Lasagnes.

Jour.

Quand je lui dis que j'aurais choisi tout le contraire, je n'ai pas l'impression d'entrer en confrontation, ni de le blesser. On est simplement nous-mêmes.

*Je dessine un oiseau et un poisson qui tombent amoureux l'un de l'autre.*

# CHAPITRE 25

Je me réveille en sursaut, aux aguets. La lumière du couloir se déverse à l'intérieur de la chambre et m'illumine comme un projecteur.

Oncle Max.

Mon sang se fige. Je n'arrive pas à me retourner. En même temps, je ne suis pas certaine d'en avoir envie. Si je le vois, tout sera réel.

J'aimerais me transformer en poussière et me désintégrer dans la nuit, comme si je n'avais jamais existé.

S'il me touche, je crierai. S'il s'approche, je me lèverai d'un bond. Mais pour l'instant, je ne bouge pas d'un cheveu.

Il respire la bouche ouverte. On dirait les ronflements d'un homme ivre, alors qu'il est visiblement réveillé. Réveillé mais pas sobre.

Je crois qu'il tend la main vers moi. Alors, j'enfonce un peu plus mon visage dans mon oreiller.

*Qu'est-ce que je dois faire ?*

Les pas s'éloignent et la porte se referme en silence. Sous la porte, je vois la lumière s'éteindre. La maison est de nouveau calme.

Je me redresse, la respiration bloquée. Je ne réfléchis pas. J'attrape mon sac, mon téléphone et mes clés et me glisse hors de la maison. Sans m'en rendre compte, je me retrouve dans ma voiture, la gorge nouée par la panique, sans aucune idée de ma destination.

Je suis devant la porte du cousin de Jamie. Au lieu de frapper, j'appelle Jamie sur son portable. Si je frappe, il risque de penser que c'est une urgence et de prendre peur. De fait, c'est une sorte d'urgence, mais pas vraiment. Ce n'est pas un incendie, ni un cambriolage. J'ignore comment appeler ce qui s'est passé ce soir. Tout ce que je sais, c'est que je suis à deux doigts de vomir sur le perron de Jamie.

— Allô ? demande une voix enrouée par le sommeil.

— C'est Kiko. Pardon de te réveiller, mais je ne savais pas où aller.

*Oh, non !* Je pleure. Je n'avais pas l'intention de pleurer.

— Tu vas bien ? Où es-tu ?

Sa voix est forte. Je suis à peu près sûre qu'il n'est plus dans son lit.

— Devant ta porte.

Je suis morte de honte.

J'entends du bruit derrière la porte. Le verrou tourne. Tout à coup, Jamie se retrouve devant moi en short et tee-shirt. Ses cheveux partent littéralement dans tous les sens et ses yeux bleus reflètent la même panique qui me serre le cœur.

— Qu'est-ce qui s'est passé ?

Il m'examine comme s'il cherchait une blessure. Je suppose que ça, ce serait une urgence. Mais je ne suis pas blessée. J'ai juste une crise d'angoisse. Si je lui dis ça, il sera sans doute agacé d'avoir été réveillé et dans sa tête Kiko, sa meilleure amie d'enfance, se transformera en : « Kiko, la fille qui te réveille la nuit parce qu'elle n'a pas bien intégré la notion d'urgence ».

— Mon oncle…, je commence, mais je m'arrête.

Je ne l'ai jamais dit à voix haute. Pas depuis que j'ai tout raconté à ma mère, il y a des années. Je ne veux pas le répéter. D'une part, parce que je suis trop bouleversée et d'autre part, parce que je ne comprends pas exactement ce qui s'est passé. Je m'essuie les joues du bout des doigts avec maladresse.

— Je suis désolée.

Jamie observe la rue comme pour vérifier qu'il n'y a personne d'autre.

— Quelqu'un t'a fait du mal ?

Je secoue rapidement la tête.

— Non. Je… je n'avais nulle part où aller. Je ne peux pas rentrer chez moi.

— Viens, entre.

Je ne sais pas où je trouve l'énergie d'avancer, mais me voilà dans le salon. Alors, Jamie me prend dans ses bras et me serre contre lui comme s'il avait peur que je m'envole. Je me fonds contre son torse et mes sanglots redoublent.

Je pleure jusqu'à ce que ma poitrine me fasse souffrir, puis j'inspire, inspire et inspire encore et, au bout d'un moment, mes larmes passent. Je ne veux pas relever la tête et me montrer ainsi à Jamie. Aussi, je reste lovée contre son tee-shirt.

— Tu veux en parler ?

Il continue de m'étreindre.

— Je ne peux pas.

— Tu peux appeler ton père ? me demande-t-il.

Je recule, mais je ne lève pas les yeux.

— Non. C'est… compliqué.

Si je vais chez mon père, je devrai tout lui raconter. Et je suis à peu près sûre qu'il essaie toujours d'oublier la première fois. Il est hors de question que je gâche son second mariage. Maintenant, il est très heureux avec Serena et leurs deux petites filles. Ce que je ressens semble davantage blesser les gens qui m'entourent que moi. Je ne peux en parler à personne.

Je m'écarte de Jamie. Il me regarde comme si j'étais fragile, comme si j'étais sur le point d'exploser en milliards de petits éclats.

— Je suis désolée. Je ne sais pas pourquoi je suis venue ici.

J'aurais dû aller dans un motel. Pourquoi mêler Jamie à mes problèmes ?

— Moi, je sais, dit-il très sérieusement. J'ignore ce qui t'est arrivé, mais tu ne devrais pas être seule. Tu peux rester ici, d'accord ? Aussi longtemps que tu le voudras.

Je m'essuie de nouveau le visage.

— Je ne crois pas que ça plaira à ton oncle et à ta tante.

— Ils sont partis en Floride après la remise des diplômes de Rick et ils ne sont pas encore revenus. J'ai la maison pour moi tout seul jusqu'à leur retour. Ils ne sont pas obligés d'être au courant… Et de toute façon, ils sont cool. Ils comprendraient.

— Je dois trouver un appartement.

Je ne peux pas rester ici éternellement. On le sait tous les deux. Ce sera bien pour une nuit ou deux, mais je ne pourrai pas squatter le canapé de quelqu'un toute ma vie.

Dans tous les cas, Jamie repartira en Californie avant la fin de l'été.

— On avisera quand ils rentreront. En attendant, tu es en sécurité ici. (Il pose les mains sur mes épaules. J'évite toujours son regard.) Tout va bien se passer. OK ?

Je hoche la tête. Qu'est-ce que je peux faire d'autre ? Ma mère va me tuer quand elle se rendra compte que je me suis enfuie de la maison. Je n'ai aucune preuve qu'Oncle Max était dans ma chambre, comme je n'ai aucune preuve qu'il me vole mes affaires. Pourtant, je ne peux pas y retourner. Je ne me sens pas en sécurité, là-bas.

Jamie installe un oreiller et une couverture sur le canapé, mais je ne me sens pas fatiguée. Alors, on regarde un film. En fait, je devais être épuisée, car quand je rouvre les yeux, c'est le matin. J'ai la tête posée sur l'oreiller et la couverture est étendue sur moi.

Jamie dort par terre, à mes pieds.

# CHAPITRE 26

Maman m'appelle à 14 heures. Elle s'est enfin aperçue de mon absence.

— Je ne reviendrai pas à la maison tant que tu n'auras pas fait partir Oncle Max.

Ma voix tremble. Je me suis enfermée dans la salle de bains de l'étage car je ne veux pas que Jamie m'entende. C'est déjà bien assez gênant qu'il m'ait vue pleurer.

Étonnamment, ma mère n'est pas aussi énervée que je le pensais. Elle a juste l'air un peu agacée.

— On en parlera à la maison, Kiko. Rentre.

— Oncle Max est là ?

— Il dort.

Évidemment.

— Je te parlerai quand il sera parti.

Elle raccroche.

Je trouve Jamie dans la cuisine. Son ordinateur portable est posé sur le comptoir. Un câble USB le relie à son appareil photo. Quand il me voit, il se redresse.

— Tout va bien ?

— Elle veut qu'on discute à la maison.

— Et toi, c'est ce que tu veux ?

Je hausse les épaules.

— Je doute qu'elle m'écoutera, mais je passerai peut-être tout à l'heure.

*Quand Oncle Max sera ressorti faire la bringue*, je pense.

Jamie hoche la tête et pointe l'écran de son ordinateur du doigt.

— Je fais de la place sur mon appareil. J'avais l'intention d'aller faire quelques photos au centre commercial. Ça te dit de m'accompagner ?

— Euh, d'accord. Il y a quoi de spécial là-bas ?

— Des gens, répond Jamie en riant.

Il saisit des moments de vie d'inconnus tout en restant invisible. Et chaque fois, il trouve l'instant idéal. J'imagine les choses de la même façon dans ma tête, mais, de mon côté, pour leur donner vie, je peins. Pour moi, l'instant idéal n'existe pas dans le monde réel. Il faut que je le crée de toutes pièces.

Je pourrais le regarder prendre des photos toute la journée. Son sourcil gauche se baisse un peu plus que le droit. Les coins de ses lèvres se retroussent. Il ne cligne pas des yeux quand il prend une photo de peur de louper le moment parfait. Et quand il a obtenu le cliché qu'il voulait, il se tourne vers moi avec un grand sourire.

Je suis tellement amoureuse de Jamie Merrick que je meurs d'envie de foncer tout droit dans un mur et de m'aplatir comme une crêpe. L'aimer me donne l'impression d'être un personnage de dessin animé.

Lorsqu'il range son appareil, on se promène à l'étage des restaurants et on achète des roulés à la cannelle aussi gros que nos visages. Pendant qu'on mange, Jamie me laisse regarder les photos qu'il a prises.

— Elles sont incroyables.

Il a tellement de talent ! Beaucoup plus que moi, en tout cas. Il n'aurait jamais été recalé par Prism.

— J'aimerais voir tes tableaux, me dit-il. Je suis sûr qu'ils sont incroyables, eux aussi.

Je ris et prends une nouvelle bouchée.

— Tu me surestimais. Je ne suis pas aussi douée que toi.

— J'en doute.

Ses yeux bleus pétillent. L'espace d'un instant, j'en oublie de mâcher. Je m'éclaircis la voix et baisse les yeux. Dans mon sac, mon portable vibre. C'est un message de ma mère :

Il est sorti. Rentre à la maison pour qu'on discute.

Je prends une grande inspiration et lève les yeux vers Jamie. À part lorsqu'il prenait ses photos, il n'a pas cessé de me regarder depuis hier soir.

— Tu veux bien m'accompagner chez moi ?

Je ne peux pas lui faire face toute seule.

— Bien sûr.

Je réponds à ma mère :

OK. Jamie vient avec moi.

On est déjà dans le quartier quand elle m'envoie :

J'ai acheté à manger. J'espère qu'il aime la cuisine italienne.

# CHAPITRE 27

Maman porte un pull en laine irlandais alors qu'il fait plus de trente degrés dehors. Elle s'est maquillée, ses cheveux sont tirés à quatre épingles, et elle a mis le parfum à la vanille qu'elle porte quand elle sort.

Son sourire est un peu bizarre, mais je n'arrive pas à savoir pourquoi. J'essaie de ne pas y faire attention. Maman est toujours en train d'analyser ce que les gens pensent d'elle. Chaque fois que je lui adresse la parole, j'ai l'impression de passer un examen. En général, j'échoue avant même d'avoir ouvert la bouche.

J'espère que Jamie ne s'en rend pas compte. Je n'ai pas envie qu'il soit aussi mal à l'aise que moi.

— Bonsoir, Jamie ! s'exclame-t-elle avec enthousiasme. La dernière fois que je t'ai vu, c'était à l'anniversaire de Taro. Tu t'en souviens ?

Jamie lui adresse un sourire poli, mais ses yeux papillotent comme s'il ne voulait pas la regarder en face. Son sourire est peut-être trop intense pour lui aussi.

— Oui, je me rappelle. (Il se tourne vers moi.) Un vieux nous a crié dessus parce qu'on était trop jeunes pour entrer dans le jacuzzi ou un truc dans le genre.

Je souris. Je m'en souviens, moi aussi. Après, on avait décidé de l'espionner en grimpant dans les arbres les plus proches. Dans notre jeu d'enfants, le vieil homme était un diabolique pirate de l'espace et nous étions des rebelles moitié hommes moitié robots qui essayaient de sauver le monde.

Sauf qu'au bout d'un moment, on a oublié le jeu et on a passé le reste de l'anniversaire dans l'arbre. On n'était pas présents pour le gâteau. Maman nous en a voulu. Elle nous a dit qu'on était censés être sur les photos, pour garder un souvenir. Elle se moquait du fait qu'on se créait nos propres souvenirs.

Maman croise les bras.

— Taro et toi étiez de si bons amis ! Parfois, j'avais l'impression d'avoir un troisième fils.

Je serre les dents. Jamie Merrick a toujours été *mon* meilleur ami, pas celui de Taro.

Jamie se mord les lèvres en souriant de manière forcée, mais ne dit rien. Je ne suis pas certaine qu'il voie ce que moi, je remarque.

— J'espère que vous avez faim, dit-elle en nous emmenant dans la cuisine.

Sur la table sont posées au moins quatre grandes boîtes en plastique remplies de pâtes ainsi que deux sandwiches aux boulettes de viande, sans compter les boîtes que mes frères ont déjà vidées. C'est beaucoup trop de nourriture.

— Vous avez des invités ? demande Jamie tandis qu'elle coupe un sandwich en deux.

Elle lui tend une part. Un rire mélodieux lui échappe.

— J'ai pensé que vous auriez faim, voilà tout. Ce restaurant est tellement bon ! Il faut absolument que tu goûtes le gratin d'aubergine. Je l'ai pris pour toi, Kiko, puisque tu es végétarienne.

Je dois prendre sur moi pour ne pas montrer ce que je ressens. Cela fait deux ans qu'elle s'acharne à faire comme si je n'étais pas végétarienne. Pourtant, il suffit qu'on ait un invité pour que, tout à coup, elle s'en souvienne et passe pour une mère attentionnée. C'est clairement la seule raison pour laquelle elle en a parlé.

J'accepte une assiette. Finalement, ce n'était peut-être pas une bonne idée d'emmener Jamie avec moi, mais je n'avais pas envie de revenir toute seule.

Maman lui pose des questions sur l'université et la Californie, lui demande s'il a une copine (plus gênant, tu meurs), puis, au bout d'un moment, prend des nouvelles de ses parents.

Jamie hoche la tête tout en croquant dans son sandwich.

— Hmm. Ils vont bien.

Il continue de mâcher. Encore et encore. Je n'ai jamais vu quelqu'un mâcher si longtemps pour éviter de discuter.

Maman l'observe avec attention, les yeux mi-clos et un sourire factice sur les lèvres, son masque.

— En tout cas, je suis certaine qu'ils sont fiers de toi. Tu as l'air d'être devenu quelqu'un de bien.

Je grimace tout en dégustant une aubergine recouverte de chapelure. Jamie rit doucement. Quand ma mère essaie d'agir normalement, ça fait très bizarre. À l'instant où des gens passent la porte de la maison, elle devient un robot, la mère au foyer idéale. Tout ce qui sort de sa bouche est gentil et prévenant. Elle passe pour la meilleure maman du monde. Personne ne voit ce que moi, je vois. Personne ne sait ce que moi, je sais.

C'est pour ça que je suis l'enfant qu'elle aime le moins. Et c'est également pour ça que les seuls amis qu'elle garde sont ceux qu'elle ne voit presque jamais. Ceux qui s'approchent trop finissent par comprendre qui elle est vraiment. Alors, elle fait fuir tous ceux qui seraient capables de réduire à néant la jolie façade dont elle se sert pour cacher sa laideur intérieure.

La conversation dérive vers la photographie. Comme si Maman y connaissait quoi que ce soit ! En un rien de temps, elle apprend à Jamie que dans sa jeunesse, elle a été mannequin.

— C'était une période de ma vie tellement excitante ! s'exclame-t-elle. Si je n'avais pas décidé de me marier et d'avoir des enfants, j'aurais sans doute pu voyager à Milan ou à Paris.

— C'est cool, rétorque Jamie en repoussant son assiette.

Malheureusement, ma mère le ressert. Elle déborde d'énergie, ce soir, et elle nous gave avec, comme elle nous gave de plats italiens.

— Tu sais, j'ai sacrifié beaucoup de choses en devenant mère. Élever des enfants, c'est mettre ses propres besoins de côté.

Jamie recule sa chaise. Il tente sans doute de s'éloigner de son assiette, mais il me semble qu'il refuse aussi d'entrer dans le jeu de ma mère qui cherche à se faire complimenter.

— Ça vous dérange si j'utilise vos toilettes ?

— Pas du tout. C'est au coin, à gauche, répond Maman en désignant le couloir.

— Oui, je m'en souviens. Merci.

Lorsqu'il a disparu, Maman pose la tête contre ses mains et me regarde.

— Il est devenu très beau, tu ne trouves pas ? Il a de jolies dents, de jolis yeux et une belle peau. En plus, il est très grand.

Je ne me rends pas compte que je secoue la tête de désapprobation jusqu'à ce qu'elle souffle bruyamment.

— Quoi ? J'essaie d'être gentille, me dit-elle, sur la défensive. (Comme je ne dis rien, elle croise les bras sur la table.) Tu m'en veux parce que je parle avec ton ami ?

— Hein ? Non !

Je fronce les sourcils. Elle a pris le contrôle de la conversation et je sais qu'il est trop tard.

— Je sais que tu ne veux pas que je fasse partie de ta vie.

— Je n'ai jamais dit ça.

— Ça va te faire rire, mais je suis quelqu'un de bien.

Elle a raison. Je ris. Puis je presse mes doigts sur mes paupières car je n'ai pas la moindre idée de ce qui est en train de se passer.

— Tant mieux pour toi, Maman. Je n'ai pas d'opinion sur la question.

— Bien sûr que si, rétorque-t-elle. C'est pour cette raison que tu veux à tout prix t'échapper d'ici. Tu me détestes. On dirait presque que tu es jalouse de moi.

CE QUE JE VEUX DIRE :

*J'ai envie de m'échapper car tu me rabaisses sans arrêt et parce que tu laisses Oncle Max (la raison pour laquelle*

*Papa nous a quittés) vivre dans la chambre en face de la mienne sans m'autoriser à placer un verrou sur ma porte pour l'empêcher d'entrer !*

CE QUE JE DIS :

— Je ne suis pas jalouse de toi !

Son regard se perd dans la pièce.

— Alors, de quoi vous parlez, Jamie et toi ? De ma méchanceté ?

— Bon sang, Maman ! Pourquoi est-ce que tu fais ça ? je lui demande, crispée. Je suis venue te parler parce que je veux déménager. Pourquoi est-ce que tu ramènes toujours tout à toi ?

— Je ne ramène jamais rien à moi, rétorque-t-elle. J'essaie juste de passer une bonne soirée. Je vous ai acheté des tas de choses à manger, j'apprends à connaître ton ami et toi, tu réagis comme si j'avais commis un crime. Je ne suis pas une dictatrice diabolique.

Cette conversation devient du grand n'importe quoi. Je ne sais même plus à quoi me raccrocher pour garder un semblant de cohérence. J'ai l'impression que mon esprit a été emporté par une violente tornade.

— Ce n'est pas parce que tu m'as acheté des pâtes que je vais soudain retrouver ma bonne humeur. Pour info, je ne t'ai jamais demandé de commander à dîner. Je te rembourserai. Je ne voudrais pas que tu te sentes lésée.

Je serre les poings tellement fort que mes doigts craquent sous mes pouces.

— Je ne veux pas de ton argent.

Son visage s'est fait dur comme de la pierre.

— Je suis en colère car Oncle Max est entré dans ma chambre hier soir. Il avait bu. Je ne me sens pas en sécurité. Si tu ne le mets pas à la porte, je refuse de vivre ici une seconde de plus.

Ma poitrine me fait mal. Ma respiration s'emballe. Ma gorge se serre.

— Tu n'es pas encore adulte. Tu es obligée de vivre ici, me répond-elle simplement.

Mes mains tremblent.

— Alors, j'appellerai les services de protection de l'enfance. Je leur raconterai ce qui s'est passé et ils interdiront à Oncle Max de m'approcher.

Maman s'esclaffe.

— Tu exagères toujours.

Des larmes me brûlent les yeux.

— Ce n'est pas drôle. Je suis sérieuse.

Son expression se fige.

— Je n'arrive pas à croire que tu me menaces. Tu as la moindre idée des conséquences que cela aurait sur notre famille ? Tu agis de façon extrêmement égoïste.

— Égoïste ?

Le sang bat à mes tempes.

— As-tu au moins conscience que les mots peuvent blesser ?

Je bondis sur mes pieds. Mon corps vibre sous le coup de la colère.

— Tu te soucies davantage d'Oncle Max que de moi. La seule raison pour laquelle tu ne veux pas que je parte, c'est que tu as peur que les gens se posent des questions et pensent que tu es une mauvaise mère.

Elle s'adosse à sa chaise. Nos yeux lancent des éclairs. Je n'arrive pas à croire que je lui aie dit ce que je pensais vraiment. J'ai réussi à tout lui dire sans bafouiller. La sensation de puissance me monte à la tête et me terrifie. Je me prépare à sa réaction.

— Fais ce que tu veux. Fais donc passer ton propre bonheur avant celui de la famille.

Contrairement à ce que pourraient laisser croire ses mots, elle ne me donne pas la moindre permission. Elle se moque de moi, avec cruauté.

— Je n'en parlerai à personne, lui dis-je en ravalant mes sanglots, mais je déménage.

Elle ferme les yeux. Quand elle les rouvre, elle me jette un regard innocent.

— Tu as besoin de temps pour te calmer. Alors, vas-y, fais semblant d'être adulte si tu en as besoin. Je te pardonnerai quand tu rentreras à la maison, parce que je suis ta mère et que je t'aime.

À l'intérieur de ma tête, je hurle. Je recule, loin de ma mère. Lorsque j'atteins l'escalier, je vois que Jamie est assis en bas des marches, les mains nouées.

J'essuie mes larmes avec ma manche.

— Désolée.

Il secoue la tête et déglutit bruyamment.

— Je ne voulais pas vous interrompre, mais je ne savais pas où aller.

— Je vais prendre quelques affaires. (J'essaie de sourire, mais je sais que mon expression est triste.) Tu peux venir voir certains de mes tableaux, si tu veux.

Il hoche la tête et me suit à l'étage.

Jamie jette un œil à mes toiles et mes vieux carnets à dessin. Sans prononcer un mot, il contemple les œuvres que j'ai accrochées aux murs et les travaux inachevés dissimulés sous des livres. Il se contente d'observer comme s'il se trouvait dans une galerie d'art.

Pendant ce temps, je remplis un sac de vêtements et y glisse ma trousse de toilette. J'y ajoute le mot d'Emery, deux carnets à dessin et même mon portfolio inachevé. Puis je regarde autour de moi. Je n'arriverai jamais à tout faire entrer dans un sac. Il y a bien trop de toiles, de matériel de peinture et de livres.

J'ai conscience que je n'ai pas réfléchi avant de prendre ma décision. Ma mère a sans doute raison. Je finirai par rentrer parce que toutes mes affaires sont ici. Parce que je n'ai pas de projet à long terme.

Mais pour l'instant, tout ce qui importe, c'est que je sois partie avant le retour d'Oncle Max. Je me moque de savoir s'il était ivre ou même s'il s'en souvient. Si je reste, c'est comme si j'acceptais la situation.

Je prends avec moi mes meilleurs crayons. Laisser ma peinture et mes pinceaux me déchire le cœur, mais je n'ai pas le choix.

— Ces tableaux sont incroyables.

La voix de Jamie est très claire. Elle est comme un rayon de lumière dans l'obscurité.

J'observe la toile placée devant lui. Il représente une fille qui flotte sur l'eau, entourée de libellules et de nénuphars.

Je regarde Jamie dans les yeux.

— Je n'ai pas réussi à rendre la lumière, sur celle-ci.

— Kiko, je ne plaisante pas. Tu es extrêmement douée.

Je me gratte le bras, je ne sais pas quoi répondre.

— Merci, dis-je, les yeux rivés sur mon sac.

Il contient les maigres affaires dont je vais devoir me contenter pour vivre à partir de maintenant.

— Tu comptes en emporter ?

Jamie se tient toujours à côté de mes toiles.

— Je n'ai pas la place. Je ne sais pas où je vais.

Je suis à bout de nerfs. J'ai peur qu'Oncle Max ne rentre et me crie dessus parce que j'ai énervé Maman. J'ai peur de le voir, tout court.

On retourne chez Jamie. Je ne dis même pas au revoir à ma mère.

*Je dessine une fille assise dans un train, entourée de sièges vides.*

# CHAPITRE 28

Je suis en train de regarder les annonces d'appartements sur mon téléphone, découragée par le montant des loyers, quand Jamie grogne, de l'autre côté de la pièce.

— Mon cousin est à Harry Potter World, dit-il en faisant glisser son pouce sur l'écran de son portable. Il n'arrête pas de m'envoyer des photos pour me rendre jaloux. Ce parc est génial.

— J'aimerais tellement avoir une baguette magique. (Je soupire.) J'entrerais dans la boutique et la baguette me choisirait.

— Ça t'impressionnerait si je te disais que j'en ai une ?

— Oui. Carrément.

— Eh bien, j'en ai acheté une là-bas. Et j'ai goûté à la bièraubeurre.

— Tu es la personne la plus cool que je connaisse.

— Ce n'est pas inné, tu sais. Ça demande beaucoup de travail.

Un rire m'échappe. Lui-même se force visiblement à rester sérieux.

— Tu vis en Californie. Tu peux aller quand tu veux dans des parcs d'attractions, lui dis-je. Ici, la sortie la plus excitante, c'est le centre commercial.

Le visage de Jamie s'illumine.

— Et si tu venais en Californie avec moi ? On pourrait aller à Disneyland ou aux Studios Universal. Tu sais, pour fêter ton diplôme.

— Qu'est-ce que tu racontes ? (Je lève les yeux au ciel.) Je ne peux pas aller en Californie. Il faut que je trouve un appart.

Tout à coup, je me fige. Mon cerveau remet les pièces du puzzle en place. Alors, la nervosité, l'excitation et la peur m'envahissent en même temps. J'ai une idée. Une idée merveilleuse.

Je lève les yeux vers Jamie.

— Tu crois…, je commence. Je ne sais pas, que peut-être… (Est-ce que je fais bien de lui en parler ? Ai-je perdu la tête ?) Tu crois que je devrais jeter un coup d'œil aux écoles d'art en Californie ? Certaines acceptent peut-être les inscriptions tardives. Et puis la Californie, c'est moins cher que New York.

Mon cœur bat comme un tambour. Je n'arrive pas à croire que j'y réfléchisse sérieusement.

Lorsque je lis la curiosité dans ses yeux, je lève la main.

— Je ne veux pas que tu croies que je te suis à travers les États-Unis. C'est juste… ailleurs, tu vois ? Ça me permettrait de recommencer à zéro.

Au moins, je connaîtrais quelqu'un en Californie. Apprendre à vivre dans une nouvelle ville ne serait pas aussi terrifiant si j'y avais un ami. Mais, surtout, je serais à des centaines de kilomètres d'ici.

— Je pourrais m'y rendre deux ou trois semaines pour voir si ça me plaît et visiter les écoles.

Jamie écarquille les yeux avant de s'éloigner vivement de moi. On dirait qu'il a du mal à dire ce qu'il pense, comme si les mots qui parcouraient son esprit restaient bloqués au bout de sa langue. Mon Dieu. Il doit me trouver ridicule. Il réfléchit sans doute à une manière polie de me dire que j'ai perdu la tête, que je ne peux pas déménager en Californie pour me rapprocher de lui. Qu'on vient juste de se retrouver. Qu'il est trop tôt. Qu'il ne veut pas de moi là-bas.

Le rouge me monte aux joues. Je le dévisage tandis que ses yeux parcourent rapidement la pièce sans se poser nulle part. Je pense déjà à un moyen de revenir sur mes paroles. Puis son regard rencontre le mien et un énorme sourire étire ses lèvres. La pièce me paraît soudain plus lumineuse.

— Tu pourrais venir habiter chez moi, dit-il. (La joie m'envahit. Je me sens très légère.) Du moins, jusqu'à ce que tu décides de ce que tu as envie de faire. Tu connais déjà mes parents. Ce ne serait pas gênant.

Ses yeux bleus brillent comme s'ils étaient parcourus d'un courant électrique. Il cligne des paupières, puis se fige, comme un chat de gouttière pris dans les phares d'une voiture. À cet instant, les mots sont inutiles. Car nous avons compris tous les deux.

Nous sommes en train de reprendre notre relation là où nous l'avons laissée il y a des années. Est-ce pour cela que je n'ai pas l'impression de précipiter les choses ? Que tout me paraît naturel ?

J'ai conscience que je devrais y réfléchir davantage. Je sais que c'est osé et irréfléchi de choisir de me rendre en Californie car la présence de Jamie me rassure, mais je m'en moque.

Cela fait tellement de bien d'avoir de l'espoir.

J'ai l'impression d'être dans un rêve. Ce n'est pas la même chose qu'être acceptée à Prism, mais c'est la solution idéale. Je vais pouvoir passer plus de temps avec Jamie. On pourra peut-être redevenir les meilleurs amis du monde.

Jamie pose la main sur la mienne. Une décharge électrique me secoue jusqu'au plus profond de mon âme. L'espace d'un instant, j'en oublie de respirer.

— Jamie. (Ma voix se brise.) J'aimerais qu'on redevienne amis.

Je n'avais pas l'intention de prendre un ton indifférent, mais malheureusement, c'est le cas. Je ne sais pas utiliser les bonnes intonations quand je parle. Je ne suis pas douée pour parler tout court.

Jamie retire sa main, comme s'il battait en retraite.

Si Jamie et moi, on continue de se regarder avec des étincelles, de l'électricité et de la magie dans les yeux, il n'y aura pas de retour en arrière possible. Je serai amoureuse de lui pour l'éternité et il s'en rendra compte. Alors, je pourrai le perdre et je ne crois pas que je m'en remettrai. Pas une seconde fois. Pas alors que je contrôle à peine mon existence. Maman, Oncle Max, Prism et même le baiser que j'ai échangé avec Adam… Je ne veux pas que Jamie soit celui qui me brise complètement. Il est bien trop important pour moi. Tout comme notre amitié de longue date.

Son expression s'adoucit.

— Moi aussi, Kiko.

Peut-être que je me fais des films. Peut-être que les étincelles n'existent que dans ma tête. Peut-être que lui aussi veut être mon ami.

— On *est* amis.

La boule qui s'est formée dans ma gorge tombe jusque dans mon ventre.

— Super. OK.

Il hausse un sourcil.

— Alors ? Amis et colocs temporaires ?

Je souris.

— Oui. D'accord. C'est décidé. Allons en Californie ensemble.

À présent, on glousse tous les deux sous le coup de l'excitation.

Un sentiment de malaise m'envahit car, selon mon expérience, l'excitation est toujours suivie par la déception. Je fais tout pour ne pas le montrer.

*Je dessine un garçon et une fille qui nagent dans une mer d'étoiles.*

# CHAPITRE 29

J'appelle la librairie et j'explique à ma patronne que j'ai une urgence familiale. Sans entrer dans les détails, je lui annonce que je dois m'absenter pour deux semaines. Elle me répond qu'elle peut répartir mes heures dans l'emploi du temps des employés à mi-temps, mais que je vais devoir poser mes jours de congés. Je lui dis que ça ne me dérange pas.

Cela ne me dérange même pas du tout. Je vais en Californie avec Jamie Merrick. Je vais me renseigner sur des écoles d'art et voir l'océan pour la première fois de ma vie. Je m'éloigne de Maman et d'Oncle Max. Je pars à la recherche d'un nouveau rêve.

Alors, non, cela ne me dérange pas. Au contraire.

Je suis Jamie hors de la ville à bord de ma propre voiture. Je ne dis pas au revoir à Maman. Je ne lui dis même pas que je pars. Elle ne m'appelle pas non plus.

Il nous faut plusieurs heures pour atteindre la frontière de l'État. Cette simple idée me coupe le souffle. Je crois que jusqu'à présent je ne m'étais pas rendu compte de l'immensité du pays. Il y a tellement d'espace vide ! On dirait que tout le monde s'est rué vers le bruit et la lumière en abandonnant des kilomètres de nature sauvage.

Pendant qu'on conduit, on garde nos téléphones allumés, sur haut-parleur. C'est un peu comme si on était dans la même voiture. On joue à notre jeu de questions. On écoute Wilco et les Smiths et d'autres groupes dont je n'ai jamais entendu parler. On s'arrête pour déjeuner. Jamie se moque de moi parce que je conduis pile à la vitesse autorisée, sans jamais la dépasser d'un kilomètre-heure.

À la nuit tombée, on se gare devant un petit motel au milieu de nulle part. On demande une chambre avec deux lits. Quand j'essaie de payer la moitié du prix, Jamie me pousse la main. Je profite qu'il soit sous la douche pour glisser l'argent dans sa valise. Au réveil, le lendemain matin, je me rends compte qu'il l'a remis dans la mienne. On traverse un nouvel État, puis un autre.

Jamie dit qu'on sera en Californie dès le lendemain soir. On trouve un nouveau motel, mais cette fois, quand on demande deux lits, l'homme de la réception secoue la tête.

— Désolé, il ne reste que des lits doubles.

Il tape le doigt contre le bouton de sa souris. Il sait qu'on va quand même prendre la chambre. Trouver un autre motel nous prendrait des heures.

Je hausse les épaules à l'intention de Jamie.

— Ça ne me dérange pas.

J'essaie à nouveau de payer, mais il ne me laisse pas faire.

Une fois dans la chambre, je pose mon sac au pied du lit et joue avec mes cheveux.

— Je veux participer, j'insiste. Je ne peux pas te laisser payer pour tout. Ce n'est pas juste.

— Avec ou sans toi, j'aurais dû prendre ces chambres d'hôtel. Si j'accepte ton argent, j'ai l'impression de te demander de payer la moitié de mon voyage, répond-il. Et puis tu as besoin d'économiser pour ton école d'art.

Cela ne me convainc pas.

— S'il te plaît. Je ne veux pas être un fardeau.

Les joues me brûlent. J'ai toujours mes billets à la main.

— Tu n'es pas un fardeau. J'essaie simplement de t'aider. Pourquoi est-ce que tu le prends si à cœur ?

— Je ne veux pas te devoir plus que je ne te dois déjà, je réussis à répondre.

Il fait la grimace, comme si je l'avais insulté. Clairement, il ne comprend pas ma position. La vérité est que je me rends en Californie car il est plus simple pour moi de suivre Jamie que de rester seule. Je ne serais jamais allée aussi loin s'il n'était pas à mes côtés. S'il ne me laissait pas dormir chez lui et sa famille. Alors, j'ai du mal à accepter son argent en prime.

Je sais qu'il n'est pas comme Maman. Je sais qu'il ne me le rappellera pas toute ma vie. Mais il m'a déjà accordé une faveur bien plus importante qu'il ne s'en rend compte. Et le nombre de faveurs que l'on peut recevoir d'une seule personne n'est pas infini. Je ne veux surtout pas que Jamie finisse par regretter de m'avoir invitée en Californie.

Il accepte mon argent.

— Que les choses soient claires : tu n'es pas un fardeau et tu ne me dois rien. Tu ne m'as jamais dû quoi que ce soit.

On se douche l'un après l'autre, puis on se met au lit. Mes poumons se glacent. Ma respiration saccadée refuse de revenir à la normale. J'ai peur que Jamie ne soit en colère après moi. Est-ce qu'être en désaccord est toujours aussi difficile ? Comment font les gens pour dire « non » sans se disputer ? Oh ! Est-ce que Jamie et moi, on s'est disputés ?

Jamie me fait face.

— Hé ! murmure-t-il comme s'il lisait dans mes pensées.

Je me tourne vers lui. On est tous les deux allongés sur le côté et on se regarde dans l'obscurité. J'ai déjà été proche de Jamie. Il m'a déjà serrée dans ses bras. Mais j'ai l'impression que ce n'était rien par rapport à cet instant. C'est presque… intime.

Il hésite avant de reprendre la parole.

— À quoi tu penses ?

Je fais de mon mieux pour empêcher mes épaules de trembler. Les battements de mon cœur, eux, sont anarchiques. Quand une crise de panique m'envahit, je ne me contrôle plus.

— Je me sens mal parce que ça ne fait que deux jours qu'on voyage ensemble et qu'on s'est déjà disputés.

— On ne s'est pas disputés, Kiko.

— J'en ai l'impression, pourtant.

— C'était un petit désaccord. Et encore. Rien de sérieux.

Je sais qu'il a raison. Bien sûr qu'il a raison. Mais je ne peux pas changer la façon dont mes émotions fonctionnent. Je ne suis pas un boulon mal vissé que l'on peut réparer en un tournemain. Je suis une agglomération de problèmes qui remontent à mon enfance, au moment où les choses ont commencé à devenir compliquées.

— C'est grave pour toi, quand on n'est pas d'accord ?
— Oui, je réponds.
— Pourquoi ?
Je réfléchis sérieusement.
CE QUE JE VEUX DIRE :
*Parce que je ne suis jamais d'accord avec ma mère et que c'est pour cette raison qu'elle ne m'aime pas. Parce que je ne veux pas que ce soit la raison pour laquelle tu cesses de m'aimer, toi aussi.*
CE QUE JE DIS :
— J'ai du mal à savoir quand les gens m'en veulent.
— Tu as le droit de dire non, Kiko. Tout le monde le fait. Et crois-moi, personne ne culpabilise après. Tu crois que ça aurait changé quelque chose si tu avais gardé ton argent ? Ou si tu m'avais autorisé à garder la première photo que j'ai prise de toi, à la fête foraine ?
Il pose la tête contre sa main.
— Je ne pense pas...
Il hausse les sourcils.
— Tu sais, si quelqu'un t'en veut parce que tu ne vas pas dans son sens, il ou elle n'en vaut pas la peine.
Ma respiration se calme. La glace qui me gelait la gorge commence à fondre.
Jamie me regarde sans rien dire. Il respire fort. Malgré l'obscurité, je peux voir sa mâchoire se contracter.
— Pourquoi tu as dit que tu étais un fardeau ?
Nerveuse, j'entrelace mes doigts. Je n'arrive pas à trouver les mots pour le lui expliquer.
— Tu es tout, sauf un fardeau, continue-t-il en soupirant. Et je ne suis pas du genre à être gentil dans l'espoir d'obtenir quelque chose en retour. Surtout pas avec toi.

Je hoche la tête. J'ai envie de le remercier d'être aussi gentil avec moi, justement, mais j'ai honte d'admettre que je ne suis pas habituée à recevoir des marques de gentillesse.

— C'est la première fois que je côtoie quelqu'un qui… (Il s'interrompt.) réagit comme toi.

Je sais qu'il n'a pas terminé de parler, mais je ne peux pas m'empêcher de l'interrompre.

— Tout était plus simple quand nous étions enfants. Les choses les plus effrayantes dans nos vies étaient les cauchemars et les films d'horreur. C'est différent, maintenant.

Il chuchote.

— De quoi as-tu peur ?

*Des gens. D'Oncle Max. De la vérité. De ne jamais être aimée. De décevoir tout le monde. De me décevoir moi-même. De ressentir de la culpabilité pour le restant de mon existence.*

— De prendre la mauvaise décision, je réponds au bout d'un moment. J'ai l'impression que la seule façon de rendre les gens qui m'entourent heureux est de faire quelque chose qui me rend malheureuse. J'ignore comment sortir de ce cercle vicieux.

— Tu devrais peut-être arrêter d'essayer de plaire à tout le monde. Alors, tu en sortiras sans t'en rendre compte, dit-il.

Je tourne la tête vers le plafond.

— Peut-être.

— Et si on passait un marché ? demande-t-il dans l'obscurité. Je tâcherai d'être plus patient avec tes crises d'angoisse si tu acceptes de renoncer à te prendre la tête pour un oui ou pour un non.

— Ça me paraît équitable, dis-je.

— À propos de ce que j'ai dit tout à l'heure… sur la façon dont tu réagis… Même si ça me frustre beaucoup, c'est toujours mieux que de ne pas t'avoir dans ma vie.

Je ne réponds rien. Ce n'est pas la peine. La main de Jamie trouve la mienne sous la couverture. Quand nos doigts s'entrelacent, j'ai l'impression de me tenir près d'un feu de camp. J'ai chaud. Je suis bien. En paix. C'est sans doute ce que l'on ressent au sein d'un vrai foyer.

Je m'endors en laissant ma main dans la sienne.

*Je rêve qu'au matin nos doigts sont toujours entremêlés.*

# CHAPITRE 30

Les parents de Jamie ne sont pas fidèles au souvenir que j'ai d'eux. La dernière fois que je l'ai vu, son père, Brandon, avait les cheveux noirs. Je me rappelle qu'il me faisait penser à Elvis Presley. À présent, ses cheveux sont poivre et sel et il n'est plus aussi gigantesque. Jamie est plus grand que lui.

Sa mère, Elouise, a moins changé, mais elle me paraît plus fine. On dirait qu'une main géante l'a essorée et qu'elle en est ressortie plus petite, plus mince et beaucoup plus bronzée.

Elle ne me salue pas tout de suite. Elle m'observe d'abord comme l'on examinerait un chien errant. Avec méfiance et hésitation. Je me demande si elle regarde de cette manière toutes les filles que Jamie invite chez eux.

Je me demande combien de filles Jamie leur a présentées. Puis je le regrette aussitôt, car maintenant, je n'arrive plus à m'ôter cette idée de la tête.

— Eh bien ! Tu as sacrément grandi, lance Brandon avec un gloussement.

Sans crier gare, il me prend dans ses bras. Quand il recule, un sourire étire ses lèvres et une fossette est apparue sur son menton.

— Je n'arrive pas à croire que tu es la petite fille qui construisait des cabanes avec les coussins de notre canapé.

À côté de moi, Jamie sourit et se gratte la nuque.

— Papa, c'est bon maintenant. Lâche-la !

Brandon me libère.

— Surtout, ne te précipite pas pour prendre ton père dans tes bras.

Il étreint Jamie à son tour.

Elouise avance vers moi. Elle marche comme une danseuse, avec grâce et mesure.

— Bonjour, Kiko. Ça fait plaisir de te voir.

On se serre dans les bras maladroitement. Je ne sais pas si je dois aller à gauche ou à droite et je crois qu'elle non plus. On s'écarte rapidement.

— Merci de m'accueillir, lui dis-je en essayant de lui communiquer toute ma reconnaissance.

Jamie leur a seulement dit que je venais visiter des universités.

Elouise jette un coup d'œil à son mari, comme pour le réprimander. Brandon s'en aperçoit, mais continue de sourire.

— C'est tout naturel, répond-elle au bout d'un moment, avant de tourner les talons. Vous devez avoir faim. Ton père a préparé des hamburgers.

— Kiko est végétarienne, lui dit Jamie. Pardon. J'ai oublié de t'en parler au téléphone.

Elle se tourne vers nous avec une expression indéchiffrable sur le visage.

— Ah oui ?

Elle me regarde longuement avant de disparaître dans la cuisine.

Quand Brandon ne peut pas nous entendre, je murmure à Jamie :

— Tu es sûr que ça ne pose pas de problème que je dorme ici ?

— Certain. (Il attrape nos sacs.) Je vais te montrer la chambre d'amis.

Quelque chose cloche. Je crois que ma présence ne réjouit pas Elouise. Toutefois, je ne contredis pas Jamie. Je me contente de le suivre.

Car, à ce stade, je n'ai nulle part où aller.

Elouise me prépare un croque-monsieur végétarien, même si je lui ai dit que ça ne me dérangeait pas de manger du coleslaw et des frites. Mon insistance semble amuser Brandon. J'ignore pourquoi. Quand on a terminé de manger, Jamie et moi débarrassons la table et rangeons les restes au frigo. Ses parents sont devant la télé. Il fait si beau et si chaud qu'on s'installe sur la terrasse. De son jardin, on peut voir la mer.

— Tu as une très jolie maison, lui dis-je.

Jamie tape sur le clavier de son ordinateur.

— Je le dirai à ma mère. C'est elle qui l'a dessinée.

— Je n'ai pas l'impression que ta mère m'aime beaucoup.

Il relève la tête. Je m'attendais à ce qu'il ait l'air surpris, mais ce n'est pas le cas.

— Non. Elle t'aime bien.

Je plisse les yeux.

— Je ne te crois pas.

Il sourit.

— Ce n'est pas mon genre de mentir, rappelle-toi. Je te jure, le problème ne vient pas de toi. (Il s'interrompt.) Mon père et elle se sont sans doute disputés et ils essaient de le cacher. Mon père est clairement plus doué que ma mère à ce petit jeu.

Je me souviens des violentes disputes de mes parents avant leur séparation. Ils n'ont jamais essayé de nous les cacher.

Si Jamie ne me voit pas comme un fardeau, c'est peut-être le cas de sa mère. À la fin du divorce de mes parents, la mienne ne laissait personne venir à la maison. C'était un véritable champ de bataille. Elouise n'a peut-être pas envie qu'une inconnue se mêle de sa vie privée, elle non plus. Je suis censée rester deux semaines ici. Il faudra que je fasse en sorte de ne pas m'imposer davantage.

— Je peux t'emprunter ton ordi, quand tu auras terminé ? je lui demande.

Jamie tourne son portable vers moi.

— Tiens.

Je fais une recherche sur les écoles d'art de la région, en sélectionne trois, puis montre l'écran à Jamie.

Il sourit.

— Tu ne perds pas de temps.

— Je commence à avoir des couilles, lui dis-je.

Jamie s'étouffe en riant.

— Quoi ?

Le rouge me monte aux joues.

— Emery le dit beaucoup mieux que moi. Oublie.

Pendant qu'il s'esclaffe, je reporte mon attention sur l'écran.

Ces trois écoles acceptent encore les demandes d'inscription. Elles ont toutes une section peinture de bon niveau. En d'autres termes, ce sont trois nouveaux rêves qui s'offrent à moi.

Je lis attentivement les conditions d'inscription et imprime les plans pour m'y rendre.

Plus tard, plusieurs heures après m'être couchée, j'ai toujours les yeux rivés au plafond. Je n'arrive pas à croire que c'est ma vie, maintenant.

Comme je ne suis pas à l'aise dans des lieux que je ne connais pas, je demande à Jamie de m'accompagner dans mes visites. J'ai conscience qu'il faut que je m'endurcisse, mais… une chose à la fois.

Notre premier arrêt est l'institut d'art Glass. L'école est magnifique, aussi bien à l'intérieur qu'à l'extérieur. Les fenêtres sont courbes et une grande partie du bâtiment semble être composée de caissons empilés les uns sur les autres. Dedans, le design ressemble à celui d'une station spatiale. Tout est brillant, étincelant, moderne. Des tableaux et des photographies encadrées ornent les murs ; des vitrines remplies de sculptures et de poteries sont éparpillées dans le hall.

Je suis un peu nerveuse à l'idée de visiter les salles de classe car j'ai peur d'interrompre un cours, mais je m'inquiète pour rien. Le pôle dédié à l'art est entièrement en verre. On peut tout voir de l'extérieur.

À l'intérieur, c'est plutôt calme. Il y a quelques personnes dans la classe de poterie et une fille travaille toute seule sur une sculpture sur pierre. La salle de peinture est vide. Je me demande si c'est toujours aussi calme ou si c'est parce que c'est l'été.

Ensuite, on se dirige vers l'école Blue Phoenix. Il y a tellement de monde qu'on est obligés de se garer de l'autre côté de la rue. La façade est bleue et blanc cassé. Le bâtiment est assez banal. Le hall d'accueil est rempli d'œuvres d'art, mais il n'est pas aussi propre et net que le précédent. Ici, on a davantage l'impression d'être dans la chambre d'un élève. Cela ne me dérange pas. Au contraire, je me sens plus à l'aise.

La même atmosphère règne dans les espaces de travail. Les projets inachevés qui reposent sur les chevalets m'inspirent beaucoup de calme, eux aussi. J'ai la sensation que je pourrais intégrer une école comme celle-ci. Qu'ils pourraient m'accepter, moi, une fille pas assez douée pour entrer dans l'école de ses rêves.

Pourtant, je ne ressens pas ce truc. L'émotion qui m'a parcourue lorsque je suis allée sur le site de Prism pour la première fois.

Quand on arrive sur le campus de Brightwood, j'ai l'impression de ne plus être en Californie. Il y a de la verdure à perte de vue. Les élèves dessinent assis sous les arbres, à l'abri du soleil. À l'accueil, la réceptionniste boit un café en riant avec un étudiant. Les murs sont vert olive et des œuvres d'art aux couleurs vives y sont accrochées, c'est une école qui respire le bonheur.

Il faut que j'oublie Prism, lui comparer les écoles que je visite ne sert à rien. Si je laisse sa chance à Brightwood, je l'apprécierai peut-être.

— Je peux vous aider ? demande la réceptionniste.

Malgré ma timidité, j'avance vers elle.

— Je ne fais que visiter. Je pense faire une demande d'inscription.

— Super, dit-elle en souriant. (Elle ouvre un tiroir et me tend une feuille.) Voici un plan du campus.

N'hésite pas à te balader. Il n'y a plus beaucoup de cours en ce moment. Si tu vois des personnes travailler, tu peux les observer à travers la vitre, mais je te demanderai de ne pas les interrompre. Ça ne plaît pas toujours aux professeurs.

Elle agite les doigts en gloussant comme si elle tentait de jeter un sort.

— Merci, lui dis-je avec un léger sourire.

Quand je me tourne vers Jamie, je vois qu'il sourit, lui aussi.

— Qu'est-ce que tu en penses ? demande-t-il.

— Pourquoi pas, je réponds simplement.

Les salles du rez-de-chaussée semblent réservées à la poterie. Au premier étage se trouvent le design graphique et la photographie. Le deuxième est occupé par le dessin et la peinture.

En jetant un coup d'œil dans une salle à travers la vitre, j'aperçois cinq étudiants autour d'une table où sont posés divers objets : un vase rempli de billes, une piñata en forme de cheval, une tête de mannequin avec une perruque bleu vif et d'autres bizzareries. Ils dessinent tous très vite, comme s'ils étaient chronométrés. C'est sans doute le cas. Je déteste dessiner en un temps imparti. J'ai toujours la sensation de ne pas réussir à faire passer les émotions que je voulais rendre. Sans doute parce qu'il me faut du temps pour réfléchir. Même quand il s'agit d'art.

Certaines pièces sont vides à l'exception de dessins épinglés à des tableaux en liège. D'autres sont remplies de bureaux et de tableaux blancs. D'autres encore débordent d'étudiants. Toutes sont colorées. Toutes me font me sentir chez moi.

Je n'en reviens pas ! J'ai peut-être trouvé l'endroit où je vais étudier.

Je n'ai aucun mal à visiter avec Jamie à mes côtés. Je n'ai pas l'impression qu'on va remarquer ma présence et me virer. C'est comme s'il me protégeait et m'empêchait de ne pas me sentir à ma place.

J'ai besoin de lui plus que jamais. Il y a un mois, je n'aurais jamais imaginé visiter des écoles sans y avoir été invitée. D'habitude, je n'ai pas le courage de sortir de ma zone de confort.

Il faut vraiment que je le remercie… dès que j'aurai fini de baver devant ces peintures à l'huile, ces aquarelles et ces toiles aussi grandes qu'une porte de garage.

Au bout d'un moment, on se dirige vers la sortie. On ne peut pas rester ici éternellement. Sur le chemin du retour, la réceptionniste m'interpelle en secouant la main.

— Tiens, me dit-elle en me tendant un petit magazine. Il y a une liste d'événements artistiques locaux à l'intérieur. Les œuvres des étudiants seront bientôt exposées si tu veux venir les voir. (Elle m'adresse un grand sourire.) On ne sait jamais. Ils seront peut-être bientôt tes camarades.

Une fois de retour dans la voiture, je parcours le livret. Durant l'été, il y a des événements organisés toutes les semaines, mais l'exposition des étudiants n'aura lieu qu'en août. Je ne sais pas à quoi ressemblera ma vie, d'ici là.

Je tourne la page et découvre une annonce pour une exposition locale. Quelques lignes noires sur fond blanc.

**Hiroshi Matsumoto**
**Exposition « Voie lactée et poussière d'étoiles »**
**Entrée libre**
**27 juin – 16 heures**

Dessous, il y a la photo d'un homme avec les bras croisés dans le dos. Ses cheveux noirs sont plaqués en arrière et font ressortir ses pommettes saillantes. Il porte un tee-shirt blanc trop large et esquisse un sourire, comme s'il riait à une plaisanterie. Derrière lui se trouve le plus beau tableau que j'aie jamais vu.

Une fille avec des cheveux noirs, de petits yeux et de ses bras levés jaillit de l'eau. Des plumes bleu pâle recouvrent chaque centimètre de ses vêtements. En me rapprochant, je me rends compte que des plumes poussent également dans ses cheveux. Elle ressemble à une créature marine légendaire qui se transformerait en oiseau. C'est tellement beau que j'en ai le souffle coupé.

— Qu'est-ce que c'est ? demande Jamie.

Je laisse échapper un soupir.

— Aucune idée, mais ça a l'air incroyable.

Il sourit.

— Tu veux y aller ? C'est quand ?

Quand je lève les yeux vers lui, j'ai l'impression que des plumes poussent sur ma peau, à moi aussi.

— C'est dans deux jours.

Je veux y aller. Il faut que j'y aille. Mais pas seule. Je suis bien trop nerveuse pour me rendre seule à une exposition où je ne connais personne, dans une ville où je n'ai jamais mis les pieds.

— Tu veux bien m'accompagner ?

Jamie n'hésite pas une seule seconde.

— Bien sûr, Kiko.

Je presse le magazine contre mon cœur et ferme les yeux.

*Je dessine une fille, non, un oiseau, non, une étoile qui se brise en un millier d'éclats, puis je ne dessine plus rien car tout ce dont j'ai envie, c'est de fermer les yeux et rêver de tableaux pour le restant de mes jours.*

# CHAPITRE 31

Après avoir posé son toast grillé, Elouise prend ses clés de voiture et nous fait au revoir de la main.

— Je vais travailler. Vous mettrez le lave-vaisselle en route quand vous aurez terminé ?

Jamie lève un pouce en l'air sans cesser de mâcher. Sa mère nous adresse un sourire fugace, puis elle se dépêche de sortir.

Je joue avec mes œufs brouillés. Ce matin, j'ai préparé le petit déjeuner pour toute la famille, mais Elouise n'a mangé qu'une moitié de toast. Peut-être qu'elle n'aime pas ce que j'ai fait. Ou bien elle pense que ma cuisine n'est pas une compensation suffisante pour ma présence chez eux durant deux semaines. Ou alors elle ne me veut pas ici.

— Il est trop tôt pour ça, marmonne Jamie les yeux encore lourds de sommeil.

Il porte une chemise à carreaux bleus et gris sur un jean qui lui va à la perfection. Ce n'est pas juste. Un jean ne devrait jamais être aussi flatteur. Je fronce les sourcils. J'ai déjà oublié son commentaire. Maintenant, je ne pense qu'à son jean.

— Tu réfléchis, dit-il avec sérieux. Ou… tu te prends la tête, plutôt. Il n'y a aucune raison de te faire du souci, OK ? Tout va bien.

Il ouvre grand les yeux comme s'il essayait de m'hypnotiser.

Je secoue la tête en riant.

— Tu ne sais même pas à quoi je pensais. C'était peut-être quelque chose de positif.

— Non. Tu avais l'expression d'un animal effrayé ou de quelqu'un qui vient d'apprendre une mauvaise nouvelle.

Je soulève mes mains de la table et les pose sur mes genoux.

— Pardon. C'est juste que… j'ai peur que ta mère ne veuille pas de moi ici.

Il pose sa fourchette.

— Ça ne la dérange pas. Je te l'ai déjà dit.

— Je sais. Mais elle a tout le temps l'air triste. Je ne peux pas m'empêcher de penser que c'est à cause de moi.

— Ce n'est pas à cause de toi, insiste Jamie en serrant les dents. (Il a l'air de peser le pour et le contre.) C'est à cause de mon père. Ils ne s'entendent pas très bien en ce moment. C'est pour ça que je suis encore retourné chez mon oncle et ma tante.

Les mots lui ont visiblement échappé. Il détourne les yeux.

— Encore ? je répète.

Jamie est revenu plus d'une fois chez nous.

— Combien de fois as-tu rendu visite à ton oncle et ta tante ?

Il se penche en avant et secoue la tête.

— Plusieurs, mais ce n'est pas ce que tu crois.

Est-ce qu'il a la moindre idée de ce que je pense vraiment ? Est-ce que je le sais moi-même ? J'ai croisé Jamie à une fête par le plus grand des hasards. Si nous ne nous étions pas revus ce soir-là, je n'aurais jamais su qu'il était en ville. Il ne serait jamais venu me voir.

— Je ne veux pas que tu croies que je n'avais pas envie de te voir. C'est… compliqué, c'est tout.

On se regarde comme deux personnes qui se sont connues par le passé, mais qui n'ont plus rien à se dire.

Jamie ouvre la bouche, mais la sonnerie de mon téléphone retentit.

— C'est ma mère.

Après m'être levée, j'attrape mon portable, m'éloigne de Jamie et me dirige vers la chambre d'amis.

— Allô ?

Je referme la porte derrière moi.

— Euh, bonjour. (Un long silence gêné s'ensuit.) Comment c'est, la Ca-li-for-nie ?

À la façon dont elle étire les syllabes, il est clair que sa question est sarcastique.

— Très bien. Comment tu as su où j'étais ?

— C'est Taro qui me l'a dit. Tu aurais au moins pu me laisser un mot.

Je suis sur le point de lui demander comment il est au courant, puis décide que cela m'est égal.

— Tu voulais quelque chose ?

— Je ne peux pas appeler pour savoir comment va ma fille ? Je t'ai mise au monde. Je me ferai toujours du souci pour toi. Peu importe que l'on se dispute ou non.

— OK. Je vais bien.

— Qu'est-ce que tu fais là-bas ?

— Pas grand-chose. Je visite des écoles.

— Quoi, tu vas emménager là-bas ?

— Je ne sais pas encore. Je te l'ai déjà dit : il est hors de question que je vive sous le même toit qu'Oncle Max.

Mon cœur s'emballe. Ma gorge se noue.

— Max ne t'a pas volé ton argent. Je lui ai posé la question.

Je lève les yeux au ciel. Évidemment, il ne va pas l'admettre. Pourquoi le ferait-il ? C'est ma parole contre la sienne.

— Écoute, je voulais te demander quelque chose… Ne le prends pas mal, d'accord ? Est-ce que tu as pris de l'argent dans mon portefeuille pour payer ton voyage en Californie ?

— Quoi ? Non ! Bien sûr que non ! J'ai un boulot, je te signale. Je n'ai pas besoin de ton argent, et quand bien même, je ne le volerais pas. Pourquoi est-ce que tu me poses cette question ?

*Boum. Boum. Boum.*

— Je crois qu'il me manque de l'argent, à moi aussi. (Un rire gêné lui échappe.) Je te posais simplement la question, d'accord ? Pas la peine de monter sur tes grands chevaux.

— Euh… Tu en as parlé à Oncle Max ?

Ma voix est trop forte. Je n'arrive pas à me contrôler.

— Je savais que tu dirais ça.

Sa voix à elle est presque mélodieuse. Je m'assois sur le bord du lit et agrippe le drap.

— Tu m'as appelée parce que tu pensais que je t'avais volée ?

Je respire si vite que l'air me brûle le nez. Maman pousse un grognement.

— Tu dramatises les choses.

CE QUE JE VEUX DIRE :

*Ça me blesse que tu aies pu penser que j'étais capable de te voler.*

CE QUE JE DIS :

— Il faut que je raccroche.

— D'accord. Rappelle-moi plus tard, OK ? me dit ma mère avec une voix enjouée.

— Au revoir.

Mon pouls ne s'est toujours pas calmé.

Lorsque je retourne dans la cuisine, Jamie est en train de débarrasser la table. Je croise les bras pour cacher le tremblement de mes mains. Je n'ai pas envie de parler de ma mère.

— Je vais envoyer un dossier de candidature à Brightwood.

Il m'adresse un sourire éblouissant.

Après qu'on a rangé la cuisine, Jamie me prête son ordinateur. Pendant qu'il regarde la télévision, je remplis une demande d'inscription en ligne en essayant d'imaginer une vie où je ne rentrerais plus jamais chez ma mère.

*Je dessine une fille qui vit au bord d'un croissant de lune et qui observe la Terre d'en haut sans ressentir le moindre manque.*

# CHAPITRE 32

— Tu crois que les extraterrestres sont beaucoup plus avancés technologiquement que les humains ou que s'ils nous voyaient, ils nous prendraient pour le Japon de l'univers ?

Jamie est allongé sur une chaise longue en bois, il a les mains croisées derrière la tête.

— Ça m'étonnerait qu'on soit le Japon pour eux. Je pense qu'il y a forcément une planète, là dehors, qui est plus avancée que la nôtre.

J'entoure mes genoux avec mes bras.

— C'est vrai qu'on est en retard, niveau intelligence artificielle. J'espérais au moins qu'à notre époque, on serait servis par des robots.

Je souris.

— Pour faire la cuisine ou pour faire le ménage ?

— Le ménage. Qui aime passer l'aspirateur ?

— Mais un robot cuisinier pourrait te préparer un sandwich à n'importe quelle heure du jour ou de la nuit. Tu pourrais te réveiller à 3 heures du matin et demander un en-cas.

— Ou je pourrais ne plus jamais faire le ménage de toute ma vie.

Je hausse les épaules.

— Je sais passer le balai. En revanche, je ne sais pas faire un risotto à la butternut avec une sauce à la truffe et des frites de gouda.

Jamie tourne la tête vers moi.

— Ça existe, ce truc ?

— Aucune idée. Mais ça a l'air bon, non ?

J'ai faim. Brandon a commencé à préparer des enchiladas, mais a dû retourner au supermarché car il s'est rendu compte qu'il n'avait plus de fromage. Jamie et moi sommes seuls à la maison.

— Si tu pouvais remonter le temps, tu irais à quelle époque ?

Je cligne lentement des yeux.

— Je suis à moitié asiatique et je crois aux extraterrestres. Il n'y a pas une époque où j'aurais été acceptée avant celle-ci.

Il hausse un sourcil puis pose ses mains sur son torse.

— Ce n'est pas faux. Je croyais que tu allais répondre le Moyen Âge, parce que tu aimes les jeux de rôle, mais tu as raison. Tu aurais été arrêtée pour hérésie ou un truc dans le genre.

— Et on m'aurait fait brûler sur un bûcher. (Je hausse les épaules.) Je ne survivrais même pas dans le Japon médiéval. Ils se demanderaient pourquoi cette fille bizarre, pas vraiment japonaise, mais pas tout à fait blanche non plus, porte un pantalon.

Le visage de Jamie se ferme.

— Pourquoi est-ce que tu dis toujours que tu es bizarre ?

Surprise, je fais la grimace.

— Je ne sais pas. Parce que c'est vrai ?

Il se redresse et agrippe les accoudoirs en métal de la chaise longue.

— Tu dis ça comme si c'était une mauvaise chose. Et que cela te définissait.

Le silence retombe. On entend seulement nos respirations. Pendant que Jamie continue de m'observer, je regarde les criquets qui sautent loin du barbecue en pierre à côté de nous. Une légère brise fait onduler les palmiers et je peux entendre le murmure de l'océan, en bas, sur la côte.

— J'aimerais te montrer quelque chose.

Sa voix fend l'air et me noue l'estomac.

— D'accord, je réponds.

Il m'emmène dans sa chambre. Les murs bleu foncé sont couverts d'énormes affiches de films en noir et blanc. On dirait un compte Tumblr. *Blade Runner. Retour vers le futur. E.T. L'Empire contre-attaque.* C'est un autel érigé à la science-fiction.

Pour couronner le tout, la pièce a un parfum d'océan, de sable chaud et de feuilles d'automne, comme lui. Cela me fait tourner la tête.

Jamie sort un cadre d'un des tiroirs de son bureau et me le tend. Mes doigts se referment dessus, mais il ne le lâche pas tout de suite.

— Tu vas sans doute trouver inquiétant que je l'aie gardé, mais… s'il te plaît, ne me juge pas.

Les sourcils froncés, je lui prends le cadre des mains, puis jette un coup d'œil à la photo qu'il renferme.

D'abord, je ne vois que deux enfants avec des dents trop grandes pour leurs visages, puis d'énormes sourires et des narines géantes car ils étaient au-dessus de l'objectif quand la photo a été prise. Ensuite, je comprends que c'est Jamie et moi. C'est une photo d'une autre vie, un aperçu de notre amitié d'avant. Deux enfants très heureux, visages collés, bras autour du cou de l'autre, parce que parfois on avait l'impression de n'être qu'une seule personne.

— Je ne me souviens même pas d'avoir pris cette photo, je souffle.

Jamie se gratte le front et prend une grande inspiration.

— Je ne veux pas que tu croies que je t'ai oubliée. Quand je retournais là-bas, je pensais toujours à toi. J'avais envie de te parler. Tu m'as manqué, Kiko. Je ne veux pas que tu penses que, lorsque j'ai déménagé, tu as cessé de compter pour moi.

Tout à coup, il fait très chaud dans la pièce. J'ai du mal à me concentrer.

— Je ne comprends pas. Pourquoi est-ce que tu n'es pas venu me rendre visite ?

— C'est difficile à expliquer. (Son regard trahit sa frustration.) Ce n'était pas à cause de toi, je te le jure. C'est juste que… je ne pouvais pas être à tes côtés.

Je ne sais pas ce que je suis censée ressentir. Je ne sais pas si ses paroles sont censées me réconforter ou me blesser.

— Alors, pourquoi as-tu conservé cette photo ?

Jamie se fige. Ses yeux sont la glace et les miens, le feu. Pourquoi ne peut-on pas se retrouver à mi-chemin ?

— Parce que tu me manquais.

Il déglutit bruyamment.

— Et parce que je te trouve magnifique.

Mon cœur explose dans ma poitrine et remplit mon corps d'espoir et de poussière d'étoile. Je ne me rends pas compte qu'il s'est approché jusqu'à ce que je sente ses doigts effleurer mon épaule. Alors, je reviens vivement à la réalité.

Il baisse la tête et ses yeux bleus plongent dans les miens. Je suis incapable de me détourner, de m'écarter ou même de m'éloigner. Je suis pétrifiée. Cette fois, cela ne me dérange pas. Jamie essaie de dissimuler sa respiration qui s'emballe, mais c'est la seule chose que j'entends. Il sent le chewing-gum à la menthe et les embruns. J'ai envie de lever la main et de toucher ses cheveux doux. J'ai envie de caresser sa joue. J'ai envie de poser la main contre les muscles qui protègent son cœur. Je veux être plus qu'une amie pour lui.

Au rez-de-chaussée, une porte claque et des bruits de pas résonnent dans la maison.

— Je suis de retour ! Vous êtes en haut ? crie Brandon.

Jamie baisse la main et recule d'un pas.

— Oui, Papa. On arrive.

Je recule aussi et pose la main sur mon épaule à l'endroit où il m'a touchée. Je lui tends le cadre.

— Merci de me l'avoir montré.

Il hésite un instant avant de l'accepter, car cela signifie quitter la bulle que l'on s'est construite. Pourtant, nous n'avons pas le choix.

Lorsque je descends l'escalier, je jette un coup d'œil derrière moi. Jamie est toujours sur le palier. Il me regarde comme s'il avait encore des tas de choses à me dire. Il se passe la main sur l'épaule, puis me suit en silence.

Cela devra attendre.

*Je dessine un cœur noir qui explose dans toutes les directions. Dedans, il y a une fille constituée uniquement de lumière.*

# CHAPITRE 33

Maman m'envoie :

Quand rentres-tu à la maison ?

Je réponds :

Oncle Max est toujours là ?

Il lui faut une heure pour me répondre :

Tu peux m'appeler ce soir ? J'aimerais prendre de tes nouvelles.

Je vais à une exposition. Je t'appellerai demain.

D'accord. Je t'aime.

OK.

# CHAPITRE 34

Hiroshi Matsumoto ne ressemble pas du tout à la photo du magazine. On dirait qu'il a mis les doigts dans une prise de courant. Ses cheveux noirs partent dans toutes les directions comme s'il avait conduit des heures avec les vitres ouvertes. Sa peau ivoire est parfaite, comme celle d'une poupée en porcelaine. Il est plus petit que la moyenne, mais pas minuscule, comme moi. Et je suis à peu près certaine qu'il porte une robe. Ou le tee-shirt le plus long du monde. Je n'arrive pas à me décider.

Tandis qu'il fait les cent pas, comme un fantôme qui hanterait un musée, Hiroshi ne croise le regard d'aucun visiteur. Il se contente de flotter autour d'eux avec un ennui manifeste. Cela me rend nerveuse. S'il ne s'intéresse pas à ses fans, il n'en aura rien à faire de moi.

Je n'ai pas à chercher longtemps Jamie, il est juste derrière moi, en train d'admirer une toile gigantesque qui représente une nuée de cygnes noirs tirant un carrosse. À l'intérieur, une femme voluptueuse dont les formes débordent du véhicule a les mains levées en l'air comme si elle faisait un tour de manège.

— Ces tableaux sont tellement absurdes qu'ils sont drôles, me dit Jamie.

— Ils sont incroyables, je le corrige, la tête baissée et à voix basse.

J'ai peur que quelqu'un ne m'entende.

— Tu as vu celui avec la grenouille ? demande Jamie avec un sourire amusé. C'est juste une grenouille verte géante avec un haut-de-forme.

— Peut-être, mais c'est beau, je rétorque avec admiration.

— Comment ça s'appelle, ce genre ?

La curiosité de Jamie paraît sincère, même s'il trouve les dessins ridicules.

— Le surréalisme pop, enfin, c'est ainsi que l'appellent les gens du métier.

Sa voix est douce et faible, pourtant elle résonne par-dessus toutes les autres. Hiroshi observe le tableau accroché au mur comme s'il n'en était pas entièrement satisfait. Quand il se penche vers moi, un parfum de vanille et de cigarette me monte au nez.

— Je ne suis pas certain que ça mérite un nom, de toute façon. Ce ne sont que les inepties qui sortent de mon esprit.

Oh, mon Dieu ! Le Hiroshi Matsumoto du magazine est en train de me parler.

— Oh, bonsoir, vous êtes l'artiste, dit Jamie avec une innocence que je lui envie. Très sympa, cette exposition. J'aime beaucoup la grenouille.

Mon visage est en feu. Quand je vois Jamie et Hiroshi se serrer la main, je suis à deux doigts de m'évanouir.

— Et toi, comment tu t'appelles ?

Hiroshi m'observe avec ses petits yeux couleur cacao.

— Kiko, je réussis à murmurer.

— Ah, une cousine, dit-il avec un sourire malicieux. Je me disais bien que tu avais l'air japonaise.

— Du côté de mon père, je lui réponds.

— Moi aussi. Et de ma mère.

Il rit doucement. Tous ses gestes semblent plus lents que la moyenne, comme s'il avait un contrôle parfait sur le temps et qu'il le forçait à s'adapter à son rythme plutôt que l'inverse. Il reporte son attention sur Jamie.

— Et toi ?

Jamie rit sans gêne.

— J'ai bien peur d'être l'intrus. La famille de ma mère est allemande et je crois que mon père a des origines écossaises, mais elles sont tellement éloignées que personne n'en est certain.

— Tu parles allemand ? demande Hiroshi en se balançant d'avant en arrière.

— Je parle à peine anglais, répond Jamie avec un grand sourire.

Le rire d'Hiroshi est une envolée lyrique.

— Je pose toujours la question car les gens me demandent si je parle japonais. Je prends les devants, en quelque sorte.

Il regarde derrière lui, des gens attendent pour lui parler. J'ai l'impression qu'il essaie de se dérober.

— Vous étudiez ici ?

Je secoue la tête comme un animal effrayé.

Jamie fait un geste vers moi pour m'encourager. Malheureusement, ça ne fonctionne pas. Je ne sais pas discuter avec des inconnus, surtout quand je les admire. Pour briser le silence, il attire l'attention d'Hiroshi.

— Moi oui. Kiko vit dans le Nebraska. (Il hésite un instant.) Elle est ici pour visiter des écoles d'art dans l'espoir d'y étudier cet automne.

La panique m'envahit. À présent, Hiroshi va penser que je suis une artiste. Il va se demander si je suis douée. À côté de lui, je suis une amatrice.

J'ai honte.

— Quelle est ta spécialité ?

Les lèvres pincées, Hiroshi me sourit.

— L'acrylique, je réponds, apeurée. Mais pas comme ça. Enfin, je veux dire que je ne suis pas aussi douée. Que vous. Je ne suis pas aussi douée que vous. Pas du tout.

Moi non plus, je ne sais pas parler anglais. Je me tourne vers Jamie pour le supplier de venir à mon secours, mais il n'a pas l'air de se rendre compte que je me noie.

— On commence tous au bas de l'échelle. C'est à toi de savoir jusqu'où tu veux monter, dit Hiroshi. Tu peux devenir l'artiste dont tu rêves. Il suffit de travailler dur. Je suis certain que tes parents te l'ont dit ?

Je me crispe. Mes parents ne me parlent pas d'art.

Hiroshi presse ses mains l'une contre l'autre comme s'il priait, puis il pose son menton sur le bout de ses doigts.

— Mes parents m'ont toujours dit que l'art était pour les gens paresseux qui avaient envie de dessiner des portraits dans la rue. Ils voulaient que je devienne docteur. Alors, quand j'ai eu mes filles, je leur ai dit qu'elles pouvaient faire tout ce qu'elles voulaient. Même dessiner des portraits dans la rue. Et devine quoi ? L'une d'elles est en école de médecine et l'autre veut être surfeuse. (Il rit.) On a tous des rêves différents, mais on n'a qu'une vie. Alors, vis pour toi-même. Pas pour les autres. Parce que lorsque tu seras sur ton lit de mort, tu regretteras de ne pas l'avoir fait. Et quand ce sera au tour des autres, ils penseront à leur vie, pas à la tienne.

Jamie sort son téléphone de sa poche.

— Elle est très douée. C'est juste qu'elle n'en a pas conscience. Tenez, regardez.

Je n'ai pas la moindre idée de ce qui est en train de se passer. Hiroshi se penche vers Jamie et observe l'écran de son portable, tandis que Jamie fait glisser son doigt dessus encore et encore. Chaque fois, Hiroshi regarde avec attention et marmonne.

— Qu'est-ce que tu fais ? je réussis à articuler. Sérieux, Jamie. Qu'est-ce que tu fais ?

Jamie secoue la tête comme s'il ne voulait pas gâcher le moment qu'il est en train de vivre. Je me recroqueville sur moi-même. Je ne suis plus qu'une petite fille effrayée. Pourquoi Jamie lui montre-t-il ces photos ? Pourquoi les a-t-il dans son téléphone ? A-t-il perdu la tête ?

Le souffle coupé, je fais de mon mieux pour ne pas vomir. J'attends qu'Hiroshi relève la tête vers moi, car il va le faire, et me dise quelque chose du genre : « Il y a de l'idée. Continue de travailler. » Quelque chose qui confirmera le fait que je ne suis pas aussi douée que j'aimerais l'être. Qui me rappellera que je n'ai pas le niveau pour entrer à Prism et suivre leur programme si prestigieux.

Toutefois, lorsque Hiroshi lève les yeux vers moi, il reste silencieux. Il me dévisage comme s'il me voyait pour la première fois.

Une grande femme aux cheveux coupés au carré tape sur son épaule.

— Je m'excuse de vous interrompre, mais un certain M. Bolton voudrait vous voir.

Hiroshi hoche la tête.

— OK. J'arrive.

Il nous regarde, Jamie et moi, et nous adresse un sourire qui fait plisser ses yeux. À moi, tout particulièrement, il me dit :

— Tu devrais m'apporter ton portfolio, un jour. Les écoles d'art adorent les lettres de recommandation. Je verrai ce que je peux faire.

Je crois que mon cerveau est sur le point d'exploser. Je hoche vivement la tête, comme une figurine *bobble-head*.

Hiroshi s'éloigne d'un pas aérien. Sa robe blanche flotte derrière lui. On dirait un fantôme.

— Oh, Jamie ! Qu'est-ce qui vient de se passer ?

Un sourire satisfait étire ses lèvres.

— Je crois qu'il a été impressionné.

Je rougis.

— Pourquoi as-tu pris des photos de mon portfolio ?

— Parce que je n'étais pas certain que tu me le remontrerais un jour. Tu n'aimes pas qu'on voie tes œuvres. Dès que tu penses que quelqu'un te regarde dessiner dans ton carnet, tu paniques.

— En tout cas, c'était très gênant.

J'ai envie d'ajouter que c'est une violation de ma vie privée, mais je ne dis rien car ma langue se bat avec mon cerveau. Les paroles d'Hiroshi tournent en boucle dans mon esprit. Je m'éclaircis la voix et, tout à coup, je suis incapable de contenir ma joie.

— Mais c'était génial ! C'est sans doute la chose la plus cool qui me soit jamais arrivée.

Hiroshi Matsumoto veut voir mon portfolio. Et m'écrire une lettre de recommandation. Pour m'aider à entrer dans une école d'art.

Jamie n'hésite pas. Il me prend la main et la serre fort dans la sienne.

— Tu le mérites, Kiko.

Cette fois, si j'ai envie de mourir, c'est d'excitation.

*Je dessine des jumeaux aux cheveux noirs, emmêlés, qui viennent de se rendre compte de leur ressemblance.*

# CHAPITRE 35

Il s'avère qu'Hiroshi Matsumoto n'est pas n'importe qui. Plus jeune, il travaillait comme illustrateur, mais depuis vingt ans, il se consacre à la peinture. Son nombre de *followers* sur Internet est impressionnant. Il y a des images de ses œuvres partout sur les réseaux sociaux et sa boutique en ligne semble très populaire.

L'excitation commence à laisser place à la nervosité. Car ce n'est pas seulement un artiste professionnel. Il est également célèbre. Et s'il se rendait compte qu'il avait commis une erreur ? Et s'il avait changé d'avis et ne voulait plus me revoir ?

Je jette un coup d'œil à Jamie, derrière le volant. Il se gare, puis coupe le moteur. Quand il croise mon regard, il fronce les sourcils.

— Qu'est-ce qui ne va pas ?

Je lève les mains de mon portfolio posé sur mes genoux. J'ai les mains moites, la poitrine comprimée.

— Je crois qu'on ferait mieux de rentrer.

— Qu'est-ce que tu racontes ? On est arrivés. Son atelier est à moins de cent mètres.

Son ton est légèrement agacé.

Les rayons du soleil filtrent à travers le pare-brise. Je tente de porter mon attention sur autre chose que Jamie ou mon portfolio, mais même les passants me rendent nerveuse.

Jamie pose une main sur la mienne. C'est quelque chose qu'il fait souvent ces derniers temps et ça me perturbe encore plus.

— Il a déjà vu certains de tes tableaux. Tu n'as pas à t'angoisser.

Ma main tremble sous celle de Jamie. Il ne comprend pas ce qui se passe à l'intérieur de moi. Il ne se doute pas que des tremblements de terre, des tsunamis et des éruptions volcaniques sont en train de détruire mon cerveau, mon cœur et mon âme. Je suis terrifiée à l'idée qu'Hiroshi me rejette. Je suis terrifiée à l'idée que quiconque me rejette.

On s'arrête devant la porte. Jamie m'assure que c'est la bonne adresse, mais on se tient devant la vitrine d'un petit café.

Avec un haussement d'épaules, Jamie pousse la porte vitrée. Une clochette retentit au-dessus de nos têtes.

Une petite jeune femme aux cheveux noirs brillants et aux yeux bridés lève la tête du bar et nous sourit. Quand elle s'approche et attrape des menus, Jamie secoue la tête.

— Je pense que nous sommes perdus. Y a-t-il un atelier dans les parages ? demande-t-il.

Les lèvres pincées, elle pose les mains sur les hanches.

— Oh ! C'est à l'étage. L'entrée se fait sur le côté du bâtiment. (Elle s'interrompt.) Il vous attend ?

Je serre mon portfolio contre ma poitrine.

— Il nous a dit de passer.

La fille hoche la tête.

— Très bien. Je vous y emmène.

Elle détache son tablier vert menthe et l'accroche au mur. Puis on la suit dehors, dans l'allée adjacente au bâtiment. Là, une porte s'ouvre sur un escalier escarpé. Tout en haut, il y a un palier spacieux et une grande porte en métal.

Lorsque la fille l'ouvre, un air glacé me frappe au visage. J'ai l'impression d'avoir mis le pied dans le rayon surgelés d'un supermarché.

— Papa ? appelle la fille. Tu as de la visite.

Hiroshi Matsumoto apparaît dans un coin de la pièce. Ses mains sont couvertes d'éclaboussures marron et rouges. Il porte un pantalon noir et un tee-shirt gris avec le logo Coca-Cola dessus. Ses vêtements sont couverts de peinture, certaines taches paraissent anciennes.

Je me sens mal. Je suis persuadée qu'il ne se souvient pas de nous. Il va se mettre en colère parce qu'on l'a interrompu.

En recoiffant ses cheveux derrière son oreille, il s'approche de nous d'un pas léger.

— Kiko, Jamie, ça me fait plaisir de vous revoir.

Surprise, je lève les yeux vers Jamie. Il me sourit, l'air de dire que je m'inquiétais pour rien.

— Je vois que vous avez rencontré ma plus jeune fille, Akane. Elle part étudier dans le Michigan à l'automne.

Quand Hiroshi se place à côté d'elle, je remarque tout de suite la ressemblance. Ils ont tous les deux des pommettes hautes, un regard chaleureux et des lèvres charnues. Elle est sa version au féminin.

Akane tape dans ses mains, ce qui attire mon attention sur ses ongles peints en jaune et bleu.

— Enchantée, dit-elle avant de se retourner vers son père. Il faut que je redescende. Frank n'est pas encore arrivé pour prendre la relève.

Hiroshi hoche la tête. Lorsqu'elle disparaît, il soupire avec tristesse.

— Je n'arrive pas à croire qu'elle va bientôt partir. C'est la seule employée qui n'arrive jamais en retard.

Son rire me fait penser au bruit de l'écume qui mousse sur la plage.

— Le café est à vous ? demande Jamie.

Hiroshi plisse les yeux.

— Techniquement, il appartient à ma femme, mais on met tous la main à la pâte. Elle est persuadée que les familles qui travaillent ensemble restent ensemble. (Il soupire.) Mais elle a tort : nos filles ont toutes les deux choisi des universités dans un autre État. (Il tend ses mains couvertes de peinture vers moi.) Bon, jetons un coup d'œil à ce portfolio !

Pendant une heure qui me paraît durer une éternité, Hiroshi en examine chaque page. Il observe chaque photo de chaque tableau, puis passe un temps fou à regarder mes dessins.

— C'est très bon, dit-il au bout d'un moment. Le sujet choisi ici est intrigant et la façon dont tu utilises les ombres est impressionnante pour quelqu'un de ton âge. (Il semble réfléchir un instant.) Quelle école aimerais-tu intégrer ?

— Brightwood, je réponds, nerveuse.

Il hoche la tête.

— Brightwood est une bonne école. Pourquoi l'as-tu choisie ?

Je lance un regard à Jamie, même si je suis consciente qu'il ne peut pas m'aider. J'aimerais ne pas avoir à être rassurée ainsi, mais je ne suis pas douée pour parler aux gens que je viens de rencontrer. À n'importe qui, pour être franche.

Jamie baisse les yeux vers mon carnet à dessin comme s'il l'examinait lui aussi. Il aimerait que je sois plus courageuse. Je le lis dans ses yeux.

J'aimerais être plus courageuse, moi aussi.

— Eh bien, je commence d'une voix tremblante. Je voulais aller à Prism, mais ils ne m'ont pas acceptée. Et comme je ne veux plus vivre avec ma mère, je suis venue visiter des écoles ici. J'ai beaucoup aimé Brightwood, même si ce n'est pas comparable à Prism. Si j'étudie là-bas, je pourrai peut-être me trouver un petit boulot et me débrouiller seule.

Je n'ai plus d'air dans mes poumons. Ma voix s'éteint.

Hiroshi hoche lentement la tête. Je me rends compte qu'il regarde Jamie. On dirait qu'ils ont une conversation silencieuse. Peut-être Hiroshi se demande-t-il pourquoi Jamie m'accompagne partout. Il a peut-être deviné que le simple fait de me rendre dans un nouveau lieu me donne une crise de panique. Il ne voudra pas aider une personne aussi triste et insignifiante que moi.

Jamie pose la main sur le bas de mon dos et se penche vers moi, comme s'il essayait de faire sortir un chiot de sa cachette.

— Je vais descendre boire un café. Je ne comprends rien à ces histoires d'art. Vous serez sans doute plus à l'aise sans moi. Tu viendras me rejoindre quand tu auras terminé ?

Je hoche la tête. Que puis-je faire d'autre ? Je ne peux pas le supplier de rester et je ne peux pas non plus admettre à voix haute que je me sens désorientée quand il n'est pas à mes côtés.

— Parle-moi de celui-ci, dit Hiroshi juste avant que la porte se referme.

Il désigne l'un de mes dessins, la fille qui n'a pas de visage.

— Je ne sais pas quoi dire, je souffle.

— Pourquoi l'as-tu dessiné ?

Parce que lorsque je me regarde, le visage que je vois n'est pas le même que celui que Maman ou Jamie voient. Personne n'est d'accord. Alors, autant être une toile blanche.

Toutefois, je ne me sens pas d'expliquer à voix haute ce genre de choses, encore moins à quelqu'un que je ne connais pas. Mes épaules se soulèvent et retombent. Je fais comme si je n'avais pas de réponse.

— Pourquoi envoies-tu une candidature à Brightwood alors que tu veux aller à Prism ?

J'ai la gorge qui gratte comme si du papier de verre remontait le long de ma trachée.

— Je n'ai pas été acceptée à Prism, je répète.

Le rouge me monte aux joues.

— Tu n'as pas été acceptée cette année, mais qu'en sera-t-il l'année prochaine ? Ou alors, pourquoi ne pas retenter ta chance avec un autre portfolio ? Tu ne leur as peut-être pas montré les œuvres qu'il fallait. L'art fonctionne ainsi. Il parle différemment aux gens à différents moments de leur existence. Ce que tu as cru être tes meilleures œuvres ne l'étaient peut-être pas.

Son regard brun semble m'analyser.

J'ai envie de m'écrouler par terre et de pleurer. Je ne supporte pas qu'on m'observe ainsi. Je déteste être sous le feu des projecteurs.

Hiroshi tourne plusieurs pages de mon carnet.

— Il t'arrive de peindre tes dessins ? Je n'en reconnais aucun dans tes tableaux à l'acrylique.

— Non. Ce ne sont que des gribouillis.

— Je pense que tu devrais les peindre. Donner de la couleur à ta voix, à ce que tu as envie de dire. (Il repousse ses cheveux noir d'encre de ses yeux.) Combien de temps restes-tu en Californie ?

— Deux semaines, je pense. (J'hésite, car je ne sais pas si je suis suffisamment à l'aise pour le dire à voix haute.) Je ne suis pas prête à rentrer chez moi.

Il referme le carnet avec douceur et se redresse.

— Tu sais quoi ? Tu devrais revenir ici demain matin pour peindre. Tu pourras me payer pour le matériel que tu utiliseras, mais tu ne me devras rien pour l'atelier. On verra si, ensemble, on arrive à te créer un portfolio qui dira qui tu es en tant qu'artiste.

Soudain, mon cœur me paraît plus léger.

— Vous voulez que je peigne ici ? Avec vous ?

— Oui. (Hiroshi désigne l'espace autour de nous.) Il y a suffisamment de place. Et je te promets de t'écrire une excellente lettre de recommandation… à une condition.

— Laquelle ?

Il ferme les yeux.

— J'aimerais que tu retentes ta chance auprès de Prism avec ton nouveau portfolio et ma lettre de recommandation.

Je sens les yeux me brûler. Je presse ma langue contre mon palais pour empêcher ma mâchoire de trembler.

— Pourquoi ? je réussis à articuler.

Quand Hiroshi relève le menton, il me paraît tout à coup beaucoup plus grand qu'il ne l'est en réalité. L'espace d'un instant, je vois mon père en lui.

— Kiko, je suis persuadé que les autres nous voient avec plus de clarté que l'on ne se voit soi-même. En tant qu'artiste, tu dois apprendre à te connaître, à savoir ce qu'il y a au fond de toi, pour pouvoir le reproduire sur une toile. Ça me fait de la peine de savoir qu'une personne aussi talentueuse que toi se bride sans s'en apercevoir. (Il hausse les épaules de manière résignée.) Et puis mes filles ne s'intéressent pas à l'art. Je n'ai jamais pu leur enseigner quoi que ce soit en matière de pinceaux et de peinture. Ce sera amusant pour moi aussi.

— Merci, lui dis-je, la gorge nouée.

J'ai l'impression de muer, que la première couche de mon épiderme s'effrite pour laisser place à une nouvelle peau brillante et belle. Lui ne semble pas s'en apercevoir.

Ou peut-être qu'au contraire, il le sait. Peut-être qu'il a compris que j'avais besoin de ça. Il me donne une chance, car il sait que sans mon art je ne suis rien.

*Je dessine le soleil qui enseigne à la lune comment briller.*

# CHAPITRE 36

Maman ne dit rien quand je lui parle d'Hiroshi. J'aurais dû m'en douter. Quoi qu'il arrive, elle ne réagira jamais de la façon dont je le désire. Pas pour ce qui me tient à cœur, en tout cas.

Je n'aurais même pas dû lui parler d'art. Elle m'a simplement demandé : « Pourquoi ne m'as-tu pas appelée ? » et « Qu'est-ce que tu fabriquais ? » J'aurais très bien pu lui répondre que j'étais occupée. Je n'avais pas à développer.

Toutefois, ma mère a un don pour faire parler les gens. Quand elle réussit à vous faire décrocher le téléphone, il est déjà trop tard. Si elle le désire, elle arrivera à connaître tous les détails de votre vie.

— Tu as entendu ce que je viens de dire ? je lui demande.

— Je trouve bizarre qu'il te demande de revenir chez lui.

— Ce n'est pas chez lui, Maman. C'est dans son atelier. Pour peindre.

— Je ne sais pas… Tu es sûre qu'il est sérieux ?

Je renifle.

— Qu'est-ce que tu veux dire ? C'est un artiste professionnel.

— Je ne comprends pas pourquoi un homme adulte demanderait à une adolescente de passer du temps chez lui s'il n'avait pas de mauvaises intentions.

Le sang me monte à la tête.

CE QUE JE VEUX DIRE :

*Je n'arrive pas à croire que tu accuses Hiroshi d'être un prédateur sexuel alors que tu laisses Oncle Max dormir juste en face de ma chambre.*

CE QUE JE DIS :

— Il n'est pas comme ça. Il est gentil. Comme Papa.

Un rire un peu fou lui échappe.

— Alors, tout va bien.

Je ne réponds pas. Il est impossible de lui faire entendre raison quand elle prend Papa pour cible.

— Tu as parlé avec ton père, récemment ? demande-t-elle d'une voix glaciale.

— Non. Pourquoi ?

Elle émet un son désapprobateur.

— Tu vois ? Il n'est même pas capable de prendre des nouvelles de ses propres enfants. Il est pathétique.

— Je n'ai pas envie de parler de Papa avec toi. Pitié.

Elle se tait un instant.

— C'est lui qui a décidé de partir. J'espère que tu ne rejettes pas la faute sur moi.

— Je ne t'en ai jamais voulu. Je sais qu'il t'a trompée. Tu me l'as déjà dit.

— Oui, eh bien… (Sa voix se meurt. Derrière elle, j'entend la télévision.) J'ai quand même l'impression que tu m'en veux alors que c'est moi qui me suis occupée de vous.

J'ai envie de lui dire que s'occuper de ses enfants est la moindre des choses. Que si je lui en veux, c'est à cause d'Oncle Max et pas de ce qui s'est passé avec Papa. Que je n'ai pas envie d'en parler car j'essaie désespérément de sortir de ce trou noir dans lequel elle ne cesse de m'attirer.

Mais je ne dis rien de tout ça. Je ferme les yeux.

— Ce n'est pas vrai, Maman.

Puis elle se met à me raconter le retournement de situation qui vient d'avoir lieu dans une émission de téléréalité sur des acheteurs compulsifs qu'elle regarde.

Après avoir raccroché, j'appelle Emery. Quand je lui dis que je suis en Californie avec Jamie, elle est hystérique.

— Pourquoi tu ne m'en as pas parlé avant ? s'exclame-t-elle dans le combiné. C'est génial !

— Tout s'est décidé très vite et j'ai été très occupée.

— Je crois surtout que tu m'as trouvé un remplaçant.

Elle le dit sur le ton de la plaisanterie, mais tout à coup, je comprends qu'il y a une part de vérité dans ses paroles. Bien sûr, je ne l'ai pas vraiment remplacée. Je n'ai pas échangé une amie pour un autre. Mais Emery a longtemps été ma béquille sociale. Grâce à elle, le monde me faisait moins peur.

Je lui raconte tout le reste, y compris le fait que ma mère n'arrête pas de m'appeler, et elle me parle de son université. Apparemment, elle est tellement occupée qu'elle n'est pas encore allée à une seule soirée étudiante. Elle m'apprend que Gemma et Cassidy se sont disputées car elles sont toutes les deux sorties avec Adam. Entendre son prénom ne me gêne plus autant qu'avant et, étonnamment, ça me met de bonne humeur.

Pourtant, malgré toutes ces nouvelles, je n'arrête pas de penser à ce qu'elle m'a dit au début de notre conversation. L'ai-je remplacée par Jamie ? Ai-je cessé de dépendre d'une personne pour me reposer sur une autre ?

Je n'aime pas le sentiment que cette idée éveille en moi. Alors, je décide de penser que ce n'est pas vrai.

Après le dîner, Brandon nous demande si l'on veut jouer aux devinettes. Je panique. Faire des mimiques et gesticuler dans tous les sens devant un groupe de personnes ressemble fortement à un cauchemar que je fais régulièrement. Jamie propose que l'on joue plutôt au Pictionary. Il a toujours été prévenant. Et adorable. Et tellement beau que j'en ai mal au cœur.

Elouise est aussi enthousiaste à l'idée de jouer au Pictionary que je l'étais pour jouer aux devinettes, mais Jamie la convainc en un rien de temps.

Un verre de vin rouge à la main, elle s'assoit sur la chaise la plus éloignée de celle de Brandon. Il est tellement occupé à chercher deux feutres dans le tiroir de la desserte qu'il ne s'en rend même pas compte.

Jamie revient du bureau avec un tableau blanc. Il y a encore des Post-it fluo dans un coin. Il les retire l'un après l'autre et installe le tableau près de la cheminée.

— Kiko, tu veux commencer ? demande-t-il.

Brandon me lance un feutre que je n'arrive pas à rattraper car je suis aussi surprise que maladroite.

— Deux créatifs dans la même équipe ? C'est un peu de la triche, mais bon.

Sur le fauteuil légèrement incliné, Elouise serre les dents et ferme longuement les yeux.

Jamie s'en aperçoit. Il semble regretter d'avoir demandé à sa mère de jouer.

— Et si on faisait les filles contre les garçons ? je propose d'une petite voix.

Je sens Elouise rouvrir les yeux et les poser sur moi, mais elle ne dit rien. Brandon tape son genou.

— D'accord ! (Il désigne ses yeux, puis Jamie.) On va gagner.

Je me dirige vers le tableau blanc. Jamie me passe les cartes qu'il a sorties d'une vieille boîte.

« Tomber comme des mouches. »

Les lèvres pincées, j'adresse un regard d'excuse à Elouise. Puis je passe soixante secondes à dessiner un truc qui ressemble à une cascade moche. Elle ne devine pas.

Jamie tire la carte « La planète des singes ». Brandon devine avant que la moitié du temps soit écoulé.

Puis Elouise pioche « Coup de soleil » et je trouve. Elle me tape dans la main.

Les garçons ratent le suivant, ce qui énerve Brandon et fait sourire Elouise.

Après trois autres tours, Elouise et moi menons avec quatre points. Elle est tellement contente qu'on dirait qu'on a déjà gagné. Je crois qu'elle ressent une certaine satisfaction à voir son mari s'agacer ainsi.

Jamie se laisse tomber sur le canapé à côté de moi et secoue la tête, l'air de dire que j'ai la meilleure coéquipière. Je ris.

— Encore un, encore un, nous presse Brandon.

— On a perdu, c'est bon. On peut arrêter là. Je suis fatigué.

Jamie bâille. Elouise, elle, se trémousse sur sa chaise. On dirait qu'elle fait une danse de la victoire. Puis elle lève son verre.

— Bien joué, Kiko.

— Merci.

Je souris. Je ne l'ai jamais vue aussi heureuse. Brandon grogne et se prend le visage entre les mains.

— Je n'arrive pas à y croire ! (Il baisse ses mains et rit très fort.) J'aurais dû me douter que Kiko était douée. Tu te souviens de cette fois à Charleston Grove…

Son expression s'assombrit aussitôt. Il referme la bouche.

Elouise se lève et sort de la pièce.

Brandon attend deux secondes avant de la suivre dans une autre pièce de la maison.

— Qu'est-ce qui vient de se passer ?

Je dévisage Jamie avec prudence. Il a l'air surpris, lui aussi. J'ai l'impression d'avoir vu quelque chose que je n'étais pas censée voir. Je sais où se trouve Charleston Grove. J'y suis allée plusieurs fois quand j'étais petite. Il y a des concerts et des festivals. De nombreuses familles s'y rendent pour pique-niquer. Toutefois, j'ignore pourquoi Elouise est bouleversée de la sorte.

Jamie se frotte la nuque. Des cris étouffés s'élèvent de la chambre de ses parents.

— Ça te dit d'aller manger une glace ? me demande Jamie qui a clairement besoin de s'échapper.

On prend sa voiture, mais on ne va pas acheter une glace. Il se gare devant le parc du quartier. Quand je me tourne vers lui, la pénombre assombrit ses yeux bleus. Il a l'air terrifié.

— Ça va ? je lui demande.

C'est bizarre. J'ai la sensation qu'on a échangé nos places. D'habitude, c'est moi qui ai peur et qui ai l'impression que le monde va s'effondrer.

— Ce qui arrive à mes parents... Ce n'est pas à moi de t'en parler.

Sa voix se brise dans l'obscurité de l'habitacle. Lorsqu'il tourne la tête, je sais qu'il me regarde, mais il fait trop sombre pour que je distingue son expression.

— C'est à cause de moi ? je demande doucement. (Il ne réagit pas.) Si ta mère me déteste, je préfère le savoir. Je ne veux pas rester chez vous si c'est une cause de dispute entre tes parents.

— Ce n'est pas à cause de toi, d'accord ? dit Jamie d'une voix forte.

Se faire crier dessus par quelqu'un n'est jamais agréable. Par Jamie, c'est encore pire. Je me détourne, mais du coin de l'œil, je vois son corps se détendre. Il s'est forcé à se calmer.

Il tend la main vers la mienne, mais ne trouve que mon genou.

— Je suis désolé.

Je sens ses doigts tracer des petits cercles. Finalement, il avait peut-être vraiment l'intention de poser la main à cet endroit.

— Écoute, je sais que ce n'est pas juste pour toi, mais est-ce qu'on pourrait arrêter d'en parler ? Je ne sais pas combien de temps il nous reste, à toi et moi, alors je préfère qu'on discute de super-héros, d'Hiroshi, de Brightwood ou…

Ses doigts se figent sur mon genou.

— Ou quoi ?

Je sais que c'est moi qui ai parlé, pourtant, ça ne me ressemble pas. Ma voix est trop aiguë, trop rêche et me paraît très lointaine.

— Ou on n'est pas obligés de dire quoi que ce soit, dit-il d'une voix rauque. Est-ce qu'on peut juste… rester ici ?

Je baisse les yeux vers mes mains. J'aimerais pouvoir l'aider, mais comment faire s'il ne me dit pas ce qui le tracasse ?

J'ai toujours eu ce besoin dévorant de parler de mes sentiments à voix haute, de mettre des mots dessus pour les exorciser, car ce sont des nuages noirs dans ma tête qui contaminent tout ce qui se trouve autour. Jamie semble préférer tout garder à l'intérieur. C'est sa façon d'empêcher les nuages noirs de grossir.

Lorsque je relève la tête, son regard est doux et ses lèvres entrouvertes. Alors, je comprends. Il n'a pas besoin de parler de ses émotions. Il a besoin de compagnie. Parfois, la vie n'a aucun sens, mais partager un moment avec un ami la rend moins solitaire.

Jamie essaie toujours d'être présent pour moi. Maintenant, c'est à mon tour d'être là pour lui.

— D'accord, je réponds en m'installant plus confortablement.

Quand il hoche la tête, j'ai la sensation que c'est suffisant pour le moment.

On écoute la radio une vingtaine de minutes avant de rentrer chez lui. Ses parents sont dans des pièces différentes et font comme si rien ne s'était passé.

*Je dessine deux guerriers avec des épées en lumière d'étoile qui brandissent leur arme l'une vers l'autre et tracent des lignes dans le sable.*

# CHAPITRE 37

Le premier jour, Jamie m'attend dans le café pendant que je dessine dans l'atelier avec Hiroshi. Le deuxième jour, Jamie va se promener dans un centre commercial pendant que je peins des éclats de verre bleu ciel sur la toile. Le troisième jour, Jamie me dépose et rentre chez lui pendant que je peins une femme à la peau laiteuse et aux cheveux blancs. Le quatrième jour, je prends ma propre voiture.

Faire les choses toute seule est un grand pas pour moi. C'est effrayant, mais quelque part, je me sens plus forte. J'ai l'impression que mes pieds sont plus lourds. Sauf qu'en réalité, ce ne sont pas mes pieds qui se sont endurcis. C'est mon cœur.

Hiroshi se tient derrière moi, la tête penchée en avant et les mains nouées dans le dos.

— Hmm. N'aie pas peur de faire des erreurs. Quand tu fais trop attention aux couleurs, tu te retiens. Ne te retiens pas. Dis ce que tu as envie de dire.

La palette de couleurs en équilibre dans ma main gauche, je trempe le bout de mon pinceau dans un petit amas de peinture acrylique grise. Dès que je fais glisser la couleur le long de la robe déchirée de la femme, je comprends que je fais bien trop attention. Je ne peux pas m'en empêcher. Je n'ose pas autant qu'Hiroshi avec mes pinceaux. Lui semble jeter la peinture sur la toile et le résultat est toujours celui qu'il espérait. C'est un peu comme éparpiller les pièces d'un puzzle sur une table et les assembler deux par deux un peu partout.

Moi, je commence par les bords, puis continue vers l'intérieur. Autrement, je n'arrive pas à imaginer le résultat.

Hiroshi grogne.

— Non. Ce n'est pas ce que tu veux dire.

— J'essaie.

Je me mords la lèvre inférieure et me laisse tomber sur le tabouret.

— Le problème, ce n'est pas ta technique, c'est ton sujet.

Il ramasse mon carnet et observe mes plus vieux dessins. La fille avec des ailes. Celle qui se fond aux arbres.

— Ces dessins sont des morceaux de ton âme, Kiko. Pas ça, dit-il en désignant la toile. Ce n'est qu'un entraînement.

Je pose la palette sur la table et fais rouler le pinceau entre mes doigts.

— Je ne comprends pas.

Il serre les poings et les place contre son torse.

— Je veux que tu me racontes une histoire. Que tu me montres ta colère. Ta tristesse. Ton bonheur. Parle-moi de quelque chose qui te tient à cœur.

Je baisse les yeux vers le sol. J'ai le goût du sel sur la langue. À tous les coups, mes larmes sont restées coincées et sont tombées dans ma gorge. Je ne veux surtout pas pleurer devant Hiroshi. Peut-être attend-il trop de moi ? Peut-être ne suis-je pas assez douée pour peindre comme lui ?

Les yeux fermés, j'inspire lentement et réfléchis à ce que je ressens lorsque je dessine au crayon. Mon cœur s'emballe tandis que je passe en revue mes souvenirs. Je tente de trouver l'élément déclencheur. Maman s'impose à moi.

Elle se tient devant moi, un léger sourire aux lèvres et les yeux fatigués. C'est moi qui l'épuise. Le simple fait d'être dans son champ de vision me fait mal. Physiquement. Ses cheveux blonds tombent sur ses épaules avec un mouvement parfait. Ses bras sont croisés sur sa poitrine comme une armure. Ma mère... toujours prête pour la bataille. Et moi, en face d'elle, qui cherche à tout prix à lui plaire. Je suffoque sous le poids du passé et cette anxiété qui me rappelle que *je ne suis jamais assez bien pour elle*.

Je relève les yeux vers Hiroshi. Il attend toujours mon histoire.

Je déglutis.

— Quand j'étais petite, j'ai fait un dessin pour ma mère. Une fille dans un bateau qui pêchait des étoiles. Il était sans doute très moche, mais je venais d'apprendre à faire des dégradés avec des crayons de couleur, alors j'ai cru qu'il était beau. Je l'ai mis dans une enveloppe que j'ai laissée sur son bureau. Elle n'a pas arrêté de poser des choses dessus : du courrier, des listes de courses, des magazines... Moi, je n'arrêtais pas de vérifier si elle l'avait ouvert. Ce n'était jamais le cas et je ne pouvais pas lui en parler, parce qu'elle me faisait toujours comprendre que je demandais trop son attention. Un jour, je suis rentrée dans le bureau et il avait disparu, tout comme le reste des papiers. Alors, je lui ai enfin demandé si elle l'avait vu. Elle m'a répondu qu'elle l'avait sans doute jeté avec le reste. (Je m'éclaircis la voix et fais de mon mieux pour lui sourire.) Pendant longtemps, j'ai cru que ça avait été un accident. Puis, quelques années plus tard, j'ai essayé de lui montrer un autre de mes dessins, je ne me rappelle pas de quoi il s'agissait. Elle a grimacé et m'a dit : « C'est bien mieux que le bateau avec la fille qui pêche que tu avait fait. » C'est là que j'ai compris qu'elle m'avait menti. Elle avait ouvert l'enveloppe. Elle ne voulait simplement pas l'admettre. Et je ne sais toujours pas pourquoi.

Mes yeux sont humides et ma gorge sèche. Pourtant, je rassemble toutes les forces qui me restent pour garder un semblant de contrôle.

Hiroshi lève les poings au-dessus de sa tête et écarte soudain les doigts comme si des feux d'artifice explosaient dans la pièce.

— Voilà ! Elle est là ! C'est ton histoire. Ton âme. Maintenant, peins-la.

Il retourne à son chevalet de l'autre côté de la pièce.

Il me faut une minute pour me calmer, puis je pose le pinceau sur la palette, déplace la toile inachevée sur le sol et ouvre mon carnet à dessin sur une page blanche.

Je dessine pendant des heures. Je suis tellement absorbée par les traits de mon crayon que je ne me rends pas compte que mon portable sonne jusqu'à ce qu'Hiroshi me tape sur l'épaule. Je sursaute.

C'est Jamie. Il veut savoir à quelle heure je rentre car il aimerait aller voir un film avec moi. Je lui réponds que je partirai dès que j'aurai terminé ce dessin.

— C'est important, lui dis-je.

— D'accord, fait-il.

*Je dessine une femme qui porte une robe sophistiquée et qui tourne sur elle-même comme si elle était la lumière et le soleil personnifiés. Puis je dessine une fille recroquevillée sur elle-même, emprisonnée dans son ombre. Elle ne veut pas la lumière. Elle veut juste sa mère.*

# CHAPITRE 38

On est allés voir un film de super-héros. C'est le genre de films à propos desquels Jamie et moi pouvons bavarder pendant des heures. Mais, cette fois, je me rends vite compte que je suis la seule à parler. Et à raconter ma journée. En fait, je suis la seule à aligner plus de quatre mots à la fois.

Jamie n'a pas non plus mangé de pop-corn.

— Je suis désolée de ne pas être rentrée de la journée, lui dis-je quand on marche dans la rue devant le cinéma. Je ne pensais pas que ce serait si long aujourd'hui. J'ai dû recommencer mon tableau.

— Oh, ce n'est pas grave.

Il a les mains enfouies dans ses poches, il a l'air de me cacher quelque chose.

— Tu n'avais pas faim ? je lui demande.

— Hein ?

Il me regarde pendant une milliseconde.

Je hausse les épaules.

— Tu n'as pas mangé de pop-corn. D'habitude, c'est moi qui fais ça : je m'inquiète tellement que j'en oublie de manger.

Je doute que mon sourire soit contagieux, mais j'essaie tout de même car j'aimerais remonter le moral de Jamie.

— Non. Je regardais le film, c'est tout.

Je m'arrête d'un seul coup, les pieds joints.

— Sérieusement, Jamie. Qu'est-ce qui ne va pas ? Et ne me réponds pas « rien ». Je suis spécialiste dans l'art d'essayer de cacher mes sentiments.

Ma remarque fait vaciller son armure un instant. Ses lèvres se retroussent.

— Ah oui ?

Je hoche vivement la tête et fronce le nez.

Jamie se redresse un peu, mais garde les mains dans les poches.

— C'est juste que… je n'ai pas envie de me plaindre parce que je sais à quel point ta vie familiale craint. (Il m'adresse un regard d'excuse.) Pardon.

— Il n'y a pas de mal.

— Tout ce que je veux dire, c'est que je sais que les choses ne sont pas faciles pour toi. Tu ne m'en as jamais vraiment parlé, d'ailleurs. Tu ne m'as pas dit ce qui s'était passé. (Il s'interrompt. Il parle d'Oncle Max.) Mais je sais que c'est là. Tu vois ?

Je hoche la tête.

— Qu'est-ce qui te tracasse ?

— Je crois que je complique la situation avec mes parents. Tout le monde sait qu'ils feraient mieux de divorcer. Sauf eux. Ils sont tellement bornés qu'ils ont décidé de tout faire pour que ça fonctionne. (Il fronce les sourcils.) Qu'est-ce que ça signifie, au juste ? Ils ne font rien du tout : ils restent juste sous le même toit et se rendent encore plus malheureux. Et ils me rendent malheureux, moi aussi.

Il secoue la tête.

— Peut-être qu'ils restent ensemble parce que être une famille est important à leurs yeux ? je lui demande.

— Si la famille était si importante que ça, ils ne se disputeraient pas ainsi. (Il se force à se calmer.) Je ne devrais pas te parler de tout ça. C'est leur problème, pas le mien.

Je hausse les épaules.

— Tu as le droit de me dire ce que tu ressens.

— Je suppose. Bref, je suis désolé. La journée a été longue.

Quand il se remet à marcher, je cale mon pas sur le sien.

— Qu'est-ce que tu veux dire quand tu dis que tu compliques la situation ?

Il presse sa langue contre la commissure de ses lèvres et pose une main sur sa nuque.

— Rien du tout. (Son rire résonne dans l'air humide.) Tu sais, c'est drôle. Tu es venue ici pour faire un break avec ta famille et maintenant, c'est moi qui en aurais besoin.

Arrivé devant sa voiture, il se tourne vers moi et me prend les mains. J'en ai la chair de poule.

— Kiko, je ne veux pas que tu rentres dans le Nebraska. (Ses yeux bleus brillent comme de l'émail.) Reste avec moi. Reste en Californie. Tu n'es pas obligée de retourner vivre avec ta mère et ton oncle.

Je cligne des yeux. Ma poitrine se soulève violemment car j'ai du mal à respirer.

— Peu importe si tu es acceptée à Brightwood ou non. Reste ici. (Il presse mes mains dans les siennes.) Je sais que tu as dit que tu voulais qu'on soit amis. Et je suis ton ami. Je serai toujours ton ami si c'est ce que tu veux, mais… tu comptes beaucoup pour moi,

Kiko. Je veux être à tes côtés. On a déjà perdu tellement de temps.

Il y a quelque chose entre nous. Quelque chose d'important. Quelque chose que je ne comprends pas très bien.

Il veut que je reste en Californie. Mon cœur meurt d'envie d'exploser en confettis rouges sur le trottoir. J'ai envie de dire « oui » à ce rêve.

Mais un détail me retient. Une pensée rampe dans mon esprit comme un insecte noir et me fait douter. Je ne suis pas prête pour les confettis rouges et les fins heureuses. J'aimerais l'être, mais ce n'est pas le cas. Je suis à peine capable de me rendre toute seule dans des lieux que je ne connais pas, de parler à des inconnus ou même d'entrer dans une galerie d'art sans que quelqu'un me tienne la main.

Si je n'apprends pas à me tenir debout toute seule, à faire les choses sans l'aide de personne, comment suis-je censée vivre tout court ? Je ne veux pas de béquille émotionnelle. Je ne veux pas que quelqu'un se sente obligé de s'occuper de moi. Un jour, le fait que je sois dépendante de lui finira par l'étouffer. Cela m'étouffera aussi.

— Si je fais ça, je serai dépendante de toi. Il faut d'abord que je décide dans quelle direction va aller ma vie. J'ai besoin de prendre les choses en main. Sinon…

Sinon, je ne m'écarterai jamais de la vie que j'ai toujours connue. J'y serai toujours rattachée, comme une branche. Et j'aurai beau pousser de plus en plus, cela ne changera rien car mes racines seront toujours celles de l'arbre. Il faut que je sois mon propre arbre.

Le regard de Jamie est pur et honnête.

— Je veux prendre soin de toi. Je veux être sûr que tu ailles bien.

Si des mots pouvaient transpercer l'âme, ceux-ci y arriveraient.

Je plisse le front et prends à mon tour ses mains dans les miennes car j'ai besoin qu'il m'écoute avec attention.

— Merci de t'inquiéter, mais je n'ai pas besoin que tu t'occupes de moi. (Je ferme les yeux et imagine les mots que je veux dire. Je suis surprise de réussir à les prononcer.) J'ai besoin de m'occuper de moi-même.

Je n'essaie pas de repousser Jamie. Au contraire, lorsqu'il retire ses mains des miennes, je n'arrive pas à m'en réjouir. J'ai l'impression d'avoir passé ma vie à chercher l'approbation des autres, à attendre qu'on me rassure en me disant que je mène ma vie comme il le faut. Sauf qu'en chemin, j'ai oublié de me soucier de ce que moi, je pensais.

L'école d'art aura cette fonction. J'ai besoin de l'actionner moi-même. Sinon, le cercle vicieux continuera.

Malheureusement, je ne sais pas comment expliquer tout ça à Jamie.

Il presse les paumes sur ses yeux comme s'il était épuisé, mais quelque chose me dit qu'il essaie de réprimer son émotion.

— Je n'aurais jamais dû dire ça, c'était stupide, dit-il avec un rire sans joie. Je ne sais pas ce que je raconte. Je suis fatigué, je crois. Pardon.

Mon esprit fonctionne à cent à l'heure, mais aucune réponse intelligente, drôle ou apaisante ne me vient. Toutes mes pensées ne feraient qu'attrister Jamie. Toutes, sauf une.

*Moi aussi, je suis amoureuse de toi, Jamie. Je veux être à tes côtés.*

Mais je ne peux pas lui dire. J'arrive à peine à tenir la tête hors de l'eau.

La pression serait trop forte. Je ne peux pas gâcher ce que l'on a. J'en suis incapable.

Sur le chemin du retour, on n'écoute pas de musique. On est trop occupés à écouter nos propres pensées.

*Je dessine un garçon avec une lampe torche qui cherche l'espoir dans l'obscurité.*

# CHAPITRE 39

Maman m'envoie un message pour me demander comment je vais et ce que je fais. Je ne sais pas pourquoi, mais je lui réponds avec une photo de mes dessins. Je suppose que la petite fille, au fond de moi, n'arrive pas à se défaire de l'idée qu'une mère est censée se soucier de ce genre de choses.

Quelques heures plus tard, je reçois un nouveau message de sa part. Elle n'y parle pas de mes dessins. Elle m'a mis trois photos d'elle, plus jeune, en pièces jointes et me demande laquelle est la plus jolie.

J'ai créé un blog. Je veux qu'il soit beau.

Je lui réponds que je préfère la deuxième, puis efface la totalité de la conversation. Je ne peux pas revenir en arrière pour m'empêcher d'envoyer mes dessins, mais je peux au moins faire semblant de ne pas l'avoir fait.

Ainsi, j'ai l'impression de moins souffrir.

*Je dessine une fille qui se recroqueville sur elle-même dans l'herbe jusqu'à ce qu'elle se retrouve cachée dans un lit de fleurs bien plus jolies qu'elle.*

# CHAPITRE 40

Je suis en train d'esquisser plusieurs visages et de réfléchir aux couleurs de cheveux et d'yeux adéquates lorsque Hiroshi s'assoit à côté de moi.

Les coudes posés sur la table en bois, il laisse échapper un « hmm » songeur.

Aussitôt, je sens mes épaules s'affaisser.

— Je m'entraîne. Je sais que je peux mieux faire.

— Ils sont magnifiques, rétorque-t-il.

Pourtant, il a toujours les sourcils froncés.

Je tapote mon crayon avec le bord de mon carnet à dessin. Je sais qu'un « mais » ne va pas tarder.

Il désigne les visages d'un doigt.

— D'où vient cette image ?

— De mon imagination ?

Ma réponse sonne comme une question.

— Évidemment, mais où l'as-tu vue ? Pourquoi as-tu choisi ce visage plutôt qu'un autre ?

Je baisse les yeux vers mes dessins. Ses questions tournoient dans ma tête. Je me demande où il veut en venir.

— Je ne comprends pas, je réponds au bout d'un moment. (Puis je cligne des yeux.) Je trouve que c'est joli, c'est tout.

— Donc, c'est le visage qui, pour toi, est le plus joli. C'est le visage qui s'est imposé à toi, dit-il en hochant la tête.

Je hausse les épaules.

— Je suppose, oui.

Ce visage, je le dessine depuis toujours. Des détails se sont simplement ajoutés au fil des années.

— Mais pourquoi celui-ci ? Qui t'a dit qu'il était beau ?

Cette fois, je réponds sincèrement.

— Les magazines. La télé. Tout le monde à l'école.

Je pose mon crayon et glisse mes mains entre mes genoux.

— Donc, pour toi, la beauté est ce qui plaît aux autres ? Tu dessines ce que tout le monde veut voir ? demande-t-il d'une voix douce.

Dans un murmure, je lui réponds :

— Je suppose qu'il ne m'est jamais venu à l'esprit de dessiner autre chose.

J'observe la pièce autour de moi. Il y a des toiles d'Hiroshi partout. Chaque personne a un visage différent. Un visage unique. Les couleurs, les formes et les styles varient. Ils représentent des gens du monde entier.

Mes yeux retombent sur mon carnet. Les visages que je dessine sont rarement différents. On les croirait sortis d'un moule. Aucun ne me ressemble jamais.

— La beauté n'est pas une science exacte. La beauté, c'est comme les rêves. Personne n'en a la même expérience et il y a tellement de facettes différentes que l'on ne contrôle pas ce que l'on voit. Tu comprends ce que je veux dire ?

Le sourire aux lèvres, Hiroshi tapote la table, puis retourne à son propre chevalet. Tout chez lui est élégant, cool et aérien : sa façon de parler, sa démarche, son coup de pinceau… Parfois, j'ai du mal à croire qu'Hiroshi Matsumoto est un être humain. Il est tellement bien dans sa peau. C'est un don. Un don qu'il essaie de partager avec moi à travers l'art.

J'observe les visages que j'ai dessinés un long moment. Lorsque j'en ai assez de les voir, je ferme les yeux et laisse mon imagination prendre le relais. Derrière mes paupières, les visages de nombreuses personnes défilent : Emery, Susan Chang, Frances la tatoueuse, Akane et Maman. Puis tout se mélange jusqu'à ce que je me mette à rêver d'inconnus avec des défauts, mais pourtant très beaux. Ils sont bronzés, ont des taches de rousseur, des cheveux clairs ou foncés, des rondeurs, des traits irréguliers… ils sont exactement ce qu'ils sont censés être.

Quand j'ouvre les yeux, je trouve une page blanche dans mon carnet.

*Je dessine des visages, des visages, des visages, des visages…*

# CHAPITRE 41

La voix de Maman est bizarre aujourd'hui. Elle s'adresse à moi comme à une inconnue. Avec une déférence exagérée.

Je me tourne vers Jamie et désigne l'escalier. Je n'aime pas téléphoner devant d'autres personnes.

Il sourit et me montre la télévision. Brandon et lui sont en train de regarder une série policière que je ne connais pas.

— Tu as eu une réponse de l'école ? me demande Maman.

Elle pose la question comme si la réponse ne l'intéressait pas vraiment, mais je sais que c'est tout le contraire. Comme elle m'accorde très peu d'attention, j'ai appris à faire la différence.

Je ferme la porte de la chambre d'amis et m'y adosse.

— Pas encore. Sur le site Internet, ils disent que ça peut prendre quatre semaines. Alors, j'ai encore le temps.

— Je vois. (Elle s'interrompt.) Quelqu'un est avec toi ? J'ai cru entendre des voix.

— Plus maintenant. Je suis montée à l'étage.

— Ils ont une jolie maison ?

Je me redresse.

— Oui. Très jolie.

— Tout le monde est gentil avec toi ? Vous discutez beaucoup ?

— Normalement. Pourquoi ?

— Je ne peux pas être curieuse ? Ils s'occupent de ma petite fille. J'ai le droit de savoir. (Elle soupire et passe à autre chose.) Il fait très chaud ici. Je devrais profiter du soleil, mais je suis occupée avec mon travail et mon blog.

— Hmm, je marmonne dans le combiné.

— Alors, de quoi est-ce que vous parlez ?

Nerveuse, j'avance dans la chambre. Elle se prépare à me poser une question bien précise. Je le sens.

— Je ne sais pas, Maman. De tout et de rien.

— Comme quoi ?

— La météo. La nourriture. Si la pression dans la douche est assez forte.

— Il vous arrive de parler de moi ?

Et voilà. Je l'avais senti venir.

— Non.

— J'ai du mal à y croire.

— Pourquoi ?

— Parce que je sais que tu racontes à tout le monde que je suis une très mauvaise mère. J'espère au moins que tu gardes *certaines choses* pour toi.

La colère me noue la gorge. La douleur emplit ma poitrine.

— Ce n'est pas vrai. Je ne parle pas de toi. Et si tu penses à Oncle Max…

Elle m'interrompt.

— Tu es en train de me dire que tu es allée avec Jamie en Californie sans lui dire à quel point tu penses que ta vie est triste ?

Mes mains tremblent tellement que j'ai du mal à garder mon téléphone contre mon oreille. C'est comme si, tout à coup, la température était tombée en dessous de zéro.

— Eh bien, non. Je n'ai pas parlé de toi à Jamie du tout. Je ne lui ai même rien dit pour Oncle…

— Bon sang, Kiko, grogne ma mère. Arrête avec Max et l'argent qu'il a soi-disant pris !

J'ai les mains moites.

— Je ne parle pas de l'argent.

Elle ne me répond même pas.

— Dans tous les cas, je ne te fais pas confiance. Je sens au fond de moi que tu ne penses qu'à traîner mon nom dans la boue en Ca-li-for-nie.

— Pourquoi tu prononces ça comme ça ? je rétorque.

— Je prononce normalement. Tu t'énerves vraiment pour rien.

— Il faut que j'aille à l'atelier.

J'ai les jambes coupées. J'ai du mal à tenir debout.

— D'accord. Je t'aime, même si toi, tu me détestes.

D'habitude, je la corrige. J'essaie de la convaincre que je ne la déteste pas. Aujourd'hui, je suis en colère. Je me moque de ce qu'elle pense.

— Salut, dis-je avant de raccrocher.

Lorsque je redescends au rez-de-chaussée, Brandon passe la tête au-dessus du canapé.

— C'était ta maman ? (Je hoche la tête.) Comment ça va, chez toi ? Tes frères vont bien ?

— Ça va.

Du moins, je crois. Maman ne parle d'eux que pour s'en plaindre. Et comme c'est sa façon de faire habituelle, j'en déduis que pour mes frères, tout est normal aussi. Quand j'avance vers Jamie, il se penche soudain en avant, loin du dossier du canapé.

— Je vais à l'atelier.

— D'accord, dit-il en serrant les poings.

Brandon a reporté son attention sur l'écran de la télévision, mais continue de s'adresser à moi.

— J'ai entendu dire que ton père s'était remarié.

Jamie serre les dents.

— Oui, je réponds. Ils viennent d'avoir des jumelles.

Le regard de Brandon croise le mien.

— C'est vrai ? Waouh ! C'est super. Je suis content pour lui.

Tout à coup, Jamie se lève d'un bond.

— Euh, en fait, dit-il d'une voix un peu trop forte, je vais t'y conduire, si ça ne te dérange pas. Je boirais bien un café.

Il sort en trombe de la maison. Lorsque, dans la voiture, je lui en fais la remarque, il hausse les épaules et me répond que ce n'est rien. J'ai envie de le croire. C'est Jamie, et je ne pense pas qu'il me mentirait, mais il est clair qu'il me cache quelque chose.

Il ne parle pas. Moi non plus.

Hiroshi se rend compte que quelque chose me tracasse.

— J'espère que c'est l'émotion que tu as apportée avec toi pour peindre aujourd'hui, remarque-t-il.

Je passe un temps fou à trouver le bon mélange de blanc et de jaune car je n'arrête pas de penser à Jamie en train de serrer les dents et à ma mère qui m'a dit qu'elle ne me fait pas confiance.

Je n'ai pas envie de parler de ma mère à quiconque. Ce serait beaucoup plus simple si elle cessait d'influencer mon quotidien et si je n'avais plus à penser à elle. Je ne la hais pas. Ce n'est pas le problème. Simplement, penser à elle me fait du mal.

J'aimerais juste que cette douleur disparaisse. Je voudrais avoir une mère qui m'apprécie davantage, qui se rende compte que je suis une bien meilleure personne que l'image qu'elle s'est créée dans sa tête. J'aimerais qu'elle apprenne à me connaître, qu'elle s'intéresse à moi, qu'elle tienne à moi et pas seulement parce qu'elle en ressent l'obligation.

Quelque part, j'ai sans doute envie qu'elle me trouve jolie, moi aussi. Même si ce n'est qu'un peu, et à ma façon. Je sais que je n'ai pas ses cheveux blonds et ses yeux bleus. Je n'ai pas ses longues jambes, ni son nez fin. Mais j'ai envie de lui dire que ce n'est pas grave, qu'être jolie autrement est possible. Parce que la beauté est très importante pour Maman et je veux être importante pour elle, moi aussi.

Alors, je cesse de réfléchir. Je peins.

*Je peins ma mère qui brille comme une perle précieuse, les bras grands ouverts pour que le monde puisse la vénérer s'il le désire, et elle sait qu'il le désire.*

# CHAPITRE 42

Hiroshi nous invite à dîner, Jamie et moi. J'ai peur que Jamie ne refuse car, ces temps-ci, il agit différemment avec moi. Il est… grincheux. Soupe au lait. Quand je lui demande ce qui ne va pas, il part au quart de tour. J'ai l'impression de l'avoir blessé, mais je ne sais pas comment arranger les choses.

Contre toute attente, Jamie accepte l'invitation. Il a même l'air très enthousiaste. Il enfile une chemise blanche et une veste de costume comme s'il avait été invité à un mariage. Lorsque je lui demande pourquoi il s'est mis sur son trente et un, il rit.

— Pourquoi pas ?

À côté de lui, avec ma queue de cheval et mon jean éclaboussé de peinture, je me sens mal habillée. Toutes mes affaires tiennent dans une valise. Emporter une jolie robe n'était pas dans mes priorités.

Akane nous ouvre la porte, en jupe blanche et top rouge.

— Entrez. Entrez. Faites comme chez vous. Laissez vos chaussures dans l'entrée, s'il vous plaît.

Un parfum d'orange et de muscade embaume l'air. Le sol est recouvert de parquet foncé et l'on retrouve le même métal poli dans les meubles et dans les appliques. À ma grande surprise, aucun des tableaux accrochés aux murs n'est l'œuvre d'Hiroshi. Ce ne sont que des peintures abstraites qui s'accordent aux couleurs de chaque pièce.

Hiroshi a l'air heureux de nous voir. Il nous présente à sa femme, Mayumi, qui a dix ans de plus que lui, ce que je trouve génial, et sa fille aînée, Rei, qui est tellement belle que je n'arrive pas à croire qu'elle ne soit pas mannequin.

Ils sont tous très gentils et pleins d'entrain et ils nous parlent comme si l'on se connaissait depuis des années. Par trois fois, Mayumi se trompe et sous-entend que Jamie et moi sommes en couple. On ne la corrige pas, mais ce détail ne passe pas inaperçu.

On mange une soupe de nouilles végétarienne qu'Hiroshi a préparée exprès pour moi. Puis Mayumi nous apporte des mochis. Ils sont tellement bons que je gémis de plaisir en croquant dedans.

— Je n'arrive pas à croire que tu n'as jamais mangé de mochis, dit Mayumi. (Contrairement à Hiroshi, elle parle avec un accent.) Rei et Akane adorent ça.

Je hausse les épaules.

— Je n'avais jamais mangé de ramens aussi bons non plus. On a toujours acheté des sachets déshydratés.

Elle pousse un cri, comme si elle allait s'évanouir. Autour de la table, tout le monde glousse, même moi.

Quand on a terminé, je propose d'aider à débarrasser la table, mais Mayumi me chasse de la cuisine.

— Tu es l'invitée, insiste-t-elle.

Tandis que je me dirige vers le salon, je sens un courant d'air m'envelopper. Une grande porte coulissante est ouverte sur ma gauche et révèle une terrasse donnant sur les collines.

Je sors dans l'air doux du soir. La maison d'Hiroshi est si proche de la mer que je sens presque le sel des embruns sur ma langue. En tout cas, je le sens sur ma peau, s'insinuer dans chaque pore, chaque crevasse. Cela m'apaise. Je ne sais pas pourquoi.

Je pose les doigts sur la rambarde. Les vagues viennent se briser sur la plage avant de reculer. Le même manège recommence à l'infini. C'est hypnotisant. Magnifique.

Toute ma vie, je me suis sentie seule. J'ai toujours ressenti une douleur en moi, comme si une présence surnaturelle écrasait mon cœur dans son poing. À cet instant, les yeux posés sur l'océan, je me demande s'il est possible de ressentir autre chose. Il n'y a rien, là-dehors. Seulement l'eau et le ciel étoilé. Pourtant, je me sens bien. Si la solitude peut être une bonne chose, c'est sans doute dans ce genre de circonstances. Ici, Kiko est en paix avec le monde. Ici, Kiko n'est pas en guerre contre sa mère. Ici, Kiko est simplement Kiko.

Je crois que je suis amoureuse de l'océan. C'est un amour légitime. Si je ressentais la même chose pour un autre élément de la nature, j'aurais l'impression d'être infidèle.

La voix de Jamie perce à travers mes pensées. Elle provient du grand espace ouvert derrière moi. Quand je me retourne, je le vois en train de discuter avec Rei. Ils sourient tous les deux, parlent avec leurs mains et discutent comme s'ils se connaissaient depuis des mois. Ça a l'air facile. Pour Jamie, interagir avec les autres est naturel. Il comprend les règles du jeu.

— Tu surfes ?

Hiroshi sort sur la terrasse. Ses pieds sont nus et il porte des vêtements gris et amples.

— Non. Je ne sais pas nager.

— On ne vous apprend pas ça à l'école ?

Je secoue la tête.

— Ils nous apprennent à jouer au foot et à d'autres sports, mais pas à nager.

Et Dieu merci. Porter un maillot devant tout le monde m'aurait sans doute tuée. Quand Hiroshi fronce les sourcils, ses yeux disparaissent complètement.

— C'est terrible ! Tout le monde devrait savoir nager. (Il vient se placer à côté de moi et pianote sur la rambarde.) Akane est une très bonne nageuse. Elle peut t'apprendre.

Je jette un coup d'œil à sa fille cadette qui se tient à côté de Rei et Jamie. Elle est mince et mignonne et ses cheveux noirs sont lisses et brillants. Si je vais nager avec elle, je ressemblerai à un béluga à côté d'une sirène.

— Ce n'est pas la peine. Je n'aime pas vraiment l'eau, je réponds.

Hiroshi tend son index devant lui, comme s'il s'en servait pour faire le point sur moi.

— Tu ne sais pas mentir, Kiko. Tu adores l'eau. Pourquoi essaies-tu de te cacher ?

Je ne suis pas préparée à répondre à une telle question.

— Mon père n'a jamais voulu que je peigne. En fait, je devais obtenir son approbation pour tout ce que je voulais faire. Parce que, tu vois, pour mon père, le but de ma vie n'était pas de suivre mes rêves. C'était de le rendre heureux. Il avait des idées très arrêtées sur ce que je devais faire pour y parvenir. Car si je ne le rendais pas heureux, à quoi bon avoir des enfants ?

» J'ai perdu beaucoup de temps à essayer d'être le fils dont il rêvait. Je pensais que le décevoir revenait à rater ma vie. Dès qu'il était malheureux, je croyais que c'était ma faute. S'il était en colère contre moi, je m'en voulais. Il trouvait toujours un moyen de me faire comprendre que je l'avais déçu. (Hiroshi se redresse.) Lors de ses funérailles, j'ai entendu quelqu'un l'appeler « l'étoile de mer ». J'ai demandé à cette personne pourquoi elle lui avait donné ce surnom. Elle m'a répondu que mon père avait toujours voulu être au centre de l'attention. Comme les bras d'une étoile de mer qui pointent tous vers l'intérieur. Il croyait qu'il était le centre du monde. (Hiroshi rit.) Pendant tout ce temps, j'ai cru que j'étais le seul à le penser. J'ai cru que personne ne le voyait tel qu'il était vraiment. Je croyais que le problème venait de moi, mais certaines personnes sont des étoiles de mer. Elles ont besoin d'assigner des rôles aux gens qui les entourent. Elles ont besoin que les autres soient à leurs pieds et passent leur temps à les critiquer et à se moquer de ce qu'ils ressentent. En réalité, tu ne peux pas passer ta vie à essayer de rendre une étoile de mer heureuse parce que, quoi que tu fasses, ce ne sera jamais suffisant. Elle trouvera toujours un moyen de redevenir le centre de l'attention. Il n'y a que de cette façon qu'elle se sent exister.

Tout à coup, je me sens vide.

Un éclair de lucidité me frappe. Les images de ma mère que je collectionne depuis ma naissance se transforment. Pour la première fois de ma vie, je la vois telle qu'elle est réellement.

La mère que j'ai toujours désirée n'est pas réelle ; c'est un rêve. Et les rêves ne deviennent pas tous réalité. Parfois, l'étoile filante à laquelle on exprime un vœu n'est qu'un astéroïde qui s'écrase sur une planète et extermine les dinosaures. Maman n'est pas une étoile filante. Elle est une étoile de mer. L'espace d'un instant, c'est comme si je n'avais plus de mère du tout.

Hiroshi s'écarte de la rambarde et pose une main sur mon épaule.

— Ne passe pas ta vie à essayer de faire plaisir à l'étoile de mer, surtout quand elle sacrifie ton bonheur au sien. Ce n'est pas de l'amour. C'est du narcissisme. L'océan est immense, Kiko. Nage.

Quand il rentre à l'intérieur, il me faut un moment pour reprendre mes esprits. Au bout de quelques minutes, je me retourne. Jamie me regarde avec ce sourire empli de tendresse qu'il me réserve depuis notre toute première rencontre.

*Je dessine un tout petit poisson qui nage dans la mer et se rend compte qu'elle est remplie de planètes et d'étoiles.*

## CHAPITRE 43

Quand Maman m'apprend qu'elle a mis Oncle Max à la porte, je crois d'abord qu'elle se moque de moi.

— Je ne plaisante pas, Kiko. Je suis furieuse.

Elle parle très vite, comme si elle s'apprêtait à exploser.

— Mais… pourquoi ?

Est-ce un stratagème pour me faire rentrer ?

— Il m'a volé de l'argent, crache-t-elle dans le téléphone.

J'entends presque les postillons éclabousser sur le combiné. J'essaie de ne pas laisser ma respiration s'emballer, mais c'est difficile.

— Tu l'as pris en flagrant délit ?

— Je me rendais compte que de l'argent disparaissait de mon sac depuis des semaines, et au départ, j'ai cru que j'avais oublié que je l'avais dépensé. Mais quand je suis entrée dans la chambre de Max, j'ai trouvé tous ces trucs : des habits neufs, une montre, des *tonnes* de cigarettes. Il ne travaille pas. Il n'y a pas trente-six endroits où il aurait pu se procurer cet argent. Je n'arrive pas à croire que mon propre frère ait pu me faire une chose pareille. Moi qui me mets en quatre pour lui ! Ça me blesse.

Je m'allonge sur le lit, une main sur ma poitrine. J'aurais préféré qu'elle me croie dès le début, mais c'est mieux que rien. Au moins, il est parti de la maison.

— Tu ne trouves pas que c'est affreux ?

Elle cherche à ce que je la plaigne, à ce que je confirme qu'on a abusé d'elle.

— Oui, ça craint. (Je m'interromps.) Il est parti pour de bon ?

— Évidemment. Je ne lui pardonnerai jamais de m'avoir utilisée de cette façon. Je me moque même de lui reparler un jour.

Curieusement, elle rit. Énervée, je me redresse. Des vêtements et des cigarettes. Voilà ce qui a fait déborder le vase et brisé la relation entre Maman et Oncle Max. Pas ce qui s'est passé quand j'étais enfant, ni ce qui s'est passé il y a plusieurs semaines. Maman attend ma réaction. Elle sait forcément ce qui me tracasse. Elle doit se douter à quel point je suis révoltée.

— Bon, reprend-elle. Tu rentres à la maison, maintenant ? Tu n'auras plus à t'inquiéter que tes affaires disparaissent.

— Les choses se passent plutôt bien ici, je lui réponds en toute franchise. Je me dis que ce serait bien pour moi de rester. Je serai peut-être acceptée à Brightwood.

— Il faut toujours que tu en fasses des tonnes. Je ne comprends pas pourquoi tu ne rentres pas.

— Je ne comptais pas rester à la maison pour toujours, de toute façon, je lui fais remarquer.

— Peut-être, mais Taro et Shoji ne m'aident pas du tout. Ils ne cuisinent pas et ils ne font pas non plus le ménage. Je dois tout faire moi-même. Ce n'est pas facile, tu sais, d'avoir l'impression de se laisser marcher sur les pieds par tout le monde. J'aimerais que tu sois là. J'ai besoin de quelqu'un à qui parler.

Oh ! Y avait-il un compliment dissimulé dans son discours ?

— Tu es en train de me dire que ma cuisine te manque ? je demande.

*Ou que je te manque tout court ?*

— Je veux dire que c'est toujours agréable d'avoir quelqu'un qui te fait à manger, dit-elle. (Je compte dans ma tête en silence jusqu'à cinq.) Tu peux m'envoyer des photos de tes dessins, tu sais. Ça m'intéresse.

— Je t'en ai déjà envoyé, rappelle-toi.

J'ai la sensation que des insectes avancent sur ma peau. Je n'arrête pas d'essayer de les faire tomber. C'est comme s'ils essayaient de me manger vivante.

— J'étais occupée, insiste-t-elle. J'avais beaucoup de choses en tête avec cette histoire d'argent. Promis, la prochaine fois, je les regarde.

J'ai envie de la mettre au défi, de suggérer qu'elle bluffe ou de lui dire, tout simplement, qu'elle ne s'est jamais intéressée à moi de toute ma vie. Mais je n'en fais rien.

Parce que je suis une fille en manque d'amour maternel et que je considère que cette conversation est un grand pas en avant.

J'envoie des photos de mes derniers dessins à ma mère dès qu'on raccroche. Je ne peux pas m'en empêcher. Je suis pleine d'espoir à l'idée que ma mère puisse penser que j'ai fait quelque chose de bien.

Cinq heures passent. Je peins avec Hiroshi. Je bois un café avec Jamie. Je dessine sur le balcon de ses parents. Maman ne me répond pas.

Jamie pose deux verres d'eau sur la table basse et s'assoit sur la chaise à côté de la mienne.

— Qu'est-ce que tu dessines ?

Il porte un short et un tee-shirt blanc à col en V. À présent, ses cheveux bruns lui arrivent aux oreilles, mais il les a coiffés en arrière pour ne pas qu'ils tombent devant ses yeux. Il me fait penser à James Dean.

— Je m'entraîne à créer des visages différents, je réponds en refermant mon carnet pour cacher mes esquisses inachevées. Tu as pris des photos à la plage, aujourd'hui ?

Il sourit.

— Oui. Le temps était parfait. Un peu nuageux, mais suffisamment ensoleillé pour que les gens soient de sortie.

— Pardon de passer autant de temps chez Hiroshi, lui dis-je. J'espère que tu ne m'en veux pas. Je dors chez toi, mais je ne suis pas souvent ici. C'est juste que j'aimerais terminer ce tableau. Je ne pense pas qu'une telle opportunité se représentera dans ma vie.

— Tu n'as pas à t'excuser. Si j'étais à ta place, je ferais la même chose.

Il pose la tête contre le dossier de la chaise longue. J'attrape un verre d'eau et dessine des lignes avec les gouttes de condensation.

Jamie a les yeux rivés sur ses genoux.

— Tu veux sortir ce soir ?

Le verre froid me glace la main.

— Où ?

— À une soirée. Rei nous a invités.

Je ne savais pas que Rei et lui étaient restés en contact.

— Quand ?

— Tout à l'heure. Elle m'a envoyé un message.

Ils ont échangé leurs numéros ? Ai-je raté quelque chose ? Est-ce qu'ils ont envie de sortir ensemble ? Mon cœur se serre.

Il tape sur l'accoudoir avec un doigt.

— Je sais que tu n'aimes pas ce genre de soirées. Ce n'est pas grave si tu ne veux pas y aller.

Est-ce que ça veut dire qu'il préfère y aller seul ? Pour voir Rei ? Est-ce qu'il aimerait que je reste ici ? Est-ce que Rei lui plaît ? Comment ai-je pu rater ça ?

— Oh. OK. Je peux rester ici et travailler sur mes esquisses. Ça ne me dérange pas.

Un éclair de tristesse apparaît dans ses yeux, mais on dirait qu'il s'y attendait.

Je serre le verre d'eau entre mes mains et imagine le froid se répandre jusqu'à mon visage en feu. Jamie sort son portable pour taper un message.

Les yeux rivés sur l'eau, je demande :

— Tu pars à quelle heure ?

Il baisse son téléphone et fronce les soucils.

— Je ne pars pas.

— Mais je croyais…

— Je n'irai pas à cette soirée sans toi.

— Pourquoi ?

— Parce que je veux passer du temps avec toi. Tu n'as pas encore compris que je… (Il s'interrompt et secoue la tête.) Peu importe. On peut regarder un film ou un truc dans le genre.

Il hausse les épaules comme si ça n'avait pas la moindre importance, mais je peux sentir sa frustration. Ça me fait culpabiliser.

Alors, je prends une décision. Je vais faire quelque chose pour Jamie. Pour une fois, c'est moi qui vais faire une concession pour lui.

— Non, allons-y. Tout ira bien.

Il cligne des yeux.

— Tu es sûre ?

— Certaine.

Les sensations d'insecte sur ma peau réapparaissent. Je suis tellement nerveuse que j'ai l'impression que je vais m'évanouir.

Mais pour Jamie, je choisis de les ignorer.

L'appartement de Rei est au deuxième étage. Le salon ressemble à un studio de danse, avec un grand espace ouvert, un mur en briques brutes et un plafonnier en métal. La cuisine est dissimulée derrière plusieurs comptoirs et bars sur la droite et un canapé en L fait face à un grand écran de télévision sur la gauche. Un tableau d'Hiroshi, des écureuils qui prennent le thé, est accroché entre les deux fenêtres du fond.

Rei nous fait signe d'entrer. Elle porte une robe blanche et ses cheveux sont nattés en une longue tresse.

— Waouh ! souffle Jamie en observant la pièce. C'est canon.

Elle hoche la tête avant de grimacer.

— Merci. Mes parents ont acheté cet appartement pour le louer, mais j'ai le droit à une chambre lorsque je rentre leur rendre visite. (Elle rit.) Je suis à peu près sûre que c'est la dernière carte de mon père pour m'inciter à rester en Californie.

J'essaie d'éviter la foule, mais Rei nous pousse en avant.

— Venez, je vais vous présenter à tout le monde. Voici ma coloc à temps partiel, Aubrey. Et puis Troy, Liam, Monica…

Elle énumére le nom de toutes les personnes présentes dans la pièce. Je perds pied dès le début, bien trop occupée à éviter leurs regards.

Jamie sourit et serre la main à tout le monde. Cela paraît si naturel que je me sens encore plus mal.

— Alors, c'est toi qui peins avec le père de Rei ? Bon sang, tu es la fille la plus chanceuse de l'univers ! s'exclame un garçon trapu aux cheveux roux.

L'admiration se lit sur son visage.

CE QUE JE VEUX DIRE :

*Oui, c'est incroyable. Je n'arrive pas à croire qu'il prenne du temps sur sa journée de travail pour m'aider. J'apprends tellement ! C'est la meilleure chose qui me soit jamais arrivée.*

CE QUE JE DIS :

Un chapelet de syllabes incohérentes, un vrai charabia !

— Pardon ? demande le garçon.

Jamie baisse les yeux. Il se reprend si vite qu'il espère sans doute que je ne m'en suis pas rendu compte. Il a honte pour moi. Ou de moi. Quelle différence, au fond ? Tous les autres me dévisagent et attendent que j'ouvre la bouche. Moi, j'aimerais que quelqu'un prenne la parole, parle de tout autre chose que de moi.

— Tu es un artiste, toi aussi ? demande Jamie au roux.

— Oui. (Ses épaules se détendent.) Je fais de l'illustration.

Il parle à Jamie de ses cours et du boulot de ses rêves. Mon esprit est trop embrumé pour que j'y accorde la moindre attention. J'ai la sensation que Jamie vient de me sauver la vie.

La conversation passe de l'école aux amis qu'ils ont en commun, puis à des plaisanteries que je ne comprends pas. Le soulagement m'envahit. Je peux de nouveau respirer.

Rei demande si on veut boire quelque chose. Je refuse. Jamie, lui, accepte un soda. Et tout à coup, on se retrouve de nouveau seuls tous les deux.

— Ça va ? me demande-t-il avec une inquiétude sincère. (Je hoche la tête.) Tu peux décroiser les bras, tu sais ?

Je laisse tomber mes bras le long de mon corps. Je préférerais qu'il ne me fasse pas remarquer ce genre de choses, qu'il ignore ma maladresse comme le faisait Emery. En parler me rend encore plus mal à l'aise.

Il baisse la tête.

— Tu n'as pas l'air de vouloir être ici.

Les muscles de mon dos se crispent. Je me mets aussitôt sur la défensive.

— Je fais de mon mieux. Tu t'en rends compte, j'espère ? Ce n'est pas facile pour moi.

— Je préférerais que tu n'aies pas l'air aussi mal à l'aise, c'est tout.

— J'ai l'impression de te gâcher la soirée.

— Tu veux bien éviter de te prendre la tête pour rien ?

— Tu veux bien être un peu plus patient avec quelque chose que je ne contrôle pas ?

Des étincelles crépitent entre nous. Nos corps sont raides, nos paroles bien trop tranchantes. Je ne sais pas quand les tensions ont commencé à apparaître. Il y a plusieurs jours sans doute. Mais ce soir, elles ont atteint leur apogée. On se regarde dans les yeux comme si on était sur le point de se déclarer la guerre, puis, au même moment, on se rend compte que ni lui ni moi ne voulons nous battre.

— On fait la paix ? demande Jamie en haussant un sourcil.

— On fait la paix.

— Regarde autour de toi, dit-il en posant une main dans mon dos. (Ma peau me chatouille tandis qu'il me place devant lui.) Tu crois vraiment que ça gêne quelqu'un que tu ne parles pas ?

Je regarde. Tout le monde sourit, discute ou boit. Personne ne fait attention à moi.

— Je suppose que non, je réponds d'une petite voix.

Jamie se place face à moi.

— Ne pense pas aux autres. Contente-toi de te détendre. Imagine qu'il n'y a que toi et moi dans la pièce.

Sa main trouve la mienne. Je ne sais pas pourquoi je me suis inquiétée au sujet de Rei et lui. Ce n'est pas la main de Rei qu'il tient. C'est la mienne.

On passe le reste de la soirée dans notre propre monde. Quelques personnes y pénètrent pour nous parler, mais elles n'y restent pas longtemps. Nous en sommes les créateurs. Nous établissons les règles. Nous sommes une équipe. Pour être franche, je ne sais pas ce que je ferais sans Jamie. J'ai besoin de lui.

Et même si je l'aime beaucoup, même si je l'aime tout court, le fait d'avoir besoin de lui me terrifie. Car avoir besoin de lui signifie que le jour où je le perdrai, je souffrirai encore plus.

*Je dessine une fille qui tombe amoureuse d'un bonhomme de neige au début du printemps.*

# CHAPITRE 44

Quand Hiroshi reçoit un appel au sujet de l'une de ses toiles, je m'efface pour lui laisser son intimité et m'installe au fond du café. Akane me voit et m'apporte un latte à la vanille sans que je lui aie demandé quoi que ce soit.

— Cadeau de la maison, me dit-elle en se laissant tomber sur la chaise en face de moi. Alors, mon père ne te soûle pas trop ? (Elle sourit.) Il peut vite partir dans ses délires quand il parle d'art.

— Pas du tout, je réponds. Il est génial. Je n'arrive pas à croire qu'il m'autorise à passer du temps avec lui.

Elle rit.

— Crois-moi, c'est à lui que tu fais une fleur. Tu es un peu la fille qu'il a toujours voulue avoir.

Gênée, je détourne les yeux. Elle ne semble pas s'en apercevoir.

— Ça lui fait du bien d'être entouré. Je ne sais pas comment il va réagir lorsque Rei et moi serons reparties à la fac.

Elle joue avec le bout de ses cheveux comme si elle cherchait des fourches. Elle est à l'aise avec moi et même si je ne la connais pas depuis longtemps, le sentiment est réciproque.

Avec elle, je n'ai pas l'impression d'être différente. Quand je la regarde, je ne vois pas quelqu'un qui vit dans un monde diamètralement opposé. Je vois quelqu'un qui vit dans mon monde. Notre monde. Est-ce pour cette raison que Maman et moi ne nous comprenons pas ? Parce qu'on ne se ressemble pas ?

— Tu as des frères et sœurs ? me demande Akane.

Sa voix me fait sortir de mes pensées.

— Deux frères, je réponds. Et deux demi-sœurs, mais elles n'ont que quelques mois.

Elle hoche la tête très lentement, elle tient ce geste d'Hiroshi.

— Vous êtes proches ?

— Oui. (Je marque une pause.) Enfin, non. (Je m'interromps encore une fois.) On l'était, avant. Quand on était petits. Je crois. Pour être franche, je n'en suis plus très sûre.

Est-ce possible d'être proches, mais d'avoir quand même l'impression d'être des inconnus les uns pour les autres ?

— Ça m'a l'air compliqué.

Je hausse les épaules. En y réfléchissant, mes frères me connaissent mieux que quiconque. Mieux encore qu'Emery et Jamie.

Pourtant, je ne suis pas certaine que partager des émotions et des expériences signifie que l'on est proches. Être proches demande des efforts.

Akane repousse les cheveux qui sont tombés devant ses yeux. Je remarque un petit tatouage sur son poignet. Quand elle voit que je l'observe, elle secoue la main.

— Non, ce n'est pas un vrai. Maman m'aurait tuée. C'est un dessin à l'encre.

— Qu'est-ce que ça représente ?

Elle tend son bras vers moi.

— La déesse du Soleil. Amaterasu. Mon père me l'a dessinée sur une serviette il y a des années. Il y a toute une histoire où elle se cache dans une grotte et fait tomber l'obscurité sur le monde. C'est une métaphore de la dépression, je suppose.

Surprise, j'écarquille les yeux.

— Pardon, lui dis-je, incapable de déterminer si nous venons d'aborder un sujet dont elle ne voulait pas parler.

Elle secoue la tête et retire sa main.

— Ce n'est pas grave. Je n'en ai pas honte. Si tu étais diabétique, tu n'en aurais pas honte, si ? Pareil si tu avais un problème cardiaque.

Elle sourit, puis hausse les épaules comme pour appuyer son propos.

J'aimerais pouvoir voir les choses comme elle, penser que ce n'est pas grave d'être bizarre, nerveuse, anxieuse ou triste. J'aimerais être capable de dire aux autres ce qui me met mal à l'aise puis hausser les épaules comme si de rien n'était.

Akane est plus courageuse que moi. Sans doute parce qu'elle a Hiroshi. Et Mayumi. Et Rei. C'est peut-être l'ingrédient secret qui me manque. *Une vraie famille.* L'amour. La tolérance. La confiance en soi. La capacité de voir la beauté en soi et dans ses expériences.

— Comment la déesse du Soleil s'en est sortie ? je demande.

Akane fait glisser un doigt sur son faux tatouage.

— En fait, on l'a piégée pour qu'elle sorte de la grotte. Quand elle a vu son reflet, sa propre beauté l'a bouleversée. Et alors, elle a retrouvé sa joie de vivre. (Elle rit.) Moi, j'aime penser que ce n'est pas sa beauté extérieure qu'elle a vue, mais sa force intérieure. Elle avait peut-être besoin d'un peu d'aide, mais le véritable pouvoir était en elle depuis le début, tu vois ?

Je hoche la tête.

— C'est très beau.

— Oui, souffle-t-elle, pensive. Mon père est plutôt cool. Même quand il part dans ses délires.

La porte s'ouvre et un client s'approche du comptoir.

Akane se lève et tape sur la table.

— Je dois aller travailler. Si tu as besoin de quoi que ce soit, appelle-moi, d'accord ?

Je n'ai besoin de rien d'autre. J'ai déjà l'impression qu'on m'a donné le monde. Prism a disparu de ma vie, mais Hiroshi a pris sa place. Lui et sa famille. Ainsi que son art.

Et pour le moment, ça me paraît bien plus important que n'importe quelle école.

*Je dessine une fille qui brise le soleil en mille morceaux.*

# CHAPITRE 45

Jamie crée une playlist avec des chansons de Billie Holiday et du Velvet Underground. L'une de mes chanteuses préférées et l'un de ses groupes préférés. Il est assis à son bureau et retouche les dernières photos qu'il a prises. Moi, je suis installée sur le lit, en train de dessiner différents types de robes.

Si quelqu'un m'avait dit plusieurs mois plus tôt que je serais assise sur le lit de Jamie Merrick à écouter avec lui nos chansons préférées, j'aurais ri aux éclats.

Jamie sourit et une fossette creuse sa joue droite.

— Qu'est-ce que tu en penses ?

En me tournant vers l'écran de son ordinateur, j'aperçois une photo de moi. Il l'a prise tout à l'heure quand on était à la plage. Je suis au bord de l'eau et j'attends que les vagues viennent me caresser les pieds. J'aime cette sensation.

Jamie est clairement surpris que je ne grimace pas. Pour être honnête, ça m'étonne moi-même.

— Je l'aime bien, je réponds franchement.

Je ne regarde pas l'objectif mais un point derrière moi. Je suis sans doute en train de chercher Jamie car il est tellement silencieux quand il prend des photos que parfois, j'ai l'impression qu'il a disparu. J'ai l'air détendue. Et c'est une bonne chose.

Il hoche plusieurs fois la tête, puis son sourire s'élargit.

— À ton tour.

Je tourne mon carnet vers lui. Cette fois, je grimace.

— Je suis en train de chercher ce que la femme de mon tableau va porter.

— Ce sont des tentacules ? demande-t-il en haussant un sourcil.

Je referme mon carnet en riant trop fort.

— C'est stupide. Oublie.

— Mais non ! insiste-t-il. C'est une créature marine ?

Je hausse les épaules. Je ne sais pas comment lui dire qu'elle est une étoile de mer humaine sans *tout* lui raconter. Je ne sais pas comment avoir cette conversation sans me mettre à nu.

— Ce ne sont que des esquisses. Je n'ai pas encore décidé ce que j'allais faire.

Jamie reporte son attention sur l'écran de son ordinateur. Il tape le bord du clavier en rythme avec la musique. Au bout de quelques minutes, il se retourne vers moi, ses yeux bleus chargés d'inquiétude.

— La femme de ton tableau, c'est ta mère ?

Il me faut quelques instants avant de répondre. Quand je prends la parole, ma voix ne tremble pas.

— Non. Ce tableau représente ce qu'elle me fait ressentir. Le sujet, ce n'est pas ma mère. C'est moi.

Quelque chose dans la façon dont ses sourcils sont froncés me dit qu'il a envie de me poser d'autres questions, mais il n'en fait rien. Au contraire, il sombre dans le silence.

Quand je montre mes idées de vêtements pour ma toile à Hiroshi, il n'arrête pas de sourire.

— C'est merveilleux ! Les détails sont incroyables et visuellement c'est très intéressant. (Il s'interrompt avant de me regarder dans les yeux.) Kiko, tu as déjà pensé à étudier le dessin, plutôt que la peinture ?

Ma gorge se noue. Je ne suis pas assez douée pour faire de la peinture, c'est ça ? Maman a sans doute raison. Je…

Hiroshi interrompt mes pensées.

— Je te pose simplement la question parce que tu as un style incroyable et que tes dessins sont beaucoup plus solides que tes toiles. Ce carnet est un portfolio crédible en lui-même. Tu as déjà pensé à l'envoyer à Prism ?

Je déglutis. J'ai l'impression d'avoir un énorme morceau de carton logé dans la gorge.

— Ce ne sont que des gribouillages. La majorité n'est même pas terminée.

— On ne termine pas une œuvre d'art en mettant de la couleur d'un coin de la page à un autre. Une œuvre d'art est complète lorsqu'on a dit ce que l'on voulait dire. (Il secoue le carnet qu'il tient à la main.) Et là-dedans, tu as des histoires très intéressantes à partager.

Je récupère mon carnet. Même s'il cherchait à me complimenter, je me sens blessée. La peinture, c'est ma vie. C'est ce que j'ai envie de faire. Je dessine pour peindre. C'est dans l'ordre des choses.

Non ?

Hiroshi hausse les épaules.

— Tu devrais peut-être y réfléchir.

Il retourne à son bureau tandis que je me rapproche du chevalet que je lui emprunte.

J'y réfléchis. En fait, je n'arrête pas d'y penser, même après avoir terminé de peindre la robe de la femme en orange, pourpre et jaune d'or. Je peins parce que c'est l'étape suivante obligatoire. Si elle n'était pas obligatoire, qu'est-ce que cela signifierait ? Pour moi, le dessin est une ossature, c'est un état brut. Mes esquisses sont des bribes de mon âme. Elles ne sont pas terminées. Il faut les colorer, les décorer, les rendre plus belles qu'elles ne le sont en réalité.

Sans vert émeraude, magenta ou lilas, il y a juste Kiko. En noir et blanc. Nue. Floue.

Je ne suis pas assez sûre de moi pour laisser parler mes dessins à ma place. J'ai besoin que mes peintures disent autre chose. C'est peut-être le problème. C'est peut-être ce qu'Hiroshi essaie de me faire comprendre. Mes tableaux ne sont pas assez honnêtes.

Avec une grimace, je ferme les yeux et tente d'imaginer comment cette femme étoile de mer sera une fois terminée. Elle sera belle, lumineuse et attirera l'attention sur elle. Mais ce n'est pas son histoire.

La petite fille qui se tient derrière elle, dissimulée par sa splendeur éclatante, apparaît dans mon esprit. Elle est grise et sans fioritures, mais elle est très jolie, à sa façon, elle aussi. La femme ne la verra jamais car elle est bien trop occupée à être belle.

Le sujet de cette œuvre n'est pas l'étoile de mer. C'est la fille qui veut s'aventurer dans l'océan, loin d'elle, pour avoir enfin l'impression de compter pour quelqu'un.

Parce que la fille ne comptera jamais pour l'étoile de mer.

Dans le tableau fini que je visualise dans mon esprit, la fille le comprend enfin.

C'est l'histoire que je veux raconter en toute honnêteté.

Ce sera la toile la plus sincère que j'aurai jamais peinte. Et après…

Je pourrai nager dans l'océan.

*Je peins une couronne d'étoiles de mer et de cheveux blonds entremêlés, car le corps et l'esprit ne font qu'un.*

# CHAPITRE 46

Mon portable sonne au beau milieu de la nuit. Il me faut un certain temps pour me réveiller et quand mes doigts l'attrapent enfin, j'appuie sur le bouton « décrocher » sans regarder qui m'appelle.

— Allô ?

Je parle à voie basse car je ne veux pas réveiller les parents de Jamie.

— Salut, fait une voix timide.

— Shoji ?

Je me redresse. La couverture tombe sur mes hanches.

— Ouais, dit-il. Euh, je voulais savoir quand tu comptais rentrer à la maison.

Je marque une pause. Maman lui a-t-elle demandé de m'appeler ? Pense-t-elle pouvoir m'avoir à travers mon frère ? Je me frotte un œil d'un doigt pour tenter de me réveiller tout à fait.

— Euh, pour être franche, je n'en sais rien.

Le silence dure longtemps.

— Tu vas revenir ?

— Sans doute. Peut-être. Enfin, je n'en ai pas spécialement envie.

Une autre longue pause.

— OK.

Je fronce les sourcils. Ma vision s'adapte à l'obscurité de la pièce.

— Ça va ? Tout… va bien ?

Mes pensées se tournent aussitôt vers Oncle Max.

Il s'éclaircit la voix.

— Ouais. Maman est encore pire que d'habitude, c'est tout. (Il se force à rire.) C'est plus facile quand tu es là. Elle me voit beaucoup plus quand tu n'es pas à la maison.

C'est à mon tour d'hésiter à répondre. Je n'ai pas pensé à la façon dont Maman agirait après mon départ. Ai-je laissé Shoji devenir sa victime à ma place ? Taro ne se laisse pas faire. Je suis partie, Oncle Max et Papa aussi. Du coup, Shoji est la seule cible possible.

— Bon, j'y vais. Salut.

Il raccroche avant que j'aie eu le temps de dire quoi que ce soit.

Je reste assise dans l'obscurité un long moment. Les nuages passent devant la lune, qui projette des ombres dans la chambre. Je me demande si, en réalité, Maman ne me hait pas. Peut-être qu'elle ne sait simplement pas agir différemment.

Je décide d'appeler à la maison après avoir terminé de peindre à l'atelier. Je ne compte pas dire que Shoji m'a contactée, mais j'aimerais m'assurer que tout va bien.

J'appelle d'abord Taro. Il a l'air surpris de m'entendre, ce qui est une bonne nouvelle. S'il y a un problème avec Shoji, il n'est sans doute pas au courant.

— Pourquoi tu m'appelles ? demande-t-il avec un rire gêné.

— Je voulais savoir comment ça allait à la maison, je lui réponds avec prudence.

Il grogne.

— Alors comme ça, tu sors avec Jamie, maintenant ? Maman dit que vous habitez ensemble.

— Maman exagère toujours, dis-je. Ses parents m'hébergent pendant que je visite des écoles ici. (Je m'interromps.) Tu as parlé à Shoji, ces derniers temps ? Comment il va ?

— Il joue à l'étudiant étranger qui habite chez nous, comme d'habitude. (Le rire de Taro se fait plus fort.) Tu sais qu'il parle japonais, maintenant ?

— Je m'en doutais. Il lit des mangas en version originale.

— Oui, mais il le parle carrément, en fait. Même Papa n'en est pas capable. C'est bizarre, non ?

Je hausse les sourcils malgré moi.

— Je trouve ça génial. J'aimerais savoir parler japonais.

— Ouais, peut-être, dit-il, moqueur. Je suis sûr qu'il l'a seulement appris pour pouvoir insulter Maman sans qu'elle s'en rende compte.

Je me crispe.

— Qu'est-ce qui te fait dire ça ?

— Chaque fois qu'elle lui parle, il marmonne un truc dans une langue différente. Qu'est-ce qu'il pourrait dire d'autre ?

— Je parie que ça l'énerve.

— Ça la rend furieuse, admet-il. Il n'y a rien qui pourrait l'agacer davantage que de ne pas savoir ce que l'on dit sur elle. (Il se tait un instant.) Quand est-ce que tu rentres ? Est-ce que tu rentres, tout court ?

— Je ne sais pas, je réponds. Je suis encore en train de réfléchir.

S'ensuit un long silence gêné.

— En tout cas, j'espère que tu t'amuses bien. Je me rappelle quand j'ai déménagé pour la première fois. C'était cool.

— Oui. C'est génial, lui dis-je. Et toi ? Tu vas bien ?

— Je vais toujours bien. C'est toi qui l'autorises à te blesser. Tu perds ton temps à vouloir qu'elle comprenne ce que tu ressens. C'est bien plus facile de se détacher de tout ça. (Il prend une grande inspiration, puis soupire comme si cette conversation l'ennuyait.) De toute façon, moi, je peux partir quand je veux.

Un autre silence.

— Bon, je vais te laisser.

— D'accord. On se rappelle... (Taro rit dans le combiné.) Un jour ?

— Oui, d'accord, dis-je même si on sait tous les deux que ce jour sera sans doute lointain.

Notre relation est ainsi faite. Nos échanges sont courts et rares.

Après avoir raccroché, j'appelle Maman car je ne suis toujours pas convaincue que Shoji va bien.

Maman me parle de son blog, de son travail et d'une nouvelle émission qu'elle regarde.

— Comment vont Taro et Shoji ? je lui demande en essayant de paraître nonchalante.

Elle grogne.

— Ils sont toujours incapables de cuisiner ou de nettoyer les toilettes. Tu sais, parfois, j'ai juste envie de vendre la maison, de me trouver un deux-pièces et de leur dire d'aller habiter chez leur père. Ça lui ferait les pieds.

Ma poitrine se serre. Je n'ai pas envie de me disputer avec elle. Je veux seulement lui parler de mon frère. Parce qu'il a entrouvert une porte hier soir, derrière laquelle il veut sans doute que je regarde. Mais je ne sais pas comment faire sans passer par l'intermédiaire de Taro ou de Maman. Même si Shoji m'a téléphoné, il porte toujours son armure.

Je réfléchis à une question innocente, quelque chose qui ne déclenchera pas la sonnette d'alarme dans l'esprit de ma mère.

— Shoji continue le taekwondo ?

Maman ne me répond pas.

— Votre père a eu la belle vie. J'aimerais que vous vous en rendiez compte.

Je sens mon cœur s'emballer.

— Je ne veux pas parler de Papa avec toi.

Je veux parler de *Shoji*.

— Évidemment, tu prends toujours sa défense.

La frustration qui bout en moi me met en vrac. Peut-être que c'est la raison pour laquelle Shoji m'a appelée. Parce que sa frustration bout aussi.

— Alors, tu n'as qu'à prendre un appartement ! je rétorque.

— Pardon ?

— Rien, dis-je rapidement. C'est toi qui en as parlé en premier. Tu sais bien que Papa aimerait nous voir davantage.

— Pardon ?

Oh, mon Dieu ! Pourquoi est-ce que je me suis engagée sur ce terrain glissant ? *Tais-toi, Kiko.*

Maman soupire bruyamment dans le combiné.

— Je n'ai pas forcé ton père à se tenir éloigné. Il aurait pu venir vous voir quand il le voulait.

— Je crois qu'il pensait que ce serait plus facile si on allait le voir, nous. Pour éviter que vous vous disputiez, je lui fais remarquer.

— Alors, c'est ma faute ? Parce qu'il n'est pas capable d'avoir une conversation d'adulte avec sa femme ? grogne-t-elle.

— Ex-femme, je marmonne.

Elle continue de parler et à chaque mot qu'elle prononce, sa voix se fait de plus en plus forte.

— Il m'accuse sans cesse de l'avoir empêché de vous voir, mais il aurait pu faire un effort, lui aussi.

Le malaise grandit en moi. Parfois, je ressens le besoin incontrôlable de défendre mon père, car lui prend toujours mon parti. Je sais qu'il nous a abandonnés, et c'était lâche de sa part, mais il a toujours été plus présent dans ma vie que ma mère alors qu'on vit sous le même toit.

— Tu as obtenu notre garde exclusive, Maman. Tu t'es battue pour ça.

— Eh bien, je ne me serais pas battue si j'avais su qu'on me le reprocherait un jour !

— Calme-toi, Maman. Personne ne te le reproche.

Je me pince l'arête du nez et ferme les yeux. L'appeler était une erreur.

— Si je pouvais revenir en arrière, je ne l'aurais jamais épousé. J'étais trop jeune. J'aurais pu trouver mieux, dit-elle.

Je rouvre aussitôt les paupières. Qu'est-ce qu'elle insinue, au juste ?

— Les gens me regardent différemment, maintenant, tu sais ? Parce que je porte son nom de famille. Ils me traitent différemment. Ce n'est pas facile d'être jugée pour son nom.

CE QUE JE VEUX DIRE :

*Pas étonnant que tu n'aimes pas mon visage ! Tu n'es même pas capable d'aimer un nom !*

CE QUE JE DIS :

— Tu as un nom de jeune fille. Reprends-le.

— Tut tut, fait-elle dans le téléphone. Il est hors de question que je paie pour le changer. Et puis quoi ? Serena pourra dire qu'elle est la véritable Mme Himura, comme ça ? Hors de question.

Je lève les yeux au ciel. J'aimerais lui dire que Serena n'est pas aussi mesquine qu'elle, que Serena mérite d'être la seule Mme Himura car elle, au moins, ne lui trouve rien de dégradant, à ce nom.

Mais je me tais.

— Je dois y aller, Maman.

— D'accord. Au fait, tu as lu mon dernier article ?

Je serre les dents.

— Je ne lis pas ton blog.

— Il est très intéressant, tu sais ? Tous mes collègues me le disent. J'ai l'impression d'être une star.

Elle rit.

J'ai envie de lui dire que je lirai son blog quand elle regardera mes dessins, mais je me mords la langue. Je n'ai plus envie de me disputer avec elle. Je veux simplement couper court à cet appel.

— À plus tard.

— Salut. Je t'aime.

Les yeux rivés sur le miroir, je fais courir mes doigts sur mon visage rond et mon nez épais. Je me demande si ma mère pense sincèrement qu'elle aurait pu faire mieux que se marier avec mon père. Avec un Asiatique. Et si c'est le cas, pense-t-elle qu'elle aurait pu avoir mieux que moi ?

Ça fait mal. C'est douloureux de l'entendre confirmer mes peurs, de l'entendre dire que les gens ne me regardent pas comme ils la regardent, elle. Je ne supporte pas non plus qu'elle dénigre Papa et peut-être même Taro, Shoji et moi.

Quand je ferme les yeux, je pense à tous ces visages dans mon carnet. Ceux que j'ai dessinés depuis qu'Hiroshi m'a dit que la beauté n'était pas unique. Ils sont tous différents, spéciaux. Je ne les regarde pas comme ma mère regarde les photos dans mon album de promo. Parce que ce n'est pas juste. C'est cruel de dire qu'un type de visage est plus beau qu'un autre. Cela revient à dire que des origines sont meilleures que d'autres.

C'est moche de sa part. Moi, je préfère être moche à l'extérieur qu'à l'intérieur. Je secoue la tête. À cet instant, je décide que je me moque de ne pas être l'idée que quelqu'un se fait de la beauté. Je me moque de savoir que mon nom ne plaît pas ou que mon visage déçoit quelqu'un. Parce que cette attitude de rejet en dit plus long sur la personne que sur moi.

Quelle importance, ce que les autres pensent ? Quelle importance, ce que ma mère pense ? Il ne faut pas oublier qu'elle est tellement immature qu'elle garde un nom de famille qu'elle déteste dans le seul but d'entretenir une guerre imaginaire contre Serena.

J'adore mon nom de famille. Je commence même à aimer mon visage.

Et ça me suffit.

*Je dessine une fille qui extrait son reflet du miroir et le serre contre son cœur.*

# CHAPITRE 47

Jamie m'emmène à Chinatown car il n'arrive pas à croire que je n'y suis jamais allée. Je ne comprends pas pourquoi ça le surprend. Je n'ai jamais ressenti le besoin de me rendre dans un quartier asiatique, sans doute parce que ma mère ne m'en a jamais soufflé l'idée.

Un jour, elle m'a avoué qu'elle regrettait de ne pas nous avoir donné des prénoms plus « traditionnels » car elle en avait marre de toutes ces « japoniaiseries ». Comme si être asiatique était une mode.

Cela explique qu'elle ne me trouve pas jolie ou qu'elle détestait que Papa regarde des vieilles séries sur des samouraïs. Pour elle, on fait partie d'une passion qui s'est essoufflée.

Alors pourquoi m'aurait-elle parlé de Chinatown ? Elle aurait dû. Elle ou quelqu'un d'autre. Parce que c'est un endroit incroyable. Il y a tellement de rouge, de vert et de doré partout que j'ai l'impression d'être dans un autre pays. Les boutiques sont remplies d'objets que je vois pour la première fois, et chaque restaurant propose des plats dont je n'ai jamais entendu parler. Il y a une épicerie qui ne vend que des produits importés avec des étiquettes que je suis incapable de lire. Certains viennent de Corée du Sud, de Thaïlande et même du Japon. C'est une bulle de culture, en partie la mienne, coincée au milieu du monde dans lequel j'ai grandi. Le monde dans lequel je ne me suis jamais sentie chez moi.

Dans ce quartier, un détail me saute aux yeux avec plus de violence que les sculptures de lions en bronze ou le parfum puissant de nouilles et de sauce soja. À Chinatown, tout le monde ou presque me ressemble davantage que les élèves de mon lycée. J'ai l'impression d'être dans un rêve. C'est la première fois que je suis entourée d'autant de personnes asiatiques. Je me suis toujours sentie à l'écart, pourtant je ne m'étais pas rendu compte à quel point c'était pesant jusqu'à ce que je me retrouve ici. Ils ont les mêmes yeux bridés, les mêmes jambes fines que moi, et leurs cheveux sont aussi raides que les miens. J'en ai les larmes aux yeux. Ils sont magnifiques. Comme Rei. Leurs parents leur ont sans doute appris qu'ils ne pouvaient pas copier les célébrités et les mannequins caucasiens. Parce que leurs visages, leurs corps et la couleur de leurs peaux sont différents. C'est comme un tableau. On ne choisit pas n'importe quelle couleur. On choisit les couleurs qui conviennent au sujet.

Je n'arrive pas à croire qu'il m'ait fallu si longtemps pour apprendre une leçon qui aurait dû m'être enseignée durant l'enfance.

Ce n'est pas parce que je ne suis pas blanche que je ne suis pas belle et, inversement, ce n'est pas parce que je suis asiatique que je suis belle. La beauté n'est pas universelle.

Je ne suis pas en train de trouver des excuses aux racistes. C'est juste que je me sens moins seule. Moins étrange. J'ai surtout l'impression que Maman a tort.

Quand j'observe les gens à Chinatown, je ne ressens pas le besoin d'obtenir leur approbation. Je me sens simplement à ma place.

Je commence à comprendre pourquoi Shoji a accepté son côté japonais aussi tôt. Je crois qu'il a compris qu'il existait un autre monde, là dehors, dont Maman ne fait pas partie. Je pense qu'il savait qu'en s'intéressant à nos origines, il se créait un refuge loin d'elle.

Il y a tant de choses à faire et à voir. On passe devant un magasin où un homme vend des bonzaïs. Je goûte un bubble tea pour la première fois. Jamie le prend à la mangue et moi, à la noix de coco. Dans l'épicerie, on reste un long moment au rayon confiserie à regarder les différents parfums : Kit Kat au thé vert, bonbons durs au wasabi ou gélifiés à la seiche et soda au melon.

À l'extérieur d'une librairie, on tombe sur une artiste en train de dessiner. Ses cheveux noirs sont coiffés en deux petits chignons sur le haut de sa tête et elle porte une jupe longue avec un tee-shirt Sailor Moon. Elle dessine de la même façon qu'Hiroshi peint, avec une grande confiance en elle.

Sur une table, près d'elle, est posée une pile de livres intitulés *Manga Pop Art* par Tanya Fujisaki. Au-dessus est écrit : RENCONTREZ L'ARTISTE ET REPARTEZ AVEC UNE COPIE DÉDICACÉE.

Jamie s'approche de la table et en soulève un exemplaire. Il le feuillette distraitement.

— Hé, c'est plutôt cool !

Il tend le livre ouvert vers moi pour que je puisse le regarder. C'est une collection de dessins, de tableaux et de conseils pour dessiner des mangas. Ça me fait penser aux tatouages d'Emery, mais avec beaucoup plus de couleurs et de détails.

Je reporte mon attention sur Tanya Fujisaki. Elle est en train de parler japonais à un adolescent qui la regarde avec des étoiles dans les yeux.

En tournant les pages, je tombe amoureuse de ses dessins. Je ressens la même émotion que la première fois où j'ai regardé un dessin animé japonais. Je ne sais pas si c'est normal de ressentir un tel bonheur en voyant des personnages de manga, mais je ne peux pas m'en empêcher. Certaines personnes se sentent envahies par la joie quand elles voient des photos d'animaux ou de paysages. Moi, c'est l'art qui me fait cet effet-là.

Jamie me tend de nouveau son livre et me désigne une page du doigt. C'est le dessin d'une fille dont les cheveux noirs s'envolent vers les étoiles, alors qu'elle garde les mains le long du corps, tandis que le reste du monde est très loin derrière elle.

— C'est toi, dit-il comme si c'était une évidence.

Je continue de feuilleter l'ouvrage jusqu'à trouver le dessin d'une fille qui se goinfre de nourriture.

— Non, ça c'est moi, lui dis-je.

Il fronce les sourcils.

— Personne ne devrait avoir l'air si en colère en mangeant des donuts.

— Elle a les crocs, je rétorque. Elle a tellement faim, qu'elle est en colère.

— C'est n'importe quoi.

— Pas du tout

Jamie rit et repose le livre. Moi, je n'en ai pas envie, alors je me dirige vers la caisse.

— Les dédicaces commencent dans une heure, me dit le vendeur.

Pour passer le temps, avec Jamie, on continue de se balader dans Chinatown. Cela fait longtemps que je ne me suis pas autant amusée.

Dans un magasin qui s'appelle Paper Tokyo, on emprunte chacun une allée différente. Les étagères m'arrivent au menton. Quand on trouve un truc intéressant, on le montre à l'autre en le soulevant.

Je lève une boîte de surligneurs en forme d'œufs durs.

— Ils ne sont pas trop mignons ?

Jamie, lui, me montre une gomme géante en forme de tartine grillée avec un visage dessus.

Je soulève un carnet avec le mot « vœux » écrit sur la couverture. Dessous, un morse géant tient une baguette magique dans une nageoire.

Jamie trouve une paire de faux yeux que l'on colle sur les paupières. Les instructions disent que c'est censé faire croire aux gens qu'on est réveillé, mais ils font très peur.

Je trouve des crayons gris avec des gommes en forme de sushis au bout.

Jamie trouve un gratte-dos qui ressemble à une patte d'ours.

Je ris.

— Qu'est-ce que ça fait dans une papeterie ?

Il hausse les épaules en souriant.

— Même les gens assis derrière un bureau peuvent avoir le dos qui gratte.

J'achète le carnet avec le morse parce que je ne veux pas ressortir de ce merveilleux magasin les mains vides.

— Tu aurais dû prendre les faux yeux, me dit Jamie quand on passe la porte.

Dans la queue des dédicaces, j'avoue à Jamie que je n'ai pas la moindre idée de ce que je dois dire.

— Dis-lui « bonjour » et que tu aimes ce qu'elle fait. (Il désigne mon sac.) Tu n'as qu'à lui dire que tu aimes la fille qui a les crocs.

Je sens mon cœur s'emballer. Mes yeux comptent le nombre de personnes devant moi et je calcule le temps qu'il me reste avant de devoir parler à une inconnue.

— Ça va être gênant ? J'ai le sentiment que ça va être gênant.

— Respire. C'est son gagne-pain. Elle a l'habitude. Elle va sans doute faire toute la conversation. Tu n'auras qu'à dire « bonjour ».

Quand mon tour arrive, je ne dis pas « bonjour ». Je me fige, pose le livre sur la table comme s'il s'agissait d'un plat chaud sorti du four et regarde dans la direction de Tanya Fujisaki sans croiser son regard.

Je crois qu'elle me pose une question, qu'elle me demande si je suis originaire de Californie, mais j'emploie déjà toute mon énergie à ne pas m'évanouir. Aussi, je me contente de hocher la tête à tout ce qu'elle dit, jusqu'à ce qu'elle sourie, me tende mon livre dédicacé et me remercie d'être venue.

Le livre contre ma poitrine, je m'échappe pour trouver un endroit où respirer.

Lorsque je suis suffisamment loin de la foule, je lève la tête vers Jamie.

— C'était pathétique, hein ?

L'espace d'un instant, il se contente de me dévisager. Puis il se met à rire si fort qu'il ferme les yeux et tourne la tête. Même si j'ai un peu honte, je n'en veux pas à Jamie de se moquer. En fait, au bout de quelques secondes, j'en ris, moi aussi.

— J'aurais essayé, lui dis-je, des larmes de joie plein les yeux.

— C'est ma faute, rétorque Jamie. Je t'ai aidée à trouver quoi dire alors qu'en fait j'aurais dû te rappeler qu'on ne doit pas agresser un artiste avec son propre bouquin.

Je fronce les sourcils.

— Je le lui ai jeté dessus, c'est ça ?

Il hoche la tête.

— Carrément.

Je soupire. Puis un sourire étire mes lèvres.

— La journée avait pourtant si bien commencé.

— Allez viens, dit-il en levant les yeux au ciel. On va manger un truc.

On trouve une pâtisserie japonaise où l'on achète plusieurs sortes d'*anpan*, des brioches fourrées au haricot rouge. Certaines sont décorées de graines de sésame, d'autres sont parfumées à la noix de coco, toutes sont délicieuses. En fait, si je pouvais, je ne mangerais plus que ça pour le restant de mes jours.

Jamie pousse le dernier anpan vers moi.

— Je n'en peux plus, dit-il en attrapant son appareil photo.

Il a pris des photos toute la matinée. Je suis sûre que je figure sur la moitié d'entre elles.

Je déguste le dernier gâteau comme si c'était le premier. Il a le goût du bonheur.

— Tu viens souvent à China Town ? Moi, si je pouvais, je passerais dans cette pâtisserie tous les jours et je deviendrais vite la personne la plus grosse du monde.

Je ne savais pas que les pâtisseries asiatiques étaient si bonnes.

Jamie prend une autre photo de moi. Je ne réagis même pas.

— Je suis venu ici une fois ou deux. J'aime beaucoup l'architecture. Et il y a un mur couvert de street art dans une des ruelles qui est parfait pour les photos. (Il s'interrompt puis laisse retomber l'appareil contre son torse.) Ton père ne cuisinait pas japonais quand tu étais petite ? Il ne t'a jamais emmenée au resto ?

Je secoue la tête.

— Maman déteste la cuisine asiatique. Elle trouve ça trop gras.

Elle met également en doute l'hygiène des restaurants, mais je garde ça pour moi.

— C'est bizarre. Tu es la seule personne asiatique que je connaisse qui ne sait rien de sa propre culture. (Il grimace.) Pardon. Je ne voulais pas être désagréable. Ce n'est pas une critique, juste une observation un peu stupide.

— Non, tu as raison et c'est une mauvaise chose.

Quand j'étais enfant, j'aurais adoré connaître l'existence des anpan, des mochis et des bubble teas. J'aurais aimé pouvoir me raccrocher à mon héritage et me sentir moins seule. Surtout, j'aurais apprécié de connaître un élément de la culture japonaise que ma mère n'aurait pas dédaigné.

Un groupe d'adolescentes passe devant notre table. Elles regardent Jamie en gloussant sans même essayer de se cacher. Cela ne m'étonne pas. Jamie est séduisant. Elles sont jolies, dans leur genre, avec leurs peaux sans imperfection, leurs sandales toutes mignonnes, leurs superpositions de tee-shirts et de vestes qui sont manifestement à la mode chez les Asiatiques.

Je me mords l'intérieur de la joue et fais semblant de ne pas les avoir remarquées.

— Je ne les regarde pas, me dit Jamie d'une voix douce. Je te regarde, toi.

Quand je lève les yeux vers lui, je le regarde intensément, et toutes les couleurs de son visage m'empêchent de respirer : ses yeux bleu pâle, sa peau dorée, ses cheveux chocolat… Comment un garçon aussi beau peut-il m'adresser un regard si tendre et un sourire en coin ? Que voit-il ?

Alors, je comprends. Jamie voit la même chose que moi quand je le regarde. Il voit quelque chose de beau.

Si je continue de le dévisager une seconde de plus, je vais m'évaporer. Alors, je baisse les yeux vers mon sac et j'y cherche mon téléphone sans autre raison que de m'occuper l'esprit.

Jamie, lui, reporte son attention sur son appareil photo. Quand nos regards se croisent de nouveau, on se rend compte qu'on sourit encore tous les deux comme des idiots.

Je dis à Jamie que je veux repasser à l'épicerie avant de partir. J'achète suffisamment de Hi-Chews, de Pockys et de cannettes de Royal Milk Tea pour remplir mon sac car, même si ça peut paraître stupide, acheter de la nourriture asiatique me donne l'impression de me reconnecter à une partie de mes origines dont je ne savais que faire jusqu'à présent.

*Je dessine cinq femmes japonaises aux visages très différents, aussi belles les unes que les autres, car il n'existe pas qu'une seule forme de beauté.*

# CHAPITRE 48

Papa m'appelle pour me demander comment je vais. Maman a raconté à tout le monde que je suis en Californie pour fêter mon diplôme. Même si je n'aime pas lui mentir, je n'ai pas le cœur à lui parler d'Oncle Max. Je refuse de le rendre malheureux juste pour avoir quelqu'un de mon côté. Je ne suis pas comme ma mère.

Alors, à la place, on discute de la météo et de la plage. Je lui parle d'Hiroshi, des ramens, des mochis et de ma première visite de Chinatown.

Il me dit qu'il est heureux que je fasse ces nouvelles expériences, qu'il regrette de ne pas m'en avoir fait profiter plus jeune. À un moment donné, il m'avoue que Maman lui a demandé d'arrêter de cuisiner japonais car elle trouvait que ça empestait toute la maison. Il s'interrompt avant de dire que ce n'est pas la peine de se plaindre des choses que l'on ne peut pas changer. Après avoir raccroché, il m'envoie des photos des jumelles. Ça fait du bien. J'ai l'impression qu'il m'inclut dans sa vie. J'ai le sentiment d'avoir une famille.

Maman m'appelle une heure après. Parfois, je jurerais qu'elle sent quand je m'éloigne d'elle, comme un ex-petit ami qui éprouve un regain d'intérêt pour la personne avec laquelle il a été lorsque celle-ci retrouve le bonheur sans lui.

Elle me raconte qu'elle s'est disputée avec une femme au travail à cause d'une histoire de papier cadeau. Selon elle, il y a un accord tacite au bureau qui interdit de venir vendre des choses pour l'école de ses enfants. Sa collègue l'a quand même fait. Maman a donc décider de la remettre à sa place devant tout le monde. Étonnamment, la femme n'a pas apprécié.

Je ne prends pas la peine de dire à ma mère qu'elle aurait dû lui en toucher un mot en privé au lieu de l'afficher devant tout le monde. Personne n'aime être remis à sa place en public. Cela ne sert à rien de l'expliquer à Maman. Elle est de bonne humeur, enfin, selon ses critères, et je suis bien trop détendue pour me lancer dans une dispute avec elle.

Elle me parle également de son blog. Apparemment, il ne fait pas assez pro, alors elle veut engager un web designer pour y remédier. Puis elle m'annonce que Taro passe le reste des vacances d'été chez un ami de fac et que Shoji ne l'aide pas du tout avec le ménage et qu'elle veut qu'on aille chez le coiffeur ensemble quand je serai rentrée « à la maison ».

Cette fois, je crois que je suis en train de faire une rupture d'anévrisme. On est amies maintenant ?

Jamie lève son appareil photo devant son visage. Un instant plus tard, j'entends le clic de l'obturateur.

Quand il baisse les mains, je vois qu'il sourit.

— Alors, quand est-ce que j'aurai le droit de voir ton tableau ?

— Quand il sera terminé.

Je mange une cuillerée de glace à la framboise et au chocolat blanc.

Adossé à sa chaise, il pose son appareil sur la table. Autour de nous, tout est rose et bleu. On se croirait dans une piscine remplie de barbe à papa. Un cornet de glace en néon est accroché au mur, le carrelage est noir et blanc et il y a un juke-box dans un coin. J'ai l'impression d'avoir remonté le temps.

Comme chaque fois que je suis avec Jamie. Ensemble, on redevient des enfants. On reprend ce qu'on a commencé toutes ces années plus tôt.

Il glisse sa cuillère en métal dans une coupe en verre où sont posées deux boules de glace menthe chocolat.

— Ça va te manquer, quand tu auras terminé ton tableau, de ne plus voir Hiroshi ?

Mon pouce se crispe sur ma cuillère.

— Je n'y avais pas réfléchi.

Je passe tellement de temps avec lui que je le considère comme un ami. J'ai oublié que la situation était temporaire.

— Désolé. Je ne voulais pas te faire déprimer.

Mon séjour en Californie touche à sa fin. On le sait tous les deux. Seulement, on n'en parle pas.

Soudain, je me sens mal. Je me suis habituée à Jamie, à Hiroshi et à la Californie. Je n'ai pas envie de retourner chez ma mère. Ce que j'ai, ici, ressemble plus à une famille que celle que j'ai toujours connue.

J'ai besoin d'eux. J'ai besoin de Jamie.

Le monde me paraît terrifiant sans lui.

Clic. Une fois encore, son visage a disparu derrière son appareil photo. Je fronce les sourcils et prends une grande inspiration en gonflant mes narines. Clic. Il rit. Moi aussi.

— Celle-ci, je la garderai jusqu'à ma mort, dit-il.

— C'est long pour une photo où je fais l'imbécile, je lui fais remarquer.

— Ce n'est pas qu'une simple photo, me rappelle-t-il d'une voix douce. C'est un souvenir. Je veux me souvenir de toi pour l'éternité, Kiko Himura.

Je ne réponds pas. Je suis bien trop occupée à rayonner de bonheur.

*Je dessine des milliers de fées qui tournent autour d'une fille pour l'aider à s'envoler enfin.*

# CHAPITRE 49

Quand l'un des pneus de ma voiture se retrouve à plat, je me rends compte avec horreur que mon compte en banque se vide à la vitesse de l'éclair. Cela me fait peur de ne pas avoir de source de revenus. Je me demande si je ne suis pas idiote de m'être enfuie en Californie alors qu'à la maison j'avais un travail.

Elouise propose de me conduire à l'atelier pendant que Jamie ira acheter un nouveau pneu à ma place. Je leur en suis reconnaissante à tous les deux, à leur famille entière. Chaque minute est importante. Je veux que mon tableau soit parfait. Il le sera.

Chaque fois que je suis près d'Elouise, je sens l'odeur âpre du vin sur elle. Pourtant, aujourd'hui, son parfum est frais. Elle sent le savon et le chèvrefeuille. Elle porte la raie au milieu et ses cheveux foncés sont parfaitement coiffés derrière ses oreilles. Elle a la beauté d'un vampire : lèvres rouges, regard froid et marques sombres sous les yeux. Mais sa peau n'est pas pâle, elle a une teinte de bronze, presque métallique.

— Tu as eu des réponses de la part des écoles ? me demande-t-elle sans quitter la route des yeux.

— Pas encore. (Je m'interromps. Peut-être qu'elle essaie de savoir quand je compte partir. Ou si je compte partir tout court.) J'ai donné l'adresse de ma mère dans le formulaire. Les lettres arriveront là-bas.

Ma poitrine se serre. Le temps est passé tellement vite.

— Je sais qu'on ne s'est pas vues depuis des années, mais ça m'a fait plaisir de t'avoir retrouvée, Kiko. Sincèrement.

— Merci de m'avoir accueillie chez vous. Ce sont les meilleures vacances que j'aie jamais eues.

— Tu n'as sans doute pas beaucoup d'éléments de comparaison.

— C'est vrai, je réponds doucement. On a essayé d'aller camper une fois, mais on n'est même pas restés une heure avant que Papa remette toutes les affaires dans la voiture et nous ramène à la maison. Maman nous a expliqué que c'était parce qu'elle ne voulait pas partager des toilettes avec des inconnus. On n'avait même pas terminé de monter la tente.

Elouise secoue la tête lentement.

— Ça ne m'étonne pas. Angelina a toujours détesté les toilettes publiques. Elle aime trop tout contrôler. (Elle grimace puis me regarde.) Pardon. Je n'aurais pas dû dire ça.

Je ne m'étais pas attendue à une telle réflexion de sa part. J'ignorais qu'Elouise avait fréquenté ma mère. J'ai envie de lui demander si elles étaient amies. Mais l'atmosphère est tendue, maintenant, parce que j'ai attendu trop longtemps pour parler. Elouise allume la radio et hausse le volume.

Elle s'arrête sur le bas-côté en face du café et de l'atelier d'Hiroshi. Le pied sur le frein, elle glisse un doigt sous ses yeux. Est-ce qu'elle pleure ? C'est difficile à dire.

— Moi, je te trouve incroyable, Kiko. J'espère que tu en as conscience. On t'a toujours adorée, depuis que tu es toute petite. L'amitié entre les enfants a quelque chose de magique, c'est irremplaçable. Je suis contente que Jamie ait pu partager ça avec toi. Et je suis désolée si on s'est mis en travers de votre chemin avec le déménagement et tout le reste.

Elle ne me regarde pas pendant qu'elle parle. Elle déballe simplement ce qu'elle a à dire. Gênée, je sors et la remercie de m'avoir accompagnée. Elle s'éloigne rapidement, comme pour effacer ce qui vient de se passer entre nous.

Les doigts me démangent. J'ai besoin de mes pinceaux et de mes tubes de peinture, ne serait-ce que pour les empêcher de trembler contre mes jambes. Quand j'approche d'Hiroshi, je m'attends à ce qu'il me renvoie ce calme inspirant qui le caractérise.

À la place, je trouve un homme en larmes, les cheveux détachés dans son dos. Sa femme est assise à côté de lui et a la main posée sur son genou.

Que se passe-t-il aujourd'hui ? D'habitude, c'est moi qui suis dans tous mes états.

— Pardon. (Je reprends mon souffle. La porte se referme derrière moi.) Je peux revenir.

— Non, me dit Mayumi en levant la main. Je pars.

Elle dépose un baiser tendre sur la joue d'Hiroshi, puis s'éloigne d'un pas léger.

Les mains pressées devant ses yeux, Hiroshi secoue la tête comme s'il essayait de faire tomber ses larmes.

— J'ai toujours pensé que les émotions étaient nécessaires pour peindre, mais j'ai bien peur de ne pas être en état de créer quoi que ce soit, aujourd'hui.

— Tout va bien ? je lui demande d'une voix inquiète.

— Oh oui, tout va bien. (Il se force à sourire.) Je te laisse les clés. Dépose-les au café quand tu auras terminé, d'accord ? J'ai besoin de me reposer. Ça me fera du bien de recharger les batteries.

— Je ne veux pas vous chasser de votre propre atelier.

— Tu ne me chasses pas, insiste-t-il. (Il pose les mains sur mes épaules et me guide jusqu'à mon tableau qui est presque fini.) Ta place est ici.

Il dépose les clés de l'atelier sur la table la plus proche.

Sans Hiroshi, l'ambiance est étrange. J'ai l'impression que toutes les couleurs ont disparu de la pièce.

Je peins quand même, car le temps m'est compté. Aujourd'hui, je m'occupe de la fille dans l'ombre. Oui, le gris est une bonne couleur pour aujourd'hui.

Mayumi frappe à la porte avant d'entrer. Elle m'apporte une tasse de thé et une part de gâteau.

— De l'énergie, me dit-elle simplement en les posant à côté de moi.

— Merci.

Je la regarde observer ma toile. Elle hoche la tête plusieurs fois comme si elle tâchait de comprendre.

— Pourquoi elle est heureuse, mais pas la petite fille ?

— Je crois qu'elle est heureuse parce que la petite fille ne l'est pas, justement.

Mayumi soupire.

— C'est très triste. Tout le monde est triste aujourd'hui, je crois. (Elle ne lève pas les yeux du tableau.) Ma fille part bientôt à la fac. Nos deux enfants sont loin. Hiroshi a mal. (Elle pose une main sur sa poitrine.) Je crois qu'il sera très seul sans elles.

— Vous serez là, vous, je lui fais remarquer.

Son rire est mélodieux.

— Oui, mais ce n'est pas pareil. Hiroshi aime être père. Il aime enseigner. Il a besoin qu'on l'écoute, qu'on l'apprécie.

— On l'apprécie dans tout le pays. Il a des fans absolument partout.

— Je lui dis, parfois, répond Mayumi, pensive. Mais ce n'est pas la même chose. Je crois c'est parce qu'il n'a pas eu une bonne relation avec son père. Il se rattrape avec ses enfants.

Jusqu'à présent, je n'ai jamais vu Hiroshi comme quelqu'un qui a besoin d'être accepté, validé par les autres. Il a l'air tellement sûr de lui et de son art ! Est-ce possible qu'on se ressemble davantage que je ne le pensais ?

En tout cas, j'espère qu'à l'âge d'Hiroshi, je ne souffrirai plus à cause de ma mère. Ma plus grande peur est de ne jamais réussir à me détacher de la douleur.

— Tu sais… (Les yeux noisette de Mayumi rencontrent les miens.) On a besoin d'une personne pour remplacer Akane au café. (Elle jette un coup d'œil autour d'elle.) Hiroshi espérait qu'elle aille à la fac ici et qu'elle dorme dans l'atelier. On allait en faire une chambre.

Elle désigne le fond de la pièce.

On se regarde un long moment. Je sais ce qu'elle aimerait suggérer. Pitié. Faites qu'elle me pose la question !

— Ça te dirait de travailler au café à temps complet ? Tu peux vivre dans l'atelier. On peut décider tes horaires en fonction de tes heures de cours.

Elle m'a posé la question !

— Vous êtes sérieuse ? (*Oui, dis-oui, Kiko.*) Ça ne dérangerait pas Hiroshi ?

*Pourquoi est-ce que je lui donne l'occasion de changer d'avis ? Qu'est-ce qui cloche chez moi ?*

— Je lui en parlerai tout à l'heure, mais je ne vois pas pourquoi il refuserait. Il voit quelque chose en toi. Quelque chose qu'il aurait sans doute voulu voir chez nos filles, mais elles ne sont pas artistes. Réfléchis, d'accord ?

Ce n'est pas la peine. La réponse est oui. Je hoche la tête si fort que j'ai l'impression qu'elle va se dévisser.

— Oui.

Elle pose la main sur mon épaule, puis plisse les yeux d'un air joyeux comme si on partageait une bonne nouvelle. J'oublie de boire mon thé, qui finit par refroidir.

*Je n'arrive pas à me concentrer sur ma toile. Je suis trop occupée à danser.*

# CHAPITRE 50

— C'est complètement dingue !

Ma nouvelle prend Jamie de court. Il a l'air aussi abasourdi que moi.

— Mais dans le bon sens, pas vrai ?

J'ai l'impression que je vais exploser en millions de petits éclats de joie.

— Dans le meilleur des sens ! s'exclame-t-il. Attends une minute. Ça veut dire que tu restes en Californie ?

Un éclat de rire euphorique qui s'échappe de ma gorge, je ne me reconnais pas.

— Je pense. Je n'ai pas encore été acceptée à Brightwood, mais j'aurais un travail. Et un endroit où dormir.

Mes pensées se font délirantes. Je serais indépendante. J'aurais ma propre vie. En Californie. Avec Jamie.

Il n'arrête pas de sourire et de secouer la tête.

— Enfin, Hiroshi peut encore dire non, alors je ne devrais peut-être pas trop m'emballer.

— Aucune chance, rétorque Jamie. Ce mec t'adopterait s'il le pouvait.

Je lève les yeux au ciel. Bien sûr, je n'aurais aucune objection à ce qu'Hiroshi et Mayumi m'adoptent, mais c'est ridicule.

Tout à coup, Jamie me prend dans ses bras et presse ses lèvres contre mes cheveux. La chaleur de son souffle me chatouille la peau et fait naître des papillons dans mon ventre.

— Bon sang, si tu savais comme j'étais déprimé à l'idée que tu partes !

Je perçois sa respiration contre moi. Les papillons prennent leur envol.

Je pose les mains sous ses omoplates et lui rends son étreinte. La sensation est incroyable. C'est comme si l'on venait de trouver la dernière pièce manquante d'un puzzle.

Quand il recule pour me regarder, ses yeux bougent très vite de gauche à droite.

— Écoute, j'aurais dû t'en parler depuis longtemps, mais pour être tout à fait honnête, je n'ai jamais trouvé le bon…

Mon téléphone sonne. Pire timing de tous les temps.

J'ai envie de l'ignorer et j'essaie de le faire, en me contentant de regarder les yeux bleus perçants face à moi, mais Jamie referme la bouche et tourne la tête vers mon sac.

Alors, à contrecœur, je m'écarte. J'attrape l'écran illuminé. C'est Hiroshi.

*Désolée*, j'articule en silence à l'intention de Jamie.

— Allô ? je lâche d'une voix tremblante.

Il ne revient pas sur la proposition de Mayumi. Au contraire, il me dit que c'est une idée géniale et qu'il regrette de ne pas y avoir pensé lui-même. Il me propose même de continuer de peindre ensemble.

J'ai l'impression d'être tombée dans une dimension parallèle où il ne m'arrive que des bonnes choses. Comment est-ce possible ?

Pendant tout ce temps, Jamie m'observe, assis au bord du lit. Son sourire reflète l'excitation que je ressens. Il est la seule personne au monde à comprendre. Le seul à savoir à quel point c'est important pour moi.

Quand je raccroche, je demande à Jamie ce qu'il était sur le point de me dire. Il balaie ma question d'un geste de la main comme si ce n'était pas très important.

— Ne t'inquiète pas. Je te le dirai une autre fois.

— Tu es sûr ?

Mon cœur bat la chamade. Je me demande s'il allait me dire ce qu'il ressent pour moi. Peut-être qu'il veut être plus que mon ami. Et ce serait une bonne idée, parce que moi aussi. Peu importe que Jamie soit capable de me détruire d'un claquement de doigts. Je l'aime. Je l'ai toujours aimé. Et aujourd'hui est le plus beau jour de ma vie. Je pourrais très bien y rajouter une couche en avouant ce que, j'en suis certaine, Jamie sait déjà : toute ma vie, j'ai eu des sentiments pour lui. Je veux rester en Californie pour être près de lui. Et j'aimerais vraiment beaucoup qu'il m'embrasse.

Aussi, quand il hoche la tête, j'ai du mal à dissimuler ma déception.

— Oui, j'en suis sûr. Ça peut attendre. Pour l'instant, il faut fêter ça.

— D'accord, je réponds en soupirant. Mais d'abord, laisse-moi appeler Emery.

Pour le dîner, Brandon et Elouise préparent un gratin de macaronis. Ensuite, Jamie et moi allons au cinéma. Puis on se rend à une fête sur la plage. J'ai l'impression d'être devenue quelqu'un d'autre. C'est enivrant.

Même si le soleil s'est couché, le sable est encore chaud. Un petit feu de bois et les phares de plusieurs pick-ups en illuminent les grains. Je ne connais personne, mais Jamie si. Je suis toujours à deux doigts de la crise d'angoisse quand un inconnu vient me parler, mais avec la main de Jamie dans la mienne, je gère mieux mes émotions. Il est un peu comme une intraveineuse qui me donne de la force.

Quelqu'un fait griller des steaks et des saucisses. L'odeur me fait saliver alors que je n'ai pas mangé de viande depuis des années.

Jamie trouve ça hilarant.

— Tu vois, ça prouve que tu vas à l'encontre de tes instincts primaires. On est faits pour manger de la viande. C'est naturel.

Je grimace.

— Il n'y a rien de naturel dans un hot dog.

— Si tu mourais de faim et qu'on te proposait de choisir un type de viande pour reprendre des forces et te sauver la vie, qu'est-ce que tu demanderais ?

Les flammes se reflètent dans ses yeux, comme s'il avait des pouvoirs magiques.

— Du bacon. Du bacon très croustillant. Presque brûlé.

Il s'esclaffe, la tête rejetée en arrière.

— Et toi, si on te disait que tu ne pouvais plus manger qu'un seul type de viande, que garderais-tu ?

— Le poulet, sans hésitation. Tu peux faire des tas de choses avec. Je ne m'ennuierais jamais. (Il hausse les épaules.) Du curry au lait de coco, ou alors frit ou façon katsu…

— Bravo, à côté du tien, mon choix a l'air idiot. Je suis en train de mourir de faim et je choisis la viande qui, de toute façon, va me causer une crise cardiaque.

Il pointe sa tête du doigt.

— J'ai l'esprit pratique.

Il tape sa chaussure contre la mienne. Je pousse son genou avec ma main.

À côté de ma jambe, mon portable sonne dans mon sac.

— Eh bien, tu es très demandée aujourd'hui, dit Jamie.

— Ne m'en parle pas. Je n'ai jamais eu autant d'appels.

Je jette un coup d'œil à l'écran. C'est ma mère.

Laissant Jamie et le feu de joie derrière moi, je m'aventure plus loin sur le sable, dans l'obscurité.

— Allô ?

— Pourquoi est-ce que tu ne m'as pas appelée ? Je t'avais dit de le faire.

— Désolée. J'ai été occupée.

— Et moi, j'attendais ton appel.

CE QUE JE VEUX DIRE :

*Tu n'as jamais attendu le moindre appel de ma part de toute ta vie. Tu me dis seulement ça parce que tu sais que je suis heureuse sans toi.*

CE QUE JE DIS :

— Excuse-moi. Je ne savais pas que tu attendais.

Elle soupire.

— Je ne sais pas si tu es au courant, mais j'ai eu une grosse dispute avec Shoji, aujourd'hui.

Je fronce les sourcils.

— Qui me l'aurait dit ?

— Je ne sais pas. J'ai pensé que quelqu'un t'en aurait parlé.

— Maman, les gens ne passent pas leur temps à parler de ce qui se passe dans ta vie. Le monde ne tourne pas autour de toi.

Oh, mon Dieu ! Ai-je dit ça à voix haute ? Je crois. Non, j'en suis sûre.

Elle rit.

— Houlà, on dirait que tu es de mauvaise humeur, aujourd'hui.

— Je suis de très bonne humeur, au contraire.

Du moins, je l'étais. Ça commence à changer.

— Pourquoi ? Que s'est-il passé ? (Elle s'interrompt.) Tu as été acceptée dans une école, c'est ça ?

— Non. Pas encore. J'attends toujours une réponse.

Je prends une grande inspiration. Mon instinct me crie de garder ma bonne nouvelle pour moi. Si Maman l'apprend, elle la détruira avec son marteau de négativité et m'aspergera de son venin.

— Alors ?

Je peux l'entendre qui attend, qui réfléchit, qui manigance.

Je sais que je suis foutue avant même d'avoir ouvert la bouche.

— J'ai trouvé un travail et une chambre où dormir. L'artiste dont je t'ai parlé accepte que je vive à l'atelier du moment que je travaille dans son café. Ça veut dire que je peux rester en Californie et travailler tout en étudiant.

Le peu de temps qu'elle met à répondre est incroyable. On dirait presque qu'elle avait déjà préparé ce genre de scénario dans sa tête.

— Ça me paraît bizarre. J'espère que tu fais travailler tes méninges et que tu ne te fais pas trop d'illusions. C'est un peu trop parfait.

J'ai la gorge nouée. Ma poitrine se serre.

— Ce sont des gens bien. Ils m'apprécient vraiment.

— Je n'y crois pas une minute. Je vais devoir leur parler pour comprendre ce qu'ils veulent vraiment de toi.

Le rouge me monte aux joues.

— Tu ne leur parleras pas. C'est ma vie, pas la tienne.

— Tu as dix-sept ans.

— Plus que pour deux semaines !

— Alors quoi, tu crois que tu es une adulte parce que tu vas avoir dix-huit ans ? Parce que tu es restée deux semaines en Californie ? Ou parce qu'un type prend des photos de toi ? Tu as l'impression d'être importante, c'est ça ?

Mon esprit fonctionne à cent à l'heure. Je suis à deux doigts de m'évanouir.

— De quoi tu parles ?

— J'ai vu la photo dans ta chambre. Tu joues les modèles pour Jamie ?

— Quel rapport avec le reste ?

— Je sais à quel point c'est valorisant d'être prise en photo par quelqu'un. C'est agréable de savoir qu'on nous trouve jolie. Mais je ne veux pas que toute cette attention te monte à la tête. Tu pourrais finir égocentrique et superficielle.

Bouche bée, je ferme les yeux le plus fort possible. Je tente de me concentrer sur ma respiration, sur le bruit des vagues qui viennent s'écraser sur le sable non loin de mes pieds, mais c'est trop difficile. Cette fois, ma mère ne s'est pas servie d'un marteau pour écraser mes rêves. Elle a lancé une grenade pour les faire exploser.

— Comment tu fais ça ? je lui demande à mi-voix, au bord des larmes. Comment tu fais pour toujours tout gâcher ?

— J'essaie juste de te montrer la réalité des choses. Tu es trop naïve, c'est tout. Quel genre de mère je serais si je ne te ramenais pas les pieds sur terre ?

Je ne réponds pas, trop occupée à pleurer, loin du feu et des rires.

Elle soupire dans le combiné.

— Écoute, je dois aller me coucher. Je travaille demain matin. Je t'aime, d'accord ? Tiens-moi au courant pour me dire quand tu rentres.

La communication est coupée.

Je n'ai pas le temps de sécher mes larmes, de contrôler ma respiration ou même d'éloigner le téléphone de mon oreille.

Jamie pose la main contre mes reins et se poste devant moi pour me masquer la foule.

— Qu'est-ce qui se passe ?

Je secoue la tête, avant de hoqueter :

— Ma mère. Égale à elle-même.

Son front se plisse sous le coup de la colère.

— Je déteste cette femme.

— Quoi ? Pourquoi ? je hoquette.

— Parce que… (Il marque une pause.) Elle n'a pas le droit de te faire ça.

Je fronce les sourcils. Jamie est au courant de ce qui se passe avec ma mère, je ne m'en étais pas rendu compte. Peut-être qu'il est attentif à ce genre de choses ou qu'il se souvient de son comportement quand on était enfants.

— Non. (Il me prend la tête entre les mains.) Je ne la laisserai pas gâcher ta journée. Il en est hors de question.

Jamie presse ses lèvres contre les miennes. C'est si soudain que je n'ai pas le temps de reprendre mon souffle. J'expire contre sa bouche. Quand il recule de quelques centimètres, suffisamment pour faire circuler l'air, on respire très fort, comme si on avait couru. Ses mains sont toujours posées sur mon visage. J'enroule mes doigts autour de ses poignets.

Puis il m'embrasse de nouveau, avec davantage de tendresse, mais avec la même passion.

Ainsi proche de lui, je peux sentir le parfum de sa peau. Il ressemble à celui de la mer, en plus doux, comme si une odeur de sucre s'y mélangeait. Je sens ses mains glisser de mon visage. L'une trouve la mienne tandis que l'autre se pose dans le creux de mon dos. Quand il presse nos doigts enlacés sur son cœur, j'ai la sensation de danser.

Je ne suis plus humaine. Je suis un feu d'artifice, je m'élance en l'air dans un cri, puis j'explose dans toutes les directions.

Les yeux fermés, je laisse ses lèvres effacer la moindre pensée de mon esprit.

# CHAPITRE 51

On reste de notre côté, comme si on avait tracé une ligne dans le sable entre la fête et nous. Personne ne vient nous embêter. Nous ne sommes pas le seul couple qui s'embrasse sous les étoiles. En revanche, nous sommes les seuls à en avoir rêvé depuis plus de dix ans.

Jamie attire ma tête contre son épaule et m'embrasse sur le front. On est assis face à la mer, suffisamment loin pour ne pas être mouillés, mais assez près pour avoir la sensation d'être seuls au monde.

— Je suis tellement heureux que j'ai envie de pleurer, annonce-t-il avec une certaine fierté dans la voix.

Je glousse et m'accroche à sa jambe. J'ai peur de le lâcher. Tout me paraît bien trop beau pour être vrai.

— Tu ne sais pas depuis combien de temps j'ai envie de faire ça, dit-il en posant son menton sur ma tête.

— Euh, j'en ai une petite idée, j'avoue. Tu as remarqué que j'ai gardé ton porte-clés Batman.

— Pense au temps qu'on a perdu pendant que tu hésitais pour savoir si on devait simplement rester amis.

(Je le sens secouer la tête au-dessus de moi.) On aurait pu faire ça depuis des semaines.

Je ferme les yeux.

— Ça n'aurait pas été pareil. Je n'aurais pas été prête.

Il s'éloigne de nouveau pour avoir la place de m'embrasser. Il ne s'arrête pas pendant un long moment. Quand on se sépare, la plage est déserte. Jamie fait courir ses doigts sur le sable. Il dessine des huit et des zigzags. Tout à coup, il semble très sérieux.

— Quoi ?

J'ai peur de ce qu'il va me dire.

Quand il me regarde, ses yeux bleus sont tellement cristallins et brillants qu'ils ont l'air en verre.

— Qu'est-ce qui s'est passé avec ton oncle ?

Une boule se forme dans ma gorge. Ce n'est pas ses yeux qui sont en verre. C'est mon âme. Elle s'est brisée tellement de fois que je ne sais pas si je serai capable d'en recoller les morceaux à nouveau.

— Je suis désolé. Je sais que tu n'aimes pas en parler, mais je ne peux pas m'empêcher de penser au pire. Bon sang, si c'est le cas, dis-le-moi et j'irai le tuer de mes propres mains.

Le souffle coupé, je ris légèrement.

— Je ne te laisserai jamais aller en prison pour moi.

— Je ne me ferai pas prendre. Je regarde des séries policières avec mon père. Il y a toujours un moyen de s'en sortir.

Je secoue la tête.

— Ce n'est pas le pire. Ce n'est sans doute même pas si grave que ça. Je voulais peut-être seulement attirer l'attention de ma mère.

Il reste silencieux. Il attend que je continue. Le sable est chaud. Le bruit de l'océan, les embruns et la brise sont tellement relaxants que je lui raconte l'histoire de mon oncle. Je lui dis tout.

— Quand j'avais sept ans, je me suis réveillée au milieu de la nuit. Mon oncle était assis au pied de mon lit. Sa main était autour de ma cheville. Je ne sais pas ce qu'il faisait. Je crois qu'il la massait. Je n'en sais rien. En tout cas, le lit tremblait. Je me rappelle avoir ouvert les yeux et avoir vu mon lapin en peluche à côté de moi. Ses oreilles se soulevaient en rythme comme si quelqu'un sautait sur le matelas. Mon oncle faisait du bruit, il grognait. J'avais honte et je ne comprenais pas ce qui se passait. Alors, j'ai fermé les yeux et j'ai fait semblant de dormir pour qu'il ne sache pas que je l'avais entendu. Au bout d'un moment, je ne sais pas combien de temps, il s'est levé, m'a observée… Puis il est parti.

Au sein de notre bulle, tout est figé, silencieux. Une météorite aurait pu s'écraser dans l'océan et causer un tsunami, on ne s'en serait pas aperçus.

— Ça s'est reproduit plusieurs fois. Je ne me rappelle plus combien. Je faisais toujours semblant de dormir. (Je regarde Jamie dans les yeux.) Voilà. Tu sais tout.

Il me dévisage. Je n'arrive pas à déterminer si c'est de la confusion que je lis sur son visage ou autre chose. Il est bien trop calme. Bien trop immobile.

— Ce n'est sans doute pas très grave, dis-je par automatisme.

— Pas très grave ? répète-t-il d'un air ahuri. Ton oncle te tenait la jambe dans ton sommeil pendant qu'il… se branlait ! C'est super grave, putain !

Son dernier mot me fait sursauter. C'est la première fois que j'entends Jamie jurer. Ou que je le vois aussi énervé, d'ailleurs.

C'est également la première fois que j'entends quelqu'un d'autre mettre des mots sur ce qui s'est passé. Ça me paraît tellement brutal. En noir et blanc.

— Tu en as parlé à ta mère ? Elle n'a pas appelé les flics ?

Je secoue la tête.

— Il m'a fallu un moment pour trouver le courage de lui en parler. Quelques mois, peut-être. Je ne m'en souviens pas. Au départ, elle n'a pas réagi. Elle y a réfléchi dans son coin, je suppose. Puis elle m'a dit que de toute façon, tous les garçons étaient des pervers. Après, elle n'a plus voulu en parler.

— Mon Dieu…, souffle Jamie, les dents serrées.

Je hausse les épaules.

— Je ne suis même pas certaine qu'elle aurait pu appeler les flics. Ce que je veux dire, c'est que je ne sais pas si ce qu'il a fait tombe dans une catégorie. Ou si ça a un nom.

— Tu plaisantes ? C'est un abus sexuel. (Il s'interrompt.) C'est mal. Tu ne devrais pas minimiser la chose parce que ta mère t'incite à le faire.

Je tressaille.

— Je ne minimise rien du tout, je réponds doucement. C'est juste que je n'aime pas en parler.

Son expression s'adoucit.

— Pardon. Je ne voulais pas te faire de reproches. Ce qui t'est arrivé est tordu et le fait que ta mère… (Il s'interrompt et secoue de nouveau la tête.) Je suis vraiment désolé.

Il pose la main sur mon poignet, et ma peau s'électrise à son contact.

Je place ma main sur la sienne.

— Tu ne me dois aucune excuse. Merci de m'avoir écoutée. Ça fait bizarre de le dire à haute voix.

— Tu peux tout me dire, tu sais ?

— Oui. Je sais.

*Je dessine le symbole de l'infini dans le sable. Jamie dit que c'est le temps qu'il veut passer à m'embrasser.*

# CHAPITRE 52

Jamie et moi, on s'embrasse souvent. Très souvent. Ses parents nous surprennent plusieurs fois sur le balcon, mais ils ne disent rien. Embrasser Jamie rend ma vie plus belle.

Hiroshi nous a de nouveau invités à dîner. Mayumi et lui organisent une fête pour le départ d'Akane à l'université. Le restaurant qu'ils ont choisi est au bord de la plage ; je pourrais plonger dans le sable.

La salle a été privatisée pour l'occasion. La majorité des invités font partie de la famille Matsumoto. Quand Akane nous aperçoit, elle nous serre dans ses bras. Elle porte une combinaison jaune sans manches avec des fleurs qui descendent sur l'une de ses jambes et un ras-de-cou blanc avec un pendentif en argent.

— Merci beaucoup d'être venus, dit-elle. Papa est dans la cuisine. Il est en stress.

Rei apparaît à côté d'elle et hausse ses sourcils parfaits.

— Eh bien, il était temps, dit-elle en désignant nos mains jointes.

On est tellement bien, main dans la main, qu'on refuse de se lâcher.

Je me mords la lèvre pour éviter de sourire trop fort. Jamie, lui, rayonne.

— Ne m'en parle pas !

On rit et c'est aussi simple que ça. Je suis tellement euphorique que j'ai envie de rebondir contre les murs comme si mon corps était constitué de ressorts.

Mayumi se tient près d'une fenêtre. Quand elle nous voit, elle remue frénétiquement la main pour nous faire signe de nous approcher.

Au centre d'une petite table est posé une sorte de poteau en bois d'environ un mètre de haut. Des fils y sont accrochés comme les branches d'un arbre. De ces fils pendent des grues en origami de couleurs différentes qui renferment sans doute un message secret.

Mayumi me tire vers elle et me tend un stylo noir.

— Fais un vœu. L'arbre à vœux en origami est la tradition de la famille Matsumoto.

— Qu'est-ce que je dois faire ? je demande, hypnotisée par les oiseaux en papier.

Elle tend un autre stylo à Jamie et désigne la table. Sous l'arbre reposent des piles de carrés en papier de toutes les couleurs.

— Vous écrivez le vœu et vous l'attachez à l'arbre. (Elle sourit.) Vous connaissez la légende ? Non ? Si tu crées mille grues, ton vœu devient réalité. Mais… (Elle rit.) On n'y arrive jamais. Alors notre tradition est différente. Tout le monde fait un vœu !

Je regarde Jamie qui est déjà en train d'écrire le sien. Il cache le papier avec sa main. Lorsqu'il se rend compte que je l'observe, il m'adresse un sourire joyeux.

Il ne me faut pas longtemps pour trouver ce que je veux écrire. *J'aimerais être aussi heureuse pour le restant de mes jours.* Quand j'ai terminé, je presse le papier contre mon cœur pour m'assurer que Jamie ne le regarde pas.

Mayumi nous montre comment le plier. Je fais une erreur. Ma grue a une aile recourbée. Jamie fait la même chose sur la sienne. Il me dit que c'est pour qu'elles soient assorties. Puis on attache nos oiseaux bleu et orange à l'arbre. Jamie m'embrasse sur la tempe. Soudain, j'ai l'impression que c'est moi qui suis en papier.

On s'assoit à la table la plus longue du monde. Il y a des centaines de plats que je ne connais pas. Katsudon, oyakodon, tempura, yaki soba… Ainsi que des plats de sushis, de poissons grillés et des *tonnes* de riz.

Akane est assise à ma gauche. Elle me montre les plats végétariens et ceux qui ne le sont pas. À ma droite, Jamie goûte absolument tout. Leur famille et leurs amis nous traitent comme si on était des leurs. Ils sourient, racontent des histoires et accordent de l'attention à tous ceux qui se trouvent dans la pièce. L'ambiance est chaleureuse et agréable. Je ne veux pas que ça se termine.

C'est ça qu'on appelle la bienveillance.

À la fin du repas, il y a des mochis, des taiyakis et du kakigōri. Puis Hiroshi annonce qu'on va jouer à un jeu appelé « Tora Tora Tora ». Tout le monde s'assoit de l'autre côté du restaurant. Un écran de papier est installé au milieu de la salle pour la diviser en deux.

De chaque côté se trouvent des tables rondes et des chaises.

D'un côté et de l'autre de la feuille de papier, deux invités chantent une chanson en japonais en tapant dans leurs mains. Les autres les imitent. À la fin de la chanson, ils se révèlent à leur adversaire en gardant la pause. Le perdant boit et rit avec tout le monde.

Rei se penche vers nous et hausse la voix pour qu'on l'entende malgré le bruit.

— C'est un peu un mélange entre les charades et pierre, feuille, ciseaux, nous dit-elle. Mais c'est surtout le stratagème qu'Oncle Kenji a mis en place pour que tout le monde soit soûl.

Jamie s'esclaffe.

— Qu'est-ce que la chanson veut dire ?

— Très sincèrement, je n'en ai pas la moindre idée. (Elle désigne les deux personnes qui jouent, Mayumi et un cousin de Rei.) Tout ce qu'il faut savoir c'est que la vieille dame bat le samouraï, le samouraï bat le tigre et le tigre bat la vieille dame.

Je relève la tête. Mayumi est en train de ramper par terre en brandissant une main en l'air comme une patte. Le cousin de Rei fait semblant de marcher avec une canne. Quand ils se voient enfin, Mayumi lève les bras en l'air et pousse un cri de triomphe. Puis elle surprend mon regard posé sur elle.

— Viens, Kiko ! Il faut que tu essaies.

Je me crispe et secoue rapidement la tête. Le souffle de Jamie me chatouille l'oreille.

— Je viens avec toi, si tu veux. Ça peut être drôle.

Tout le monde nous regarde. Ils rient encore de la victoire de Mayumi et attendent que je la rejoigne.

Je ne bouge pas. Il y a trop de personnes. Trop d'yeux braqués sur moi.

Sans me laisser le temps de réfléchir, Akane m'attrape la main et me force à me lever. Elle me traîne jusqu'à l'espace entre les tables et me place devant le mur de papier avant de se glisser de l'autre côté.

Tout le monde se met à taper dans ses mains et à chanter avant que j'aie eu le temps de reprendre mon souffle. J'ai l'impression que mon corps prend feu. Pourtant, je tape dans mes mains à mon tour car Mayumi m'encourage et à ce stade, je suis prête à tout pour ne pas sortir du lot.

Quand la chanson touche à sa fin, je lève les mains devant moi comme si je brandissais une lance de samouraï comme d'autres l'ont fait. Puis je fais un pas en avant. Akane rampe comme un tigre et rit comme une folle.

Tout le monde applaudit et malgré les battements fous de mon cœur, je les entends.

Akane se lève et désigne l'alcool.

— Le perdant doit boire, non ?

Mayumi écarte sa main.

— Hors de question. (Avec un clin d'œil, elle ajoute.) Je bois pour toi.

Les rires augmentent en intensité. Personne ne fait attention à ma gêne ou à mes mouvements maladroits. Ils n'analysent pas mes faits et gestes comme ma mère le ferait.

Je respire.

Quand je me rassois, Jamie me sourit.

— Je savais que tu allais choisir le samouraï.

— Pourquoi ? je lui demande.

— Parce que tu es l'une des personnes les plus fortes que je connaisse.

Je pose la tête contre son épaule.

Lorsque Hiroshi joue avec l'un de ses cousins, il fait semblant de marcher avec une canne. Son cousin mime une lance. En le voyant, Hiroshi le tape avec sa canne imaginaire. Tout le monde rit.

Quand vient le tour de Jamie, il se retrouve face à la mère de Mayumi. Il choisit le tigre tandis que la vieille dame joue… la vieille dame. À la fin du jeu, elle lui tapote la tête et l'embrasse sur la joue. Les rires redoublent.

Deux autres membres de la famille entrent en piste. L'un fait semblant d'être un tigre et traverse l'écran en papier pour tacler son adversaire sans même faire attention au rôle qu'il a choisi. Je ris tellement fort que j'en pleure.

Plus tard dans la soirée, Hiroshi demande l'attention des invités. Il veut faire un discours. Les larmes lui montent aux yeux avant même qu'il ait prononcé un mot et quand Mayumi lui prend la main, il s'y accroche.

— Akane, ma fille, tu es la gentillesse incarnée, tu es généreuse et extrêmement déterminée. Tu as la force de l'océan et la transparence du verre. Tu es honnête. Tu aimes sans rien demander en retour. Tu cours après tes rêves et tu ne t'excuses jamais de vivre la vie comme tu l'entends. Tu es une source d'inspiration pour nous tous. Tu n'as pas peur de regarder la vie dans les yeux et de lui demander un temps mort quand tu en as besoin. Tu mérites tout le bonheur du monde. Tu es le tiers de mon cœur. Et comme Amaterasu, tu brilles aussi fort que le soleil. (Il s'éclaircit la voix et s'essuie les joues du bout des doigts.) Merci de nous avoir fait l'honneur d'être tes parents. Nous t'aimons plus que tout.

Tout le monde applaudit. Sauf moi.

Je ne fais pas attention aux applaudissements. Je ne vois pas Akane qui étreint ses parents. Je ne sens pas Jamie me serrer fort la main.

Je pleure en me demandant ce que cela fait d'être aimée avec tant de force et de sincérité. Les larmes me brûlent les yeux et floutent ma vision. Quand je réussis à les essuyer du dos de mes mains, je vois qu'un oncle d'Akane est en train de raconter des blagues à Hiroshi. Tout le monde semble être passé à autre chose.

— Je reviens, je murmure à Jamie avant de me lever pour sortir sur le balcon.

J'accueille l'air frais avec joie et j'espère que la légère brise séchera mes larmes. Je ne sais pas pourquoi je suis aussi émue. Le discours était pour Akane, pas pour moi. Je ne fais pas partie de leur famille. Je ne suis même pas une amie proche. Pourtant, les mots d'Hiroshi, et leur intention, ont résonné en moi.

L'amour dont j'ai besoin n'est pas celui qu'on me donne et je crois que je cherche toujours un moyen de l'accepter.

— Je me demande si ça va devenir une habitude, dit Hiroshi, derrière moi. D'avoir des conversations sérieuses sur un balcon qui donne sur l'océan.

Il lève les mains devant lui, comme s'il formait un cadre autour de moi.

Je ris et m'essuie de nouveau les joues pour m'assurer que toutes mes larmes ont disparu.

— Pardon. J'agis bizarrement, je sais.

— Non. Tu agis comme un être humain, répond-il.

— C'était un très beau discours, lui dis-je.

Les mains derrière le dos, Hiroshi observe la mer. Comme d'habitude, il porte une large tunique, bleue, avec un pantalon noir. Ses cheveux sont attachés en chignon et ses joues me paraissent plus bronzées que d'habitude.

— Tu peins avec tellement d'amour. Pourtant, quand tu regardes tes tableaux, on dirait que tu te demandes si tu mérites… (Il hésite.) d'être aimée en retour.

Je presse ma langue contre l'intérieur de ma joue. Je combats les larmes qui me montent aux yeux. Hiroshi pose une main sur mon épaule.

— Tu le mérites, Kiko.

Je hoche vivement la tête. Je tremble trop pour faire autre chose. Il me fait un geste de la tête, puis retourne dans le restaurant.

Je n'ai pas envie de quitter l'océan tout de suite. Dehors, il fait sombre. Si je place mes mains devant mes yeux comme des jumelles, je ne vois que l'eau et les étoiles. Ici, je suis en sécurité. Personne ne peut me voir, ni m'entendre.

Akane a la déesse du Soleil pour lui rappeler d'être forte. Mon inspiration à moi vient peut-être de centaines d'étoiles, de centaines de soleils, qui me prouvent que je ne suis pas seule.

Je me retourne et regarde par la fenêtre. Jamie est avec Rei et ses amis. Comme d'habitude, il se fond dans la masse. Il ne se rend pas compte que je le regarde et c'est mieux ainsi.

Je pense qu'il vaut mieux qu'il ne sache pas qu'il est l'une de mes étoiles. Je n'ai pas envie de le faire fuir. Je ne veux pas prendre le risque de le perdre.

*Je ne veux pas le perdre.*

Je devrais m'inquiéter, parce que le perdre me détruirait, mais pour l'instant, j'ai juste envie de l'embrasser. Quand je le retrouve à l'intérieur, c'est exactement ce que je fais.

*Je dessine l'eau et le feu qui se mélangent pour créer un nouvel élément.*

# CHAPITRE 53

Je termine mon tableau. Hiroshi me dit qu'il est « de toute beauté ». Jamie le prend en photo car il est incapable d'en détourner les yeux.

En fait, je suis tellement de bonne humeur qu'après dîner, quand Maman m'appelle, j'en ai oublié notre dernière conversation. Au son de sa voix, il est clair qu'elle l'a oubliée, elle aussi. Elle semble heureuse. Elle me traite avec la gentillesse qu'elle réserve aux gens qu'elle ne connaît pas.

Je me laisse prendre au piège parce que mes défenses ne sont pas en place et parce que, pour être honnête, la concernant, je n'apprends jamais de mes erreurs. Je lui parle de la fête, mais pas des baisers que j'ai échangés avec Jamie, de mon tableau terminé et du résultat qui me plaît vraiment.

— Tu as l'air de bien t'amuser. (Elle marque une pause pour réfléchir.) Elouise a demandé des nouvelles de notre famille ?

Je grimace alors que je sais que ma mère ne peut pas le voir.

— Non. Pourquoi ?

Elle répond trop vite pour être honnête.

— Oh ! pour rien. On était amies, c'est tout. Je me suis dit qu'elle s'intéressait peut-être à ce qu'on est devenus.

— Eh bien, elle ne m'a rien demandé. (J'aimerais parler d'autre chose. Je n'aime pas la tournure qu'a prise la conversation.) Shoji a obtenu sa nouvelle ceinture ?

Maman reste silencieuse.

— Euh, allô ? Maman ? Tu es toujours là ?

— Oui, je suis là.

Je l'imagine serrer les dents. Elle est à deux doigts d'exploser et je ne sais pas pourquoi.

Je ferais mieux de raccrocher.

— Il se fait tard. Je vais aller me coucher.

— Qu'est-ce qu'elle raconte sur moi ? Je sais qu'elle t'a dit quelque chose.

Un soupir lourd et démoralisé m'échappe.

— Rien du tout, Maman. Pourquoi est-ce que tu crois toujours que les gens parlent de toi ?

— Parce que c'est le cas. J'ai une intuition phénoménale. Et mes oreilles sifflent.

Elle semble fière de son pouvoir imaginaire.

— Eh bien, cette fois ton intuition s'est trompée.

J'aimerais vraiment raccrocher. J'étais tellement de bonne humeur avant de…

— Je ne te crois pas. C'est pour ça que je ne te fais pas confiance.

Ses paroles m'attaquent à travers le combiné comme des grues en papier qui me sauteraient au visage et me couvriraient de coupures.

— Comment ça, tu ne me fais pas confiance ? je lui demande.

J'ai l'impression d'entendre ma voix de très loin.

— Tu essaies toujours de monter les gens contre moi.

— De quoi est-ce que tu parles ?

— Je ne sais pas. C'est mon intuition qui me le dit.

Je rêve de briser le téléphone dans ma main et de le réduire en cendres.

— Ton intuition, Maman ? Tu ne peux pas dire à quelqu'un que tu ne lui fais pas confiance sans lui donner une bonne raison.

— Je n'ai pas besoin de raison. Je te l'ai dit. C'est une intuition.

CE QUE JE VEUX DIRE :

*TU ES UNE PSYCHOPATHE.*

CE QUE JE DIS :

— Eh bien, tu as tort. Je n'essaie pas de monter les autres contre toi. Je ne parle même pas de toi.

Elle émet un son incrédule.

— Tu vas me dire que tu ne parles jamais de moi à Jamie ?

— Je lui parle de *moi* ! Et de ce que je ressens par rapport à la façon dont tu me traites, mais jamais de *toi*.

— C'est pareil ! Je ne veux pas que Jamie connaisse ma vie privée.

— C'est aussi *ma* vie privée !

— Les problèmes familiaux devraient rester dans la famille, rétorque-t-elle.

— Ce ne sont pas des problèmes familiaux ! Parfois, j'ai besoin de parler à quelqu'un. Ce n'est pas comme si toi, tu m'écoutais.

— Et voilà, ça recommence. Tu es toujours en train de te plaindre. C'est pathétique. Tu trouves ça cool, c'est ça ? C'est pour ça que tu agis de cette manière ?

Je me remets à pleurer. Si seulement je pouvais boucher mes canaux lacrimaux pour éviter que ma mère ne m'entende ! Au bout d'un moment, on raccroche toutes les deux.

Le lendemain, elle me rappelle. Jamie me suggère de changer de numéro.

Maman ne s'excuse pas, mais elle pose beaucoup de questions au sujet de Jamie. Au beau milieu de la conversation, je change de pièce. J'ai peur qu'il ne comprenne de quoi on parle.

— Tu crois que tu es amoureuse ?

— Euh, oui.

Mon cœur réagit plus vite que mon cerveau. Si mon cerveau était plus rapide, il m'empêcherait de dire des choses trop personnelles à ma mère. C'est un peu comme si je lui donnais la recette exacte du poison qu'il lui faut pour me tuer de la façon la plus douloureuse qui soit.

— Comment tu le sais ? Après tout, qu'est-ce que ça veut dire, « être amoureuse » ?

— Je le sais, c'est tout. Je suis heureuse avec lui. J'ai l'impression d'être moi-même. Je l'aime sans rien attendre en retour et j'ai l'impression que c'est réciproque.

*Très mauvaise idée*, me souffle mon cerveau. *Il faut battre en retraite. Bats en retraite !*

— Ça veut dire quoi, aimer sans rien attendre en retour ?

— Qu'on aimera la personne quoi qu'il arrive. Même quand elle aura les cheveux blancs et des rides.

Même si elle n'aime pas les mêmes films que soi et même si elle pense que *Star Wars* est débile.

Elle reste silencieuse un instant.

— Je ne suis pas sûre d'y croire. Vous, je vous aime parce que vous êtes mes enfants, mais quoi qu'il arrive… ? Non. Je ne comprends pas.

Parfois, Maman est très lucide sans même s'en rendre compte. Le fait qu'elle soit incapable de ressentir l'amour, le vrai, explique beaucoup de choses.

Lorsqu'elle m'appelle le lendemain, ma mère crie dans le téléphone. Je ne comprends pas ce qu'elle dit. Elle pleure et je lui intime de se calmer.

J'articule en silence à Jamie, qui lève les yeux au ciel et secoue la tête. Je suis sur le point de faire une blague sur le fait de changer de numéro quand la voix de ma mère perce à travers le téléphone avec une telle force que j'ai l'impression d'avoir été poignardée avec une lame émoussée.

— Shoji est à l'hôpital. Il a essayé de se suicider.

*Je ne dessine pas. Je passe la nuit à tenter d'avoir Shoji au téléphone, mais personne n'accepte de me le passer.*

# CHAPITRE 54

Jamie m'apporte des pancakes. Il est presque 9 heures du matin, mais je me suis réveillée en pleurs dès 5 heures. Jamie le sait parce qu'il est resté allongé à côté de moi toute la nuit en me répétant que tout allait s'arranger. Je me redresse. Mon corps est engourdi.

— Je peux venir avec toi, si tu veux.

Le simple fait de couper un morceau de pancake m'épuise. Je n'ai plus de force dans mes bras.

— Tu n'es pas obligé. J'ai juste besoin d'être auprès de mon frère.

J'ai du mal à accepter ce qui s'est passé. Shoji n'avait pas l'air particulièrement heureux, mais c'était notre cas à tous. Il ne m'est jamais venu à l'esprit que sa situation était pire que la mienne. J'ai toujours été au cœur du problème. C'est moi qui avive les tensions dans notre famille bancale. Shoji, lui, est celui qui se fond dans le décor. J'ignorais à quel point il souffrait. Je suis la pire sœur du monde.

Maman prétend qu'elle ne comprend pas pourquoi

il est passé à l'acte, alors que Shoji a supplié les médecins et Papa de lui interdire de lui rendre visite.

Dans l'après-midi, elle me rappelle pour me demander de rentrer le lendemain. Même si j'en avais déjà l'intention, je suis trop fatiguée pour lui faire la moindre remarque.

— Ton père m'a dit que Shoji allait venir habiter chez lui. Cette situation tourne au ridicule !

Son choix de mots me fait grimacer.

— Je crois que pour l'instant, il faut faire ce qu'il y a de mieux pour Shoji.

— Ce qu'il y a de mieux pour lui, c'est de rester auprès de sa mère. Pas auprès de deux nouveau-nés et d'un père qu'il connaît à peine, rétorque-t-elle avec du venin dans la voix.

— C'est peut-être lui qui a demandé à aller chez Papa.

— Ce n'est pas parce que tu me détestes que c'est le cas de tout le monde, crache-t-elle.

— Je ne peux pas faire ça aujourd'hui, je grogne dans le téléphone.

J'ai à peine dormi. Mon petit frère souffre. Mon père essaie de faire au mieux. Pourquoi ma mère se sent-elle toujours obligée de compliquer les choses ?

— J'ai mal, moi aussi, tu sais ? se plaint-elle. Tu n'as pas d'enfants. Tu ne peux pas savoir ce que ça fait quand l'un d'eux se fait du mal. Personne ne se soucie de mes sentiments. C'est dur pour moi aussi.

— Il faut que j'y aille. On se voit dans deux jours.

Je raccroche avant qu'elle puisse m'empoisonner davantage. Sur le balcon, l'air est lourd. J'ai plus de mal à respirer que d'habitude. Peut-être que ça vient de moi, tout simplement. Je n'arrive pas à garder les yeux ouverts. Il faut que j'aille au chevet de Shoji pour m'assurer qu'il va bien. Mon Dieu. Il ne va pas bien. Il a essayé de se suicider.

Elouise tape à la porte vitrée.

— Jamie et Brandon sont sortis faire des courses. Ils ne voulaient pas interrompre ton appel. (Elle tient un verre de vin dans une main et un livre dans l'autre.) Des nouvelles ?

Je coiffe mes cheveux derrière mon oreille.

— Je crois que ça va. Il a demandé à aller habiter chez mon père. Ça veut dire qu'il peut parler normalement.

La frustration se lit dans ses yeux.

— Je suis certaine que ton père s'occupera bien de lui. Tu sais quand tu rentres ?

— Demain.

Je m'attends à voir du soulagement dans ses yeux, mais ce n'est pas le cas. Au contraire, elle a l'air un peu triste.

— J'imagine que tu ne t'attendais pas à nous dire au revoir ainsi, mais au moins, tu sais que tu reviendras bientôt.

Elle prend une gorgée de vin et s'assoit sur une chaise longue. Mon ventre se tord douloureusement.

— Je ne peux pas laisser Shoji tout seul.

Surprise, elle cligne des yeux.

— Tu ne comptes pas revenir ?

— Je ne sais pas. Qu'est-ce que je peux faire ? Shoji a seulement demandé à Papa d'aller vivre avec lui parce qu'il déteste Maman, mais que se passera-t-il quand il se rendra compte que Papa nous a abandonnés il y a bien longtemps, lui aussi ?

Je n'avais pas l'intention d'en dire autant, mais les mots m'échappent.

— Papa n'a jamais été présent. Pas après avoir trompé Maman, en tout cas. Si ça avait été le cas, Shoji aurait eu quelqu'un à qui parler. On ne se serait peut-être pas retrouvés seuls face à Maman. Il nous a remplacés avec une nouvelle famille. Comment Shoji va-t-il réagir quand il se rendra compte qu'il n'a pas sa place parmi eux ?

Je n'arrive pas à arrêter de pleurer. J'ai l'impression d'avoir échoué dans mon rôle de sœur.

En face de moi, Elouise semble tiraillée. On dirait qu'un poids l'étouffe. Un secret dont elle aimerait se débarrasser. Cela attire mon attention.

— Qu'est-ce qu'il y a ? je demande en m'essuyant les yeux avec ma manche.

— Ton père n'a jamais trompé personne, ma puce. C'était Brandon avec…

Elle ne termine pas sa phrase. Elle ne peut pas le dire à voix haute, pas à moi. Mais la vérité est sans doute devenue trop lourde à porter après tout ce temps.

Et soudain le temps s'arrête. Je suis clouée au sol. Je ne peux pas bouger.

— C'était Maman.

Ma voix se brise. Je suis brisée. C'est Maman qui a trompé Papa. Avec le père de Jamie. Le verre à vin tremble entre les doigts d'Elouise.

— Je n'aurais pas dû t'en parler. Je suis désolée. Mais tu étais bouleversée et j'ai cru que ça t'aiderait à avoir une meilleure image de ton père…

Elle secoue la tête et avale le reste du vin cul sec.

— Jamie est au courant ?

Elle n'a pas besoin de me répondre. Ses yeux le font à sa place. Jamie est au courant. Il le sait depuis le début.

*Je déchire tous les dessins que j'ai pu faire de Jamie. Hiroshi pensait qu'ils étaient honnêtes, mais ils ne le sont pas. Car Jamie m'a menti.*

# CHAPITRE 55

Jamie tend la main vers moi, mais je le repousse. S'il me touche, je sentirai la chaleur de sa peau, je me rappelerai la douceur de ses lèvres contre les miennes et alors, je me laisserai tomber dans ses bras, pour ne plus jamais m'en extirper.

Je rassemble tout mon courage pour me montrer forte.

— Je suis désolé, Kiko. Je ne savais pas comment te le dire. J'ai essayé, mais…

— Mais tu ne l'as pas fait. (Mes larmes me brûlent.) Tu savais que ma mère avait trompé mon père. Tu savais que c'était à cause d'elle que ma famille avait été détruite et tu ne m'as rien dit.

Ses mains s'approchent de nouveau de moi. Je recule jusqu'à heurter son bureau.

— Tu ne comprends pas. (De nouvelles larmes m'échappent.) Pendant tout ce temps, j'ai cru que c'était ma faute. J'ai cru que mes parents s'étaient séparés à cause de… (Je repousse Oncle Max de mes souvenirs.) À cause de moi. J'ai cru qu'ils se disputaient à cause de moi, à cause de ce que j'avais dit à Maman.

Jamie ouvre les mains. Mes sanglots m'étouffent.

— J'avais besoin de toi, Jamie. Tu étais mon ami et tu connaissais la vérité. Tu n'as jamais répondu à mes lettres. Tu ne m'as jamais rendu visite lorsque tu es venu voir ta famille. Pourquoi ? Pour éviter d'être franc ?

— Je ne savais pas ce qui se passait avec ton oncle, dit-il et les larmes lui montent aux yeux. Je ne savais pas à quel point ça te blesserait. (Il prend une grande inspiration.) Bon sang, Kiko, je n'étais qu'un gamin !

— Tu es grand, maintenant. (Je me mords la lèvre inférieure pour l'empêcher de trembler.) Tu as eu des semaines pour m'en parler.

— Tu crois que c'était facile pour moi de me taire ? Je mourais d'envie de te le dire. Mes parents ne voulaient plus que je te fréquente. C'est pour ça que je ne t'ai pas écrit et que je ne t'ai pas rendu visite. Ils ne voulaient pas rouvrir les vieilles blessures de Maman. (Il détourne le regard et cligne des yeux.) Ta mère et mon père ont failli détruire deux familles. La mienne n'est toujours pas tirée d'affaire.

— Au moins, tes parents sont toujours ensemble. Et même s'ils se détestent, tu as grandi avec eux deux. Tu n'as pas non plus un frère qui a essayé de se suicider à cause d'une mère psychopathe et narcissique.

Jamie fait un pas vers moi. Son expression est de nouveau pleine de chaleur.

— C'est bien, Kiko. Dis ce que tu as sur le cœur. Décharge-toi de toutes ces pensées. Je t'écoute. Je refuse de me disputer avec toi. Alors, dis-moi que tu es en colère. Dis-moi que je me suis mal comporté. Dis-moi que j'ai fait le mauvais choix. Et après, Kiko, pardonne-moi. Parce que je suis désolé. Je suis désolé et je t'aime.

Il m'embrasse alors que j'ai levé la main pour l'en empêcher. Je n'ai pas le cœur de le repousser. Ses lèvres se fondent aux miennes comme si elles étaient faites les unes pour les autres. Il a un goût de menthe et son parfum d'océan. J'aimerais qu'il me serre dans ses bras pour toujours. J'aimerais qu'il me fasse oublier toute cette histoire. Alors, je comprends que ce n'est pas la solution.

En réalité, je ne suis pas vraiment en colère contre Jamie. Bien sûr, je lui en veux de m'avoir menti, mais j'ai conscience que le problème ne vient pas de lui.

Le problème vient de moi. J'ai besoin qu'il soit parfait et fort et qu'il me protège de toutes les choses terrifiantes de ce monde. J'ai besoin qu'il me tienne la main tous les jours de ma vie car c'est beaucoup plus simple que d'avancer seule. C'est une erreur.

Je n'ai pas envie de me reposer sur quiconque. Je veux me débrouiller toute seule. Je veux prendre le contrôle de ma vie et de mes émotions.

Je veux que la force qui me fait avancer soit seulement la mienne. Je ne veux plus jamais dépendre de personne.

Quand je m'écarte de Jamie, ça me fait tellement mal que je suis obligée de m'agripper au bureau pour ne pas tomber à la renverse.

Je ne peux plus me voiler la face. J'ai laissé Jamie devenir ma béquille. Je l'ai laissé combler les vides de ma vie : la famille, l'amitié, l'amour… À présent, j'ai conscience de ce que je dois faire et j'en souffre.

Son regard trahit sa panique. Il sait déjà ce que je vais dire. Car malgré la peine, on se connaît par cœur. On se comprend sans parler.

Je le dis quand même.

— Pendant des années, j'ai essayé de me pardonner d'avoir détruit ma famille. Je me suis sentie coupable pour tout : mon oncle, mes parents, le manque d'amour de ma mère… et maintenant, je me sens aussi coupable pour ce qui est arrivé à Shoji. Je n'ai pas envie de me disputer avec toi, Jamie, mais j'en ai également assez de m'en vouloir. Il faut que je trouve un moyen de me débarrasser de ce sentiment de culpabilité. Il faut que je trouve un moyen de me pardonner. Il faut que je présente des excuses à mon frère.

— Qu'es-tu en train de dire ?

On est tous les deux tellement froids et vides. Que nous est-il arrivé ? Comment a-t-on pu changer autant en l'espace d'une heure ?

CE QUE JE VEUX DIRE :

*Je t'aime, Jamie, mais notre relation actuelle ne me convient pas. Je suis brisée et je ne veux pas que ce soit toi qui recolles les morceaux. Si je veux survivre, il faut que j'apprenne à prendre soin de moi toute seule. J'ai besoin de temps. Beaucoup de temps.*

CE QUE JE DIS :

— Il faut que je rentre à la maison.

*Je dessine une fille dans un avion qui a laissé son cœur sur le tarmac.*

# CHAPITRE 56

À mon arrivée, je me rends directement à l'hôpital. Je ne suis pas prête à voir ma mère. Pas avant d'avoir parlé à Shoji.

Les docteurs le gardent en observation, mais Papa dit qu'il va bientôt pouvoir sortir. Il m'annonce même qu'il a engagé un avocat pour récupérer sa garde. L'avocat lui a conseillé de trouver un accord à l'amiable avec Maman, parce que c'est toujours plus facile.

Une couverture bleue couvre Shoji jusqu'à la taille. Il n'a pas de tubes accrochés au bras. Il est juste assis là, à attendre la suite des événements. Il n'a même pas de livre entre les mains.

— Ça t'a plu, la Californie ? me demande-t-il, gêné.

Je m'assois à côté de lui. Papa me fait signe qu'il m'attend dans le couloir.

— Tu aurais pu m'appeler, Shoji. Avant de… tu sais.

J'essaie de parler avec conviction, mais mes mots trahissent mon appréhension.

— Ce n'était pas prémédité. C'est arrivé comme ça.

Il repose la tête contre l'oreiller. Ses paupières sont gonflées. On distingue à peine ses yeux noirs.

— Qui t'a prévenue ?

— Maman.

Je lève les yeux au ciel et Shoji rit.

— Elle sait que j'ai demandé à vivre avec Papa ?

— Oui. (Je glisse mes mains entre mes genoux.) Je suis désolée. J'aurais dû me rendre compte que quelque chose n'allait pas. Excuse-moi de ne pas avoir fait attention.

Peut-être que j'étais trop obnubilée par ma petite personne. Peut-être que je suis une étoile de mer, moi aussi.

Cette simple pensée me tord le ventre.

— Ce n'est pas grave. Nous trois, on n'a pas l'habitude de faire attention les uns aux autres. (Il hausse les épaules.) Taro m'a appelé et m'a dit la même chose que toi. Je me demande si, finalement, on n'est pas une seule personne séparée en trois.

Je hoche aussitôt la tête pour dissimuler le tremblement de mon menton. Il y a bien longtemps qu'on aurait dû essayer de se rapprocher. Être le tiers d'un tout n'est pas suffisant pour exister. On avait besoin les uns des autres.

Taro ne se laisse pas abattre par les paroles de Maman. Shoji sait quelle est sa place dans le monde. Et moi, je rêve d'une nouvelle vie.

En restant séparés, nous n'avons jamais su ce que cela faisait d'être une personne à part entière. Si j'avais l'armure de Taro ou l'assurance de Shoji, j'aurais peut-être trouvé la force de me défendre bien plus tôt. J'aurais peut-être compris qu'il n'y a pas de honte à être différente. Et si Shoji avait ma capacité à rêver, il se serait concentré sur son futur plutôt que de chercher à enrayer sa peine d'une façon aussi radicale. On n'est pas de très bonnes pièces détachées et, en tant que frères et sœur, on n'est pas très doués non plus.

Shoji me regarde de ses yeux noirs familiers. Même remplis de douleurs, ils restent magnifiques. Pourquoi ai-je mis tant de temps à m'en rendre compte ?

Mon petit frère avait compris bien avant moi que l'on devait chérir notre héritage japonais. Je regrette de ne pas lui avoir dit que le futur devait être chéri, lui aussi.

Il me demande de lui parler d'autre chose, de lui changer les idées. Je lui raconte ma vie en Californie auprès d'Hiroshi et de Jamie, ma visite à Brightwood, je lui parle du job au café...

— Quand comptes-tu déménager ? me demande-t-il.

Je pince les lèvres.

— Je ne veux pas te laisser seul avec Maman.

— Je vais habiter chez Papa, rétorque-t-il, très sérieux, en se penchant en avant.

Je ne sais pas si j'ai le droit de lui parler de l'avocat, de la garde ou du fait que Maman ne compte pas baisser les bras aussi facilement. Ce n'est sans doute pas le moment de lui annoncer une mauvaise nouvelle.

— Peut-être, mais je n'ai quand même pas envie de te laisser ici.

Shoji se rallonge.

— Je préférerais que tu retournes en Californie. (Il réfléchit un instant.) Et puis, si tu vis en Californie, je pourrais te rendre visite, un jour.

Cette idée me fait plaisir. Pourtant, j'ai conscience qu'elle ne deviendra sans doute jamais réalité. Mes frères et moi avons du mal à rester en contact malgré toutes nos bonnes intentions.

Je hoche quand même la tête.

— Bon, l'infirmière m'a dit de ne rester que quelques minutes. Il faut que tu te reposes.

— D'accord. Merci d'être venue.

Je me lève, mais il tend la main vers moi pour m'empêcher de partir.

— Au fait, Kiko ?

— Oui ?

— Tu te rappelles quand ton argent a disparu ? (Il blêmit.) C'était moi. C'est moi qui l'ai pris.

Mon visage se décompose sous le coup de la surprise. Je tente de reprendre une expression neutre avant que Shoji ne se sente coupable.

— Pourquoi as-tu fait ça ?

Il hausse les épaules.

— J'avais l'intention de fuguer. (Il rit faiblement.) Ça, c'était le plan B.

— Merci de me l'avoir dit.

— J'en ai aussi parlé à Papa. Je me suis dit que s'il l'apprenait plus tard, il refuserait peut-être que je vive avec lui. (Il baisse les yeux vers ses mains.) Si Maman essaie de me garder chez elle, tu plaideras en ma faveur ? Même si Papa doit engager un avocat ?

Je me force à sourire pour le rassurer.

— Bien sûr, lui dis-je.

J'espère que l'affaire n'ira pas jusqu'au tribunal. Car j'ai peur de ce que je devrais dire.

*Je dessine un squelette qui réassemble ses os lui-même.*

## CHAPITRE 57

Jamie laisse quatre messages vocaux sur mon téléphone et seize SMS. La plupart disent : S'il te plaît, rappelle-moi. Le dernier : Dis-moi ce que je dois faire pour que ça s'arrange.

Je ne suis pas prête à lui parler. J'en ai envie. Je rêve de retrouver ce que j'ai ressenti sur cette plage... mais je n'y arrive plus. Il y a trop de kilomètres entre nous. Et ces routes, je dois les emprunter seule.

Je ne raconte pas ce qui s'est passé à Emery. En réalité, maintenant que je n'ai plus Jamie à mes côtés, j'ai peur de recommencer à me servir d'elle comme une béquille.

Maman agit comme si je n'étais jamais partie. Elle me pose des questions sur Shoji et me demande si quelqu'un (les médecins, Papa, Serena...) l'a critiquée.

Je passe beaucoup de temps dans ma chambre à dessiner. C'est la façon la plus simple d'éviter ma mère. À présent, on n'est plus que toutes les deux dans la maison et contre toute attente, elle cherche mon attention. Elle vient même me voir dans ma chambre pour me donner des coupures de magazines de mode.

— Je sais que tu as toujours voulu apprendre à te maquiller, déclare-t-elle avec enthousiasme. Tu es presque adulte, tu vas bientôt pouvoir faire ce que tu veux. Mais je me suis dit que ça ne te ferait pas de mal de voir des exemples. Il n'y a rien de pire qu'un maquillage mal appliqué.

Les mannequins sur les photos se ressemblent toutes : des blondes aux yeux bleus, avec un menton et des sourcils fins. En d'autres termes, elles ne me ressemblent pas du tout.

Je ne lui fais pas remarquer qu'elle est en train de me donner des conseils de maquillage pour le mauvais visage. Je me contente de la remercier de déposer les coupures sous mon lit.

Les blondes aux yeux bleus sont peut-être l'image que ma mère se fait de la beauté, mais ce n'est pas le cas de tout le monde. Ce n'est pas ce que je pense, moi. Plus maintenant. Plus depuis que j'ai vu les couleurs et les coups de crayon qui existent au-delà des murs de cette petite ville. La beauté est un concept particulier, différent pour chacun.

Maman passe beaucoup de temps à se disputer au téléphone avec Papa. Cela faisait des années qu'ils ne s'étaient pas autant parlé. Maman menace d'envoyer Papa devant les tribunaux. Elle est persuadée qu'elle gagnera.

J'appelle la librairie pour savoir s'ils ont encore du travail pour moi. Je veux mettre de côté pour la fac de la ville et je suis tellement stressée en ce moment que j'ai besoin de m'occuper. Ma patronne me répond que je peux réintégrer l'équipe dès la semaine prochaine, deux jours après mon anniversaire. C'est une bonne chose, mais pour être franche, j'ai l'impression que mon esprit s'est brisé en mille morceaux qui sont restés en Californie.

Mes pensées tournent autour de Jamie. J'ai du mal à oublier ses yeux, la façon dont il me serre contre son torse, son parfum d'océan, le bruit des vagues qui emplissaient mes oreilles la première fois que l'on s'est embrassés sur la plage. Je meurs d'envie de l'appeler, mais je me retiens.

Quand Shoji sort de l'hôpital, Maman passe la matinée à chercher des avocats sur Google. Elle n'en appelle aucun.

Même si elle ne l'admettra jamais à voix haute, je crois qu'elle a conscience que Shoji sera bien mieux auprès de Papa, Serena et les jumelles. L'environnement est bien plus sain. Et il sera sans doute plus aimé.

Si elle l'avait voulu, elle aurait pu empêcher Papa de le ramener chez lui. Elle ne l'a pas fait.

On en a tous conscience et on sait aussi qu'il est plus prudent de ne rien dire. Maman peut se montrer imprévisible quand elle pense qu'on la critique. Admettre que Shoji est mieux ailleurs reviendrait à admettre qu'elle n'est pas une bonne mère.

— Tu veux du café ? demande Maman de derrière son ordinateur. (Elle tient une tasse à la main. Elle rit.) Ce n'est pas ce que tout le monde boit en Californie ?

— Tu peux arrêter de te moquer de la Californie. Je n'y retournerai sans doute jamais.

Mon ton est sec. Je ne dors pas bien depuis que je suis rentrée. Ici, je suis toujours à cran.

— Tu t'es disputée avec Jamie ?

Je secoue la tête. Je n'ai aucune envie de lui en parler.

— Shoji n'est pas encore rentré. On est entre filles. Tu peux tout me dire.

— Shoji ne rentrera pas, Maman.

— C'est le juge qui décidera.

Je fronce les sourcils.

— Si tu attaques Papa en justice, je parlerai d'Oncle Max au juge. Tu n'obtiendras jamais la garde.

Les yeux plissés, elle repose sa tasse.

— Pourquoi est-ce que tu fais ça ? Tu as quelque chose à me reprocher ?

La salive emplit ma bouche. C'est sans doute les nerfs. J'ai aussi la poitrine comprimée.

— Pourquoi m'as-tu dit que Papa et toi vous êtes séparés parce qu'il avait été infidèle ?

Elle lève les mains du clavier et se tourne vers moi.

— Je t'ai dit qu'il avait été infidèle car c'est la vérité.

— Avant ou après que tu l'as trompé avec le père de Jamie ?

Ses narines se gonflent.

— On fait tous des erreurs dans la vie. C'est arrivé quand j'étais très jeune. J'ai fait la paix avec moi-même.

— Je me moque de connaître tes raisons ou de savoir si tu le regrettes. Je te demande si vous vous êtes séparés à cause de lui ou à cause de toi.

Boum. Boum. Boum.

— Quelle importance ?

— C'est très important. (Mes mains tremblent.) J'ai toujours cru qu'il t'avait trompée parce que vous n'arrêtiez pas de vous disputer à cause de moi. Pas à cause de toi.

— Je ne t'ai jamais dit ça non plus.

— Si. (Je cligne des yeux.) Ou du moins, tu me l'as fait comprendre. Tu n'as pas arrêté de me répéter que je vous avais causé des problèmes. Qu'à cause de moi, vous n'arrêtiez pas de vous disputer.

— Parce que tu étais toujours fourrée avec Jamie ! Ça n'aidait pas.

— Comment étais-je censée le savoir ? je rétorque. Tu ne me l'as jamais expliqué. Je croyais que tu avais parlé à Papa d'Oncle Max. Je pensais qu'il t'en voulait parce que tu le laissais habiter à la maison malgré tout.

Maman hausse les épaules.

— Je ne comprends pas pourquoi tu as pensé ça. Je n'en ai jamais parlé à ton père.

Mon estomac se désintègre. Mes veines se vident de mon sang. Il ne reste plus que les battements douloureux de mon cœur.

— Tu ne lui as rien dit ?

— Je n'allais pas faire tout un plat d'une histoire de rien du tout alors que mon frère avait besoin que je l'héberge. Je te l'ai déjà dit : tu étais petite, il était tard, tu as sans doute rêvé. (Elle croise les bras.) Et puis j'ai posé la question à Max à l'époque. Il m'a juré qu'il n'avait pas la moindre idée de ce que tu racontais.

Une sensation horrible remonte le long de ma poitrine jusque dans ma gorge.

— Je ne mens pas à propos de ce qui m'est arrivé.

Maman fait claquer sa langue contre son palais.

— Je n'ai pas dit que tu mentais. Je pense simplement que tes souvenirs sont faux. D'ailleurs, tu dois des excuses à Max.

— Pourquoi ?

Les veines de mon cou sont à deux doigts d'exploser.

— Je l'ai viré de la maison parce que tu m'as dit qu'il volait, dit-elle.

CE QUE JE VEUX DIRE :

*Tu l'as viré de la maison parce que* tu *pensais qu'il te volait. Quand je t'en ai parlé, tu ne m'as pas crue !*

CE QUE JE DIS :

— Je ne m'excuserai jamais. Jamais.

— Eh bien, souffle-t-elle, c'est très immature de ta part, Kiko. Heureusement, je l'ai déjà appelé et j'ai arrangé les choses.

Mes tempes palpitent. Mes genoux tremblent.

— Tu as vraiment besoin d'aller voir un psy.

Le rire de Maman est le plus forcé et le plus hystérique que j'ai jamais entendu.

— Ce n'est pas drôle. Il y a quelque chose qui cloche chez toi. Qui traite ses enfants comme tu le fais ? Personne. Ce n'est pas pour rien qu'on ne veut pas rester auprès de toi. Ce n'est pas pour rien que Shoji veut vivre avec Papa, que Taro passe le reste de l'été chez un ami ou que j'ai envie d'intégrer une école d'art à des milliers de kilomètres d'ici. (La frustration me brûle les joues.) Tu es tellement obsédée par ta petite personne qu'il n'y a plus de place pour les sentiments des autres. Tu ne t'intéresses qu'à ce qui te touche directement.

Je suis sur le point de partir, de la laisser seule sur sa chaise, mais quelque chose m'arrête.

Le souffle haletant, je me retourne vivement vers elle et d'une voix rocailleuse, je grogne :

— Je n'ai pas inventé ce qui m'est arrivé ! Le malade qui te sert de frère a abusé de moi sexuellement.

Je me moque de ce que tu penses. C'est comme ça que ça s'appelle. De l'abus sexuel. *On a abusé de moi.* Tu comprends ? Si tu étais une mère digne de ce nom, tu ne le supporterais pas. Tu n'essaierais pas de justifier le comportement de ton frère ou de minimiser la chose en disant que ce n'est pas si terrible car il n'y a pas eu viol. *C'est* terrible.

Cette fois, je quitte la pièce et ne lui laisse pas l'occasion de me répondre.

*Je dessine un dragon qui brise ses chaînes et comprend enfin à quoi servent ses ailes et ses flammes.*

# CHAPITRE 58

Jamie m'envoie un autre message : Je sais que tu ne veux pas me parler, mais dis-moi au moins si ton frère va bien. Je suis vraiment désolé. Je t'aime.

Je réponds : Il va bien, merci. Il a emménagé chez mon père.

Il ne me répond pas. Je le sentais. Pourtant, je ne peux m'empêcher de ressentir une grande tristesse. J'ai l'impression d'être allée trop loin dans le silence, d'avoir gâché tout espoir pour nous.

Face au miroir, je tente de me convaincre qu'il faut que je reste forte. En plus, je n'ai toujours pas terminé de me détacher de Maman.

Alors que je vais me chercher un verre d'eau dans la cuisine, je la trouve dans le salon.

À ma grande surprise, elle m'interpelle au passage.

— Je peux te parler ?

Maman me dévisage avec nervosité. Ses cheveux dorés sont attachés en chignon lâche sur sa tête et elle est encore en pyjama. J'ai le sentiment qu'elle m'attendait, ce qui est ridicule. Quand on se dispute, elle agit comme si je n'existais pas au moins toute la matinée.

— OK, je réponds.

Maintenant, c'est moi qui suis nerveuse. Je m'assois près d'elle sur le canapé. Le son de l'émission de téléréalité qu'elle regarde a été coupé, mais elle tient toujours la télécommande à la main.

— J'ai beaucoup réfléchi depuis hier, commence-t-elle.

Un sourire en coin étire ses lèvres.

— Je crois que je vais aller voir quelqu'un.

J'attends, mais elle ne dit rien d'autre.

— Un psy, tu veux dire ?

Mon cœur s'emballe. Ma mère a l'intention d'aller consulter. Elle a envie d'aller mieux. Je n'arrive pas à y croire !

Maman hoche la tête.

— Oui. Je crois que j'en ai besoin.

J'ai la tête qui tourne. Maman m'a prise au sérieux. Elle admet qu'elle a besoin d'aide.

— C'est super, Maman. Je suis contente pour toi.

Un sourire essaie d'apparaître sur mon visage, mais je l'en empêche. J'ai peur qu'elle ne change d'avis si je lui montre le moindre signe de joie.

Quand elle hoche de nouveau la tête, son sourire en coin s'élargit. Je suis trop heureuse pour tenter de l'analyser.

— J'ai lu beaucoup d'articles sur l'hypnothérapie et les souvenirs que l'on occulte. Il faut que je sache s'il m'est arrivé quelque chose quand j'étais petite.

Ma tête cesse de tourner. Mes oreilles bourdonnent.

— Attends une minute. De quoi est-ce que tu parles ?

Je croyais qu'elle comptait consulter à propos de son narcissisme. Visiblement, ce n'est pas le cas.

— Comment est-ce que je peux être certaine qu'on ne m'a rien fait quand j'étais enfant ? Pendant mon sommeil, par exemple. Tant de gens occultent leurs souvenirs ! Il m'est peut-être arrivé quelque chose d'horrible quand j'étais petite et je ne m'en souviens pas !

Ses yeux sont grands ouverts et remplis de quelque chose qui n'est ni de la tristesse ni de l'humour. C'est de la folie. J'essaie de prendre une inspiration, mais j'ai l'impression que je vais vomir.

— Es-tu en train de dire que tu penses avoir été abusée sexuellement quand tu étais enfant ?

Ma voix est tellement sèche que mes mots pourraient s'effriter en milliers de petits morceaux. Je tente de rester calme.

Elle hausse les sourcils et grimace comme s'il s'agissait d'une possibilité réelle.

— Qui sait ? Un hypnothérapeute m'aidera sans doute à le savoir.

— As-tu le moindre souvenir ? T'est-il arrivé quoi que ce soit de bizarre ? je demande, le souffle coupé.

*Comme, je ne sais pas, un oncle qui se faufilait dans ta chambre ?*

— Non, me répond-elle presque agacée. C'est tout le problème. Ce n'est pas parce que je ne m'en souviens pas qu'il ne s'est rien passé. Petite, j'étais aussi jolie que naïve. Je n'avais pas conscience qu'il y avait des gens méchants en ce monde. Quelqu'un aurait pu en tirer avantage.

CE QUE JE VEUX DIRE :

*Personne n'en a tiré avantage. Personne n'a abusé de toi. Tu n'as occulté aucun souvenir de ton enfance. C'est moi qui ai été blessée, pas toi. Pourquoi est-ce que tu minimises ce qui m'est arrivé ? Pourquoi est-ce que tu rapportes toujours tout à toi ?*

CE QUE JE DIS :

Exactement ça.

Je les laisse, elle, son émission de téléréalité et ses prétendus problèmes. Ce n'est que dans ma voiture, à plusieurs kilomètres d'elle, que je mets Wilco à fond dans ma voiture et crie le plus fort possible :

— JE TE DÉTESTE !

Je vais directement chez mon père. Je n'avais plus l'intention de parler d'Oncle Max de toute ma vie, mais quelque chose a changé en moi. Il y a ce mal-être qu'il faut que j'exorcise. Je veux extirper ces horribles souvenirs de mon corps et de mon esprit. Je ne veux plus jamais y toucher. Alors je lui raconte tout. Je lui dis pour Oncle Max. Pour Maman. Je lui confie que j'ai appris la vérité à propos de leur divorce. Je lui avoue que j'ai toujours cru que c'était ma faute.

Au début, il me regarde sans rien dire, puis il se met à pleurer et se cache le visage entre les mains. Je crois qu'il a honte, même si je lui dis que je ne lui en veux pas. Lorsqu'il retrouve son calme, il me serre dans ses bras et me dit que je suis la personne la plus forte du monde, que je suis aussi forte qu'un ours.

Papa, lui, m'avoue qu'il ne m'a rien dit pour Brandon et Maman car il ne voulait pas que nous prenions son parti. Il me dit qu'il n'est pas parfait, lui non plus, que personne ne l'est vraiment, mais qu'il essaie d'être un homme bien.

Il me dit qu'il veut que je vienne vivre avec lui, Serena, les jumelles et Shoji. Il dit qu'on sera une famille.

Je n'ai pas le cœur de lui répondre qu'il est trop tard. Pourtant, c'est ce que je ressens. Je ne rêve plus de la vie que j'espérais, enfant. Je ne rêve plus que de mon futur. Je veux entrer en école d'art. Payer des factures. Me faire des amis. Rencontrer des gens qui m'inspireront. Inspirer les gens que je rencontrerai. Je veux vivre, tout simplement.

Papa sort de la pièce pour appeler Maman. Je reste au rez-de-chaussée avec Serena, Shoji et mes deux sœurs qui grandissent à une vitesse folle.

J'emménage chez Papa. Il m'accompagne à la maison pour récupérer mes affaires lorsque Maman travaille. Elle a laissé une lettre pour moi sur mon lit. Elle vient de Brightwood. J'ai été acceptée.

Je sais que je devrais me montrer plus enthousiaste, mais j'ai du mal à me réjouir alors que je n'ai pas encore décidé de la suite des événements. La Californie semble s'éloigner de plus en plus de moi. Je ne suis pas certaine d'être assez courageuse pour y retourner et recommencer à zéro sans l'aide de Jamie. J'aimerais être courageuse. Je ne sais simplement pas comment m'y prendre.

Jamie m'appelle pour mon anniversaire. Je ne réponds pas. Il ne me laisse aucun message. Je crois que c'est terminé entre nous.

*Je dessine un fantôme qui erre dans un aéroport car il ne sait pas où aller.*

# CHAPITRE 59

Lorsque mon téléphone sonne, je ne reconnais pas le numéro qui s'affiche. L'espace d'un instant, je me demande si c'est Jamie. Il essaie peut-être de me piéger pour que je lui parle enfin. Et à cet instant, je meurs d'envie que ce soit lui.

Je réponds très vite, d'une voix éraillée.

— Allô ?

— Bonjour. Kiko Himura ?

C'est une voix d'homme, mais pas celle de Jamie.

— Oui, c'est bien moi.

— Je m'appelle Dexter Graham. Je travaille au bureau des admissions de Prism, l'école d'art. Comment allez-vous aujourd'hui ?

*Oh, mon Dieu !*

— Bien… Je vais bien. Et vous, comment allez-vous ?

Son rire est léger et me déstabilise.

— Très bien, merci. Je vous appelle car nous avons reçu votre demande d'inscription pour la rentrée d'automne. Malheureusement, nous sommes déjà complets pour ce semestre. Toutefois, nous avons été impressionnés par votre travail. Votre portfolio est incroyable.

Alors, même si nous ne pouvons pas vous proposer une place cette année, je vous appelais pour savoir si vous accepteriez d'intégrer notre école l'année prochaine. Nous pourrions vous faire passer un entretien au printemps. Je ne suis pas censé vous le dire, mais il ne s'agit que d'une formalité. Pour être tout à fait honnête, si vous voulez la place, elle est à vous. (Il s'interrompt.) Est-ce que ça vous intéresserait ?

— Oui. Oui, absolument ! Mais, euh, je ne comprends pas. J'ai déjà reçu une lettre de refus de votre part.

— C'est exact. Pour la section peinture. (Il marque de nouveau une pause.) Vous nous avez bien renvoyé une candidature pour la section dessin ? Elle était même accompagnée d'une lettre de recommandation d'Hiroshi Matsumoto. Je dois avouer que c'est assez remarquable.

— Et vous avez vu mon portfolio ?

— Oui, répond-il. Enfin, en photo. Nous voudrons voir les originaux lors de l'entretien. Dans tous les cas, les photographies étaient parfaites. Nous avons pu nous faire une très bonne idée de votre talent.

Mon estomac se tord. C'est l'œuvre de Jamie. Cela ne fait aucun doute.

— Alors, devons-nous vous garder une place pour l'année prochaine ? me demande-t-il.

Mon cœur bat la chamade.

— Oui. Merci énormément. C'est fantastique.

Son rire est un peu plus fort, cette fois. Il doit avoir l'habitude d'entendre l'excitation de ses interlocuteurs au bout du fil.

— Super. J'ai toutes vos informations dans mon ordinateur. Je reprendrai contact avec vous au printemps pour convenir d'une date d'entretien. Si, entre-temps, vous avez la moindre question, n'hésitez pas à nous appeler.

— D'accord. Merci.

— Tout le plaisir est pour moi, Kiko. Cela m'a fait plaisir de vous parler. Nous avons hâte de vous rencontrer en personne.

Il raccroche et je me laisse tomber sur mon lit en gloussant comme un lutin sous acide.

*Je peins le monde avec des couleurs différentes car plus rien n'est comme avant.*

# CHAPITRE 60

J'appelle Hiroshi. Il me répond que c'était l'idée de Jamie et qu'il s'est contenté de lui donner une lettre de recommandation. Au bout d'un moment, il avoue qu'il a peut-être aussi appelé l'école, encore une fois à la demande de Jamie.

Je ne mérite pas tout cet amour, mais j'aimerais qu'un jour ce soit le cas. Je demande à Hiroshi si le poste au café est toujours libre. Il me dit que je peux commencer dès mon retour en Californie.

Après ça, il ne me faut pas beaucoup de temps pour me décider. Je vais passer un an en Californie à travailler au café, à travailler mon art et à économiser pour l'école. L'année prochaine, je déménagerai à New York et j'intégrerai Prism.

Les adieux ne sont pas difficiles car ils ne sont pas nombreux. Quand je fais part de mes nouveaux projets à Emery au téléphone, elle me dit qu'elle veut venir passer les vacances de printemps avec moi sur la côte. Mon patron à la librairie me souhaite bonne chance. Papa et Serena ont les larmes aux yeux et me disent que j'ai été une invitée parfaite. Shoji me prend dans ses bras, mais comme on n'a pas l'habitude, c'est un peu bizarre. Leah me sourit quand je l'embrasse et Emily m'attrape le doigt en babillant.

Avant de quitter la ville, je m'arrête chez Maman. Je ne veux pas partir sans lui dire au revoir, même si elle n'est pas la mère dont j'ai besoin. Après tout, je ne sais pas quand je la reverrai. Lui dire au revoir tombe sous le sens. C'est la dernière page à tourner avant de commencer un nouveau chapitre.

Elle achète des sandwiches pour déjeuner et prépare un énorme pichet de thé glacé. Pendant qu'on mange, elle me demande des nouvelles de Shoji et des jumelles comme si la situation n'avait rien d'étrange. Maman est très douée pour faire semblant.

Je n'ai pas besoin d'excuses de sa part. C'est terminé. Il y a toute une nouvelle vie qui m'attend. Je ne veux plus m'énerver pour des choses que je ne peux pas changer. J'ai fait le deuil de la mère que j'aurais aimé avoir.

J'ai encore des crises d'angoisse quand je suis au milieu d'une foule. Je me demande toujours si certaines personnes ne pensent pas autre chose que ce qu'elles disent. Et j'aurai toujours le cœur qui bat plus fort quand j'ai l'impression qu'on me critique. Mais je peux vivre avec. Je m'accepte telle que je suis.

Maman me dit de l'appeler quand j'arriverai en Californie. Elle ne me prend pas dans ses bras, mais elle reste sur le pas de la porte et me fait signe de la main jusqu'à ce que la maison disparaisse dans mon rétroviseur.

Je ne vais pas au nord, au sud, à l'est ou à l'ouest. Je vais de l'avant.

# Épilogue

Quand j'entends la clochette retentir, mon souffle se bloque dans ma gorge. Je pose la tasse derrière le comptoir, prends une grande inspiration et me tourne vers la porte du café.

Jamie porte une veste légère pour se protéger de la fraîcheur du mois de janvier. Son bronzage a disparu, mais à part ça, il n'a pas changé.

Ses yeux bleus trouvent les miens et il sourit.

Je lui souris aussi.

Après avoir retiré mon tablier, je l'accroche à la patère sur le mur.

— Merci d'être venu, lui dis-je.

Jamie me dépasse toujours, pourtant j'ai l'impression d'avoir grandi. Il hoche la tête, les mains fourrées dans ses poches comme s'il ne savait pas quoi en faire.

— Je commençais à me demander si tu allais m'appeler.

— Tu savais que j'étais ici ?

— Je t'ai vue à travers la vitrine, une fois, dit-il en haussant les épaules.

— Je n'étais pas encore prête.

Ma voix n'est pas un murmure. J'en contrôle le volume, maintenant.

Jamie ne répond pas. Il continue de me regarder comme pour s'assurer que je ne vais pas disparaître.

— J'aimerais te montrer quelque chose, lui dis-je.

On emprunte l'escalier sur le côté du bâtiment. Je déverrouille la porte de l'atelier pour le laisser entrer. Je tends le bras mais ce n'est pas la peine. Il l'a vu.

Le mur sur la droite est recouvert de tableaux que j'ai peints durant ces six derniers mois. Certains sont accrochés, d'autres sont posés par terre par manque de place. Hiroshi aimerait que j'expose à ses côtés lors de son prochain vernissage. Il me dit qu'en vendant certaines toiles, je pourrai payer une partie des frais de scolarité de Prism. Cela ne me dérange pas de les vendre. Sauf une.

La plus imposante est plus large que la longueur de mes bras écartés. Elle comporte tellement de couleurs qu'on dirait qu'un graffeur s'est lâché avec ses bombes de peinture.

C'est mon histoire, racontée à coups de pinceaux et de peinture.

Il y a Jamie et moi enfants, cachés dans des arbres, à la recherche de coccinelles. Moi, toute seule, en train de chercher des étoiles dans le noir. Ma mère, la reine des étoiles de mer, au centre d'une tornade de paillettes qui empoisonne tout ce qu'elle touche. Mes frères et moi, chacun sur un côté d'un triangle, vivant les mêmes choses, mais séparément. Mon père qui a détourné le regard et n'a jamais fait assez, mais qui tente d'éradiquer le poison autant qu'il le peut. Hiroshi, qui peint mes mains, pour que je puisse peindre ma voix. Moi, coupée en deux, mi-japonaise, mi-caucasienne, qui me recouds car je ne suis complète que si j'accepte mes origines.

Et enfin, il y a Jamie et moi, en juin, le soleil sur nos visages et le sable sous nos pieds. Nos retrouvailles après toutes ces années. Tout se mélange et s'emboîte pour former ce que nous sommes.

Nous sommes bien ensemble, non pas parce que nous avons besoin l'un de l'autre, mais parce que nous nous sommes choisis. Notre amitié a toujours été notre choix. L'amour n'a été que l'évolution naturelle de cette décision.

Jamie regarde le tableau sans rien dire pendant si longtemps que j'ai l'impression que la pièce s'assombrit. Quand il se tourne vers moi, il a l'air soulagé. Calme. Alors, il reporte son attention sur la toile.

Nous n'avons pas besoin de nous parler. Nous savons ce que l'autre ressent.

Nos doigts se trouvent et s'entrelacent.

# Remerciements

Voilà, je suis là, en train d'écrire ces remerciements et je n'arrive pas à y croire. C'est surréaliste. Voir *L'Esquisse du bonheur* évoluer pour devenir le roman que vous avez entre les mains est un rêve, devenu réalité, et cela n'aurait pas été possible sans l'aide de personnes merveilleuses que j'ai la chance de pouvoir appeler mes amis.

Je dois beaucoup à mon incroyable agent, Penny Moor de l'agence *Empire Literary*. On utilise souvent le terme « agent de rêve », mais toi, tu es une véritable super-héroïne. Merci d'avoir cru en mes mots et de t'être battue à mes côtés. Ton aide et ton soutien sont très importants à mes yeux. En toute sincérité, je n'aurais pas pu trouver un meilleur agent que toi et je me sens très chanceuse de pouvoir dire que je fais partie de tes clients.

À mon éditrice, Jennifer Ung, merci. Un million de mercis. Je n'aurais pu imaginer un meilleur coach pour cette histoire. Tu m'as aidée à donner forme à ce roman tel qu'il est aujourd'hui, et travailler avec quelqu'un qui aime mon histoire autant que moi a été un honneur. *L'Esquisse du bonheur* contient tellement de morceaux de mon cœur… Merci de t'en être occupée avec amour et tendresse.

Merci à Mara Anastas, Mary Marotta, Liesa Abrams, Carolyn Swerdloff, Nicole Russo, Christina Pecorale, Chelsea Morgan, Sara Kerbo et tous les employés de *Simon Pulse* qui ont joué un rôle dans la transformation de mon histoire en véritable livre. Grâce au temps que vous avez donné, à votre dévouement et à votre amour pour le cheminement de Kiko, cette expérience a été un rêve éveillé.

Je dois également un grand merci à Christian Trimmer qui, grâce à ses retours sur le premier jet, m'a permis de créer le personnage d'Emery.

Je serai éternellement reconnaissante envers tous ceux qui ont joué les bêta-readers pour moi pendant toutes ces années. Merci Nikki et Dylan, d'être présents depuis le début ; Jennifer G. pour ton enthousiasme débordant ; Jamie H., d'avoir corrigé l'un de mes romans en quatrième et de m'avoir appris qu'un premier jet n'est qu'un début ; Ian, pour ton soutien sans faille ; Anisa et Taylor, les meilleures partenaires de critique.

Aux amies autrices que j'ai rencontrées ces deux dernières années, Nikki, Jessica, Michelle, Tabitha et Lyla : merci pour votre gentillesse et vos encouragements et de m'avoir réconfortée tout au long de ce cheminement fort en émotions.

Aux lecteurs qui ont lu l'histoire de Kiko jusqu'à la dernière page (et même jusqu'aux remerciements, je suis impressionnée !) : merci d'avoir ouvert vos esprits et vos cœurs à un livre qui est si important pour moi. Cela me touche plus que vous ne pouvez l'imaginer.

Enfin, j'aimerais saluer les trois personnes que j'ai la chance d'appeler « ma famille ». Shaine et Oliver : merci d'être une telle source de joie et d'amour dans ma vie. J'espère que vous n'oublierez jamais à quel point je vous aime et je suis fière d'être votre maman. À mon mari, Ross : merci de m'avoir soutenue jusqu'au bout. Tu es le meilleur compagnon du monde. Merci d'avoir lu mes affreux premier, deuxième et troisième jets, d'avoir écouté mes idées les plus horribles (même au milieu de la nuit), pour les centaines de tasses de thé et de tablettes de chocolat (mon carburant) et d'avoir toujours cru avec conviction à mes histoires. Mais surtout, merci d'être la famille dont j'ai toujours rêvé. Je t'aime à l'infini.

Ouvrage composé par
Facompo – Lisieux

Imprimé en France
par Normandie Roto Impression s.a.s.
61250 Lonrai
N° d'impression : 1902098
S28852/01

PKJ • www.pocketjeunesse.fr
POCKET JEUNESSE

MIXTE
Papier issu de
sources responsables
FSC® C003309
www.fsc.org

Pocket Jeunesse, une marque d'Univers Poche,
est un éditeur qui s'engage pour
la préservation de l'environnement
et qui utilise du papier fabriqué à partir
de bois provenant de forêts gérées
de manière responsable.